講談社文庫

家族シアター

辻村深月

講談社

目次

家族シアター

「妹」という祝福

親族の席は、会場の一番下手《しもて》だった。

『井上《いのうえ》家・山下《やました》家』結婚式会場。

私の一つ上の姉・由紀枝《ゆきえ》の結婚式。

式場の美容室で髪をセットし終えると、姉はもう写真撮影のために新郎と別室に移ってしまった後だった。式の前、披露宴会場に入る時間ができて、自分の席を確認に行くと、きれいに折りたたまれたナプキンの前に、封をされた手紙らしきものが立て掛けられていた。

親族以外の客たちは、まだ姿がない。結婚式というセレモニーに相応《ふさわ》しい真っ白い封筒にバラの透かし模様。表に姉の字で『亜季《あき》へ』と書かれていた。

手に取って振り返ると、手紙はどうやら私だけでなく、全部の席に置かれている。

今日の招待客は百人近いと聞いている。姉がかけた時間を思って、ひゃあっと声が出そうになる。カードくらいは用意するかと思ったが、まさか手紙。頭が下がる思いがするし、新郎側の招待客にも義兄が付き合わされて同じように手紙を書いたのかと思うと、気の毒になる。だけど、姉らしいと思った。本当にあの人らしい。

糊付《のりづ》けされた封を切る。中味は二枚の便箋《びんせん》だった。その最初の一行を見て驚いた。衝撃だったとすら言っていい。

『亜季へ。

中学校時代の私、山下由紀枝にとって、唯一の――』

思ってもみなかった。

と同時に、当時、中学二年だった私がこれを読んだらどう思うだろうと考えた。あの頃、私の胸にひっかかっていた姉についての謎の答えが、十年以上も経《た》ってから明かされるなんて。そんな日が来るとは、夢にも思わなかった。

I

姉は「真面目《まじめ》な子」だった。

「真面目」というのは、随分便利な言葉だ。大人が使うとまるで褒《ほ》め言葉のように聞こえる。だけど、そんなの「イケてない」ことの裏返しだし、愛想のない分厚い眼鏡《めがね》に、前髪まできっちり真ん中分けにして編み込んだお下げを揺らす姉は、実際ブスだった。妹である私が「似てる」と指摘されたら、ショックで泣いてしまうくらい。私たち子供の世界で、「真面目」は中央を照らす明るいライトからあぶれた影を指す言葉で、私は絶対そんなの御免だった。

年子というのは、時としてとても露骨で残酷な運命を私たちに与える。

小学校も中学校も地元の公立に通った私たちは、同じ学校の中で常にお互いの姿を見かけることとなった。さらにはお互いの友達からも注目されるので、私たちは、学校で常に「亜季のお姉ちゃん」であり「由紀枝ちゃんの妹」だった。

例えば小学校の頃、一つ上の学年が体育をしてるのを見てしまう。「山下ぁ！」と、私と同じ名字《みょうじ》が呼ばれ、校庭のトラックをビリッケツでのろのろ走る姉を目撃する。

その頃の姉は太ってるというほどではないけどぽっちゃりしてて、体を重たそうに後ろに反らして走る癖《くせ》があった。空気抵抗をわざわざ自分で増すような姿勢のまま、握った拳《こぶし》を振り動かすことなく硬直させて、同じ高さから下ろさない。招き猫のような変てこな手の形。とてもとてもかっこ悪かった。数日後、姉のクラスの男子が「山下の真似《まね》ー！」とそのポーズで休み時間の廊下を走り去っていくのを見て、決意した。神様、私は姉とは違う道を辿《たど》ります。真面目でなくても、頭よくなくてもいい。きちんと太陽の下、表街道を歩きます。

姉と私は、幼い頃は双子と見間違われるくらいよく似ていた。顔立ちも、姿勢も、仕草も。危機感というほどではないけれど察した。自分が何をすべきかもはっきり悟る。大丈夫、どうにかなる。同じ顔でも美人にはなれる。クラスメートのイケてない男子の一群を眺めながら、私は自分が女子であることに感謝した。

ダイエットとコスメに目覚め容姿に磨きをかけると、方向性さえ間違えなければ、女は努力の跡そのものを評価してもらうことができる。あの子はオシャレな子、気を遣《つか》っている子、そういうイメージを獲得することさえできれば生きていける。女子の運命を握る鍵は、そういう種類の祝福か、さもなくば姉が〝真面目〟の名の下《もと》に受けるような呪いのどちらかだ。

学校の勉強や、ピアノや書道など習い事での成績を誇った姉に対し、私は早々にそれらに見切りをつけた。だってそんなの、何の意味もない。女の価値は顔。かわいかったら持てる技術は評価されるかもしれないけど、ブスでは顰蹙《ひんしゅく》買うだけだ。

姉を反面教師に育った私は、小さい頃からよくわかってた。中学に入る頃には、すっかり「とても姉妹だとは思えない」と評価されるまでになった。私はかわいかった。顔立ちがどうとかってことじゃない。姉と同じ素材しか持っていないとわかっていたからこそ、私は失敗しなかっただけのことだ。


「亜季、電話。裕香《ゆうか》ちゃんからだけど、あんまり長くしないで」

我が家では、中学時代、携帯電話はご法度《はっと》だった。

居間のコードレスフォンを持って部屋に入ってきた姉が、不機嫌そうに私を睨《にら》む。音楽を聴いてた私は、はいはい、と口だけ動かして、姉の手から電話をひったくる。その仕草に、瞬間、由紀枝の目が怒ったように見えた。

外したヘッドフォンから、タカユキの優しい歌声が聞こえてくる。電話を耳にあてると、姉が後ろで「その趣味の悪い歌、止めてよ。音、大きすぎて洩《も》れてる」と呟《つぶや》くのが聞こえた。電話の裕香に向けて話すより先に振り返る。

「うっさいな。黙っててよ」

由紀枝が黙ったまま、机に向かう。また嫌みのように勉強するか、ノートにオタクっぽい絵でも描くんだろう。由紀枝が自分と同じくダサいいかにもな感じの友達と、うちの学校のアニメイラスト部に入ってること。目がでかくてキラキラした、ひょろひょろの男の絵ばっか描いてて、それが「作品」として階段の掲示板に名入りで貼られてることを、私がどんだけ肩身狭く思ってるか、考えてみて欲しい。

漫画雑誌を広げた由紀枝が、こっちを振り向かないまま言う。

「その鼻にかかる歌い方、ビジュアル系なんてどこがいいのかわかんない。ナルシスト入ってるし。部屋のポスターだって、私、貼られるの嫌なんだけど」

「そんな漫画ばっか読んでる人に言われたくない。だいたい『セブンス・クライシス』はビジュアル系じゃないよ。本人たちは曲で勝負したいって言ってるのに、勝手にマスコミとか世間が騒いじゃってるだけなんだから」

「――騒いで踊らされてる筆頭はあんただけどね」

姉の座る椅子《いす》を、無言で力任せに蹴《け》る。小さい頃に与えられた狭い子供部屋は、仕切り一つなく今も私たちの共通の部屋だ。わずかな隙間があるだけで、机が隣り合って並んでる。

「もしもし。ごめん、裕香」

『いいけどさぁ。相変わらず仲悪いね、お姉ちゃんと』

苦笑してる気配。あきれたように、おもしろがるように。「当たり前」と私は答える。由紀枝に会話を聞かれるのが嫌で、部屋を出て行く。

「あれが自分の姉じゃなくてクラスメートだったら、私、絶対ああいう人種と話なんかしないもん。もう、本当嫌になる」

「亜季！　歩きながら電話するのやめなさい」

「はぁーい」

居間を横切ろうとしたところで母に言われ、これまた顔をしかめる。何にもわかってないお気楽な母たちは姉の方を可愛《かわい》がる。勉強できて、読書感想文コンクールや図画大会で入選する姉を褒める。

——それに比べて、亜季はダメね。ちゃらんぽらんで、勉強もしないし。

そう言うけどね、お母さん。私、気づいてる。私の方が家に友達をつれてくる回数が多いこと、しかも、その全員がお姉ちゃんの友達みたいな暗い日陰の子と真逆《まぎゃく》の風貌をしてるのに、お母さんがどこか安心してそうなことも。

勉強できなくても、どうにでもなる。私がダメだと思うのは、みんなで楽しく思い出を作るはずの球技大会やマラソン大会を仮病使ってグズグズ棄権したがるような情けない性根だ。そういうの、絶対クラスで浮くし、評判悪いよ。

「ごめん、裕香。で、何？　来月のライブ、一緒に行けそう？」

『そのことなんだけど、ごめん。私、ちょっと無理そう。だけどさ、代わりに亜季が超喜びそうな話があるんだけど』

「何？　っていうか、私一人でも行くけど。タカユキの誕生日と重なるから、絶対何か特別企画がありそうだし」

『ね、亜季さ。チケットあるんだったら、私の分のもう一枚、遠藤《えんどう》にあげなよ』

「え？」

『この間、部活終わった後で聞いたの。遠藤もセブクラ好きなんだって。知ってた？　これチャンスじゃんって思って、亜季のこと話したら――』

「ちょっと、待って。勝手に話さないでよ」

思わず上ずった声が出た。遠藤って、あの遠藤卓人《たくと》？　四組の、バスケ部の、背が高くて目立ってる、あの。

遠藤卓人をいいと思ってる、という話を裕香にしたことがある。互いの好きな人を話し合った放課後、確かに私、名前出した。顔を思い出すとぽやーっとなる。一年の頃、同じクラスで席、隣だった。よく話していたものの、その時は明るくて、だけどちょっとうるさい奴、くらいにしか思ってなかった。だけど二年になって違うクラスになった途端、背が伸びてモテ始めて、そうなると私は急に遠藤を意識するようになった。

だけど、私の入ってる陸上部とバスケ部は活動場所も違うし、全然接点のないま
ま、あっという間に秋になった。同じバスケ部の裕香が羨《うらや》ましかったし、話の中で遠
藤の名前が出ると切なかった。遠藤は、私のことなんてもう忘れちゃってると思って
た。
『ライブあったら一緒に行きたいなって言ってたよ。山下、誘ってくんないかなっ
て。ね、アイツ、亜季のこと好きなんじゃない？』
　夢見心地にぼんやり声を聞く。信じられない。「嘘でしょ」わざと言う。「私なん
て、どこがいいかわかんないよ」すぐに思ったとおりの声が返ってきて、私を励まし
てくれる。
『どこがって決まってるじゃん。亜季はおしゃれでかわいいもん。足なんか超細い
し、おもしろいし』
「うっそだぁ。そう言う裕香の方が断然かわいいって。うちの学年一だと思う。も
う、マジありがとう裕香。愛してる」
　電話を切って、しばらく余韻《よいん》を引きずって廊下に立っていた。居間の襖《ふすま》が開いて、
様子を窺《うかが》うように母が顔を出す。
「何やってるの、亜季。廊下、冷えるでしょう。早く電話戻しなさい」

「その、間延びした返事の仕方。長電話もね、いい加減にしないと」

「はぁーい」

「はぁーい」

すれ違い様、電話機を母の胸に預け、スキップするように階段を登る。嬉しくて、楽しくて、これから起こることを思うと胸が高鳴った。

その頃の私が怖いと思っていたのは、人から〝何にもない〟と思われることだった。

「何が楽しくて生きてるのかわかんない」

クラスの隅っこにいる、地味なメンバーが、うちらの前に来ると全然話せないくせに、さえない仲間内では内弁慶気味にじゃれ合ってるの見て、裕香が言ったんだ。あの子たち、ただ何となく生きてるって感じ。

私はそうじゃない。友達いるし、夢中になれるものもあるし、何より彼氏、できるかもしれないし。

部屋に戻ると、姉が私の机から、あわてたように自分の机に戻っていく。机の上に出したままだった『セブンティーン』の位置がちょっと変わってる。よくあることだけど、うんざり言った。

「――勝手に読むのやめてよ」

姉のその、いじった形跡のない眉《まゆ》と髪で、分厚い眼鏡で、この雑誌の何を見て楽しむというのだろう。姉には、おしゃれな服も鞄《かばん》も似合わない。手に取って、セブクラの出てるページを捲《めく》る。

タカユキの切れ長の目。見てると、うっとりする。


昔から、学校の廊下を歩いていると、姉のクラスメートや部活仲間からの視線をよく感じた。姉と似た、眼鏡に重たい三つ編みスタイルの彼女たちに、私はこっそり「三つ編み軍団」というあだ名をつけていた。

「うちの妹さ、どうしようもないんだよ。この間なんかね、男の子と――」

まだ小学校の時だったか。姉が話す声が珍しく大きくて、私の耳に入ってしまったことがある。私はその頃まだ姉と仲がよく、土日は二人で映画や買い物にも行くような関係だった。聞いた瞬間びっくりして、それから立ちすくんだ。ショックだった。

中学に上がった今も、それはくり返されている。姉が何か言い、他の三つ編みたちが笑う。

目が合うと、それまで饒舌《じょうぜつ》だった姉が、はっとしたように、それから気まずそうに目を伏せた。

何だよ。

私も目を伏せて、それから絶対にもうそっちを見ないようにする。

言いたいことがあるなら、はっきり言えよ。

顔を伏せた途端、姉たちの話題はまた私に戻ったようだった。控えめに笑う声が頭上に降りかかってくる。姉がつれたおとなしい三つ編み軍団は、私と一対一で会っても俯《うつむ》いて声もかけてこないのに、距離が離れてると、噂話《うわさばなし》だけは一人前のようだった。

姉のいない場所で、姉の友人たちからだけの視線を感じる時は、彼女たちの目はさらに露骨に嫌な感じで、私は睨み返すのもバカらしく、今はもう、完全に無視している。

2

「ありがとな、山下。俺、セブクラすっごい好きなんだ。チケット、本当にいいの?」

「うん。だけど私、遠藤が音楽好きだなんて全然知らなかった。セブクラは誰好きなの」

「ドラムのユウキ」

部活を終え、顔を洗ったばっかりの遠藤から微《かす》かに石鹸《せっけん》の匂いがした。満面に笑みを浮かべるのを見てクラクラする。嬉しい。私、今、遠藤の横歩いてる。一緒に帰ってる。

「すっげぇかっこいいと思うんだよ。一回プロモか何か観たんだけど、あいつ、煙草《たばこ》吸ったまま、その灰を落とさずにズカズカ叩くだろ？　あれ、痺《しび》れた。真似したい」

「遠藤、じゃあ将来バンドやるとしたらドラム？」

「うーん。憧《あこが》れるけど、地味かなぁ。普通さ、どのバンドもだいたいみんな一番人気はボーカルかギターだよな」

「そんなことない。ドラム、かっこいいよ」

話しながら、自分が緊張してるのがわかった。インフルエンザで熱出した時みたい。耳まで熱くなってるのがわかって、息が苦しい。死にそう。だけど、幸せ。

「ほんとかー？　お前がボーカルのタカユキ好きなの、俺、知ってるんだけど」

空気を丸呑みにしてしまったら、声がつまって出てこなかった。「まぁいいや」軽い声を上げて言う遠藤が「でも本当に嬉しい」と、また心とろかすような笑顔で私を見た。

「山下がいてくれてよかった。俺、チケットなんて取り方もよくわかんないからさ」

「来月の日曜、部活平気？　バスケ部って、土日もほとんど毎週練習でしょ？」

「そんなのサボるって。あ、でも、顧問の高田《たかだ》には黙っててくれる？　俺、本当は部活好きだからあんま休みたくないんだけど」

「いいよ、オッケー。じゃ、バスケ部の他の子たちにもナイショにするね」

遠藤が私をまっすぐに見た。恥ずかしくて、顔が引きつる。

「あいつらにはいいよ。山下とライブ行くって、もう話しちゃった」

「――あ、そうなんだ」

胸が大きく、ドキンと弾む。バスケ部の男子、つまりは自分の親友たちに話したんだ。私と、デートすること。

楽しみだな、と遠藤が言う間、私は口も利《き》けずにただ頷《うなず》いていた。この人と一緒に帰ってるところ、誰か見ていないだろうか。私がこんなに幸せなところ、誰かに羨ましがって欲しい。

そう思っていた、まさにその時。計ったかのようなタイミングで、道の反対側にうちの制服の一団を見つけた。足が止まる。姉と三つ編み軍団が、こっちを見ていた。車の行きかう大通りを挟んでいるせいで、声が聞こえるほど距離は近くない。遠藤は、夏に三年の先輩から告白されて、それを振ってるはずだった。姉たちの学年でも有名なはずだ。

彼女たちが視線を交わし合い、姉を見る。通りを挟んだ姉と私は目が合った。姉が当惑したように頷き、それからいつものように目を逸《そ》らして、軍団のメンバーに向け何か言う。立ち止まった私に、遠藤が尋ねる。

「どうかしたの？」

「お姉ちゃん」

「え、どこ？」

「あそこ。でもいい。友達と一緒みたいだし、行こう」

「山下ってお姉ちゃんいたんだっけ」

「うん」

自分が幸せの絶頂だからかもしれないけど、顔を伏せ、逃げるように遠ざかってい く姉の姿がいつもより小さく見える。気の毒に思えたけど、その反面、嬉しかった し、鼻が高かった。見た？　羨ましい？　遠藤、かっこいいでしょ。

一歩先に立って歩き出すと、追いかけてきた遠藤が「どれが山下の姉ちゃんか、全然わかんなかった」と言ってきた。だろうな、と私は思う。

家に帰って、部屋で今日のことを思い出し笑いしながら、ヘッドフォンで音楽を聴く。至福のひととき。姉が帰って来たのは、だいぶ遅くなってからだった。

部屋に入り、自分の机の上に鞄を置いた姉が、横で何か呟いたのがわかった。ヘッドフォンを外して「何？」と尋ねる。短い沈黙があってから、由紀枝が言う。

「全然似てないね。あんたの好きなタカユキ様と」

言われた瞬間、鳥肌が立つように怒りがざーっと背中を上がってきた。「うるさいよ」由紀枝を睨む。

「現実と憧れの区別もつかないような人に言われたくない。きっしょいホモ漫画の世界で生きてろ、バァカ」

何か言い返してくると思ったし、むしろ、そうして欲しかった。言葉と言葉を交わして、由紀枝を傷つける言葉をもっと投げつけたい。なのに、由紀枝は黙ったまま机に向かった。俯いて、鞄から教科書とノートを出す。帰ってすぐに勉強するんだ、と思った途端、もう一度、胃の奥から沸々《ふつふつ》と怒りがわき立った。

「悔しかったら誰かと付き合えよ。男に告白されてみろよ。私みたいに」

姉は何も答えない。ヘッドフォンから、いつもと変わらぬ調子でセブクラが歌う声だけが平和だった。だけど、こんな時だと間が抜けて聞こえる。

私たちには部屋が一つきり。自分が妹として生まれたこと、こういう家に母が私を産んだこと、悔しくて涙が出てくる。

姉は黙ったままだ。私が部屋を出て行くのが自然な流れに思えたけど、それは姉の望みを叶えることのように思えて、何より他に行くところなんかないから、私は黙って座った。涙が流れるまま、それをこれ見よがしに拭《ぬぐ》いながら姉を睨み続ける。癪《しゃく》だから、声は上げなかった。


遠藤の部活が終わるのを待って一緒に帰る途中、ふいに「山下の姉ちゃん見たよ」と言われた。

「何つーか、全然違うね。最初、驚いた」

「よく言われる。私たち、仲も悪いし」

私は笑った。

早く春にならないかな、と思う。

年の差が一つの私たちは、人生の大半を同じ学校に通って過ごしてきたが、それが外れる時だってきちんとやってくる。例えば、姉が中学一年で、私が小学六年だった年。そして来年姉が高校に行く時、私たちの進路はもうかぶらないだろう。由紀枝は成績が学年で一桁台《ひとけただい》らしいし、きっと私には興味のない進学校に行く。我慢はあと半年足らず。姉だってきっと我慢してるだろうけど、私の方がより深く、ずっとずっと傷ついてる。

前に、三つ編み軍団とすれ違った道に出る。

遠藤の柴犬《しばいぬ》みたいな優しい目と、先が尖《とが》ったスポーツ刈りの髪がすぐ横にある。最初の日は死にそうに緊張してたけど、二回、三回と回数を重ねるごとに段々馴《な》れてきた。

人形のように整ったタカユキの顔とは確かに似てない。だけど、現実のかっこよさ、モテる基準ってそんなものじゃないはずだ。それがわからない姉は、メディアにしか好きな男子を見出《みいだ》せないお子様だ。遠藤のよさがわかんないなんて、バカだ。

思っていた次の瞬間、遠藤が言った。

「よかった。山下があいう暗いタイプじゃなくって」

「暗い？」

びっくりして尋ね返す。どうしてかわからないけど、口調があわてたように急ぐ。

「暗い、っていうのとはちょっと違うと思うけど。お姉ちゃん凶暴だし、私相手だと容赦ないし」

違和感を込めて言う。「暗い」は「真面目」以上に根が深い、マイナス面しかない言葉だ。

姉は確かに外では真面目でおとなしい。だけど「暗い」っていうのは、三つ編み軍団のその他大勢のことだ。由紀枝はちょっと違う。

「確かに、一緒にいる人たちは地味だよ。だけど、あの中でも頭いいだけマシな方だって。知ってる？　ああいう風にオタクだったり暗かったりするくせに、成績もそんなたいしたことない子もいるんだって」

「あ、確かにいるな。うちのクラスでも」

「でしょう。だから、お姉ちゃんは全然マシ。多分、あの学年で青南《せいなん》行くの、唯一お姉ちゃんだけだし」

県下一の進学校の名前を出すと、胸がすっとした。私も遠藤も成績は中の下だ。馴《な》染《じ》みのない「青南」の単語は、口にすると新鮮だった。遠藤が興味があるのかないのかわかんない風に「へぇ」と頷く。そして、何かに気づいたようにあっと声を上げた。

「山下、ごめん。ちょっと顔伏せて」

「何？」

「前から来るの、広瀬《ひろせ》先輩」

気まずそうな顔の遠藤と目が合う。私は唇《くちびる》をきゅっと閉じて、動揺を隠しながら顔を前に向ける。赤い口紅、短いスカートの広瀬ゆかり先輩。ヤンキーと不登校のスレスレのゾーン。中学に上がる時、「あの先輩に目をつけられたらおしまいだ」と噂されてた要注意人物。しめ方、エゲツないよって。

普通、上の学年にお兄ちゃんかお姉ちゃんがいる子は、それだけで先輩たちの間に暗黙の了解ができて、しめられたりしなくて済むものなんだけど、うちの姉の場合、それは期待できない。だって広瀬先輩と由紀枝じゃ、住んでる世界が違うから。

自分で自分の身を守るしかない私は、これまで、広瀬先輩に会うと、面識がなくても、返事が返ってこなくても、ご機嫌を取るために大声で「おはようございます！」と頭を下げて挨拶《あいさつ》してきた。

そんな彼女を堂々と振ったことで、遠藤はうちの学年でも先輩たちの間でも男の株を上げたのだ。

ごくりと唾《つば》を呑む。

広瀬先輩が友達と一緒にこっちを見ている。私や裕香は、先生や先輩の目を気にして、化粧はせいぜい軽い色つきリップくらいだけど、広瀬先輩たちはもう三年だし、きっと怖いものなしだ。目が細くてキッツい印象の顔をしてることが、はっきり引いたアイラインのせいでさらに強調されている。遠藤は目を伏せたままだ。

「遠藤くん、それ彼女？」

黙ったままでいたら、急に声をかけられた。背筋が凍りつく。広瀬先輩が目を細めながら、私たちの顔を覗《のぞ》きこんでくる。

「……うっせ、関係ねーだろ」という遠藤の声は、頼りないくらい小さかった。

「ふぅん」とたっぷり息を吹き込んで言う広瀬先輩が、今度は私を見た。冷たい声で言う。

「挨拶は？　二年」

「……さよう、なら」

声がつまった。自分がどんな顔をしているか、まったくわからなかった。遠藤に引っぱられるように、早足になって歩く。背後で、広瀬先輩がわざとらしい口調で何か叫ぶのが聞こえた。頭の中が真っ白で、内容をきちんと理解するのが遅れる。

「ごめんな」と遠藤が言うのと、広瀬先輩の声を思い出すのが同時だった。

「むっかつく！」と力任せに言ったあの声は、きっと宣言だった。

どうなっちゃうんだろう。私、多分、しめられる。

3

学校に行くのが憂鬱《ゆううつ》で、裕香たちから「気にすることないよ」って言われても、私の不安は治まらなかった。広瀬先輩と同じバレー部の子たちが、入部してすぐの春、毎日部活の後一人一人トイレに呼び出された話や、彼女が何をすれば喜び、どうすれば怒らせずに済むかの、いまさら遅い「広瀬先輩攻略法」なんかを教えてくれたけど、聞けば聞くほど、かえって私の胸は圧迫されるようだった。

裕香たちが、そんなモンスター的な広瀬先輩と敵対してる私のことを、心配しながらも、すごーいって目で見て、それを自分の自慢話のように他のクラスの子に吹聴《ふいちょう》してることもわかって、うんざりもした。遠藤も気遣って、「絶対毎日一緒に帰ろうな」って言ってくれるんだけど、正直、私はこれをきっかけに恋を盛り上げるっていうよりは、圧倒的に恐怖が勝ってて心細かった。だって、痛いことは嫌いだ。

まだ、私の周りには具体的に何も起こってない。だけど、最低一回は広瀬先輩に呼び出されることを覚悟した。おとなしくして、従順な様子を見せれば、一時間くらいで済むって聞いた。ほうきとか、凶器がある方が、痛いけどすぐ終わるらしい。時間と痛みとどっちがマシかな。決める権限すらないけど、ぼんやり、考える。

ある日、夕ご飯を終えて姉が部屋に戻ってしまった後、テレビを観ていたら母に尋ねられた。

「ねぇ、最近どう？」

「何が」

私が元気ないことに気づいたのか。背筋を伸ばして顔を向ける。お母さん、気づいてくれたの？　だけど、母が続けた言葉は私を落胆させた。

「お姉ちゃん、元気ないと思わない？　今日、スーパーで買い物してたら、お姉ちゃんの担任の先生と偶然会って」

「は？　知らないよ。そんなの」

何だよ、私の話じゃないのかよ。お茶を淹《い》れた母が、私の前にも湯呑みを置く。

「聞いたら、あの子、友達とケンカしたみたいなのよ。学校でも一人でいるみたい。そういえば最近、お姉ちゃんあての電話がほとんどかかってこないし。亜季、学校でお姉ちゃんのこと、見かけない？　気づかなかった？」

「たまに見かけるけど、わかんない。っていうか、ケンカって何？　お姉ちゃんの友達なんて、みんなおとなしくて穏やかそうじゃん。あんな草食動物っぽい子たちから、外されてるってこと？」

三つ編み軍団が内部分裂するところなんて想像つかなかった。男問題で揉《も》めることなんか絶対ないだろうし、だいたいあんな子たちからさえ外されてしまうなんて、情けない気がした。しっくり来ない。

母がため息をつく。

「わかんないのよ。由紀枝は強い子だから、何かあっても我慢して言ってこないし。心配で」

「私の方が強いよ」

「あんたの強さとはまた別。お姉ちゃんの方が強いわよ。なおのことかわいそう」

かちんときた。湯気を立てるお茶を一口も飲まずに居間を出て、あてつけるように乱暴に襖を引く。部屋に戻ると、由紀枝は机に座って本を読んでいた。音楽も聴かず、私の方を見もしない。

外されてるってこと？

自分で口にした言葉を反芻《はんすう》する。

お姉ちゃん、と声が出かかって、だけど呑み込む。何をどう聞けばいいかわかんなかった。一人で教室を移動する、一人でトイレに行く。想像して、げんなりする。私だったら絶対嫌だし、耐えられない。

どうしてそんなに要領が悪いの。

いたたまれない気持ちで机に座る。私が巻き込まれてる激しさに比べたら、遥かに地味な問題には違いないけど、姉も姉の世界の中で難破しかかってる。立場、代わってくんないかな。私だったら、あんなさえないブスたち、一笑に付しておしまいにできるのに。

意識してみると、由紀枝は一人でいた。

理解できないのは、自分を外したヤツらと顔を合わせなきゃならないような部活にまで律儀《りちぎ》に出続けてるらしいってこと。マラソンとか、球技大会の時みたいに棄権したがればいいのに、離れた場所に座る自分の元友達がひそひそ陰口言うのを、本を読むふりして全部聞いてる。

自慢げなとこが気に食わない、と三つ編み軍団から噂されてるらしいって、どこかから聞いた。多分、成績のことだ。

いよいよ受験が迫って、みんな神経が過敏になってるのかもしれない。地味な子ばっかり付き合ってるせいで、由紀枝はきっと得意になってしまったのだ。人生馴れしてないから、処世術もわからない。もどかしく、嫌になる。かわいくないならそれなりに、せめて謙虚にしてなきゃダメなのに。本当に姉は不器用に貧乏くじばかり引く。

一週間が経ち、二週間が経っても、私は不思議と広瀬先輩から呼び出しを受けることはなかった。内心のビクビクが随分落ち着き、今週末はいよいよ遠藤とセブクラのライブって時になって、裕香が「大変たいへーん」と声を上げながら、私のところにやってきた。

「どうしたの？」

「三年の先輩に聞いちゃった。亜季のお姉ちゃん、広瀬先輩とケンカしたんだって」

驚きすぎて、声が出なかった。意味がわからずに目を見開く。金魚のようにぱくぱく口が動いた。漫画みたいだけど本当にそうなった。ようやく声が出る。

「……いつ？」

「もう結構前だって。掃除の時間、広瀬先輩が亜季のお姉ちゃんに因縁《いんねん》つけるとこ、私の部活の先輩が見たって」

「因縁って、何言ってたの」

「わかんない。最初にふっかけたの広瀬先輩だったみたいだけど、それに亜季のお姉ちゃんが何か言い返して。最後、広瀬先輩が『うっせぇよ、友達いないくせに』ってキレてたって」

姉は、今もまだ三つ編み軍団からの除名真っ最中のはずだ。そのことを私も母も気にしてることに気づいて、最近は家ですら口数が減った。人間は、相手が一番気にしてることを本能的に察して罵《のの》る生き物だし、広瀬先輩なんて特にそのエキスパートみたいな人だ。

姉は傷ついたはずだ。だけど、振り返ってみても、昨日もその前も、姉は私の前でおかしな素振《そぶ》りを全然見せなかった。広瀬先輩のことなんて、おくびにも出さなかった。

裕香が心配そうに私の顔を覗きこむ。

「ねぇ、お姉ちゃん、何か言ってなかった？　広瀬先輩、ひょっとして亜季のことでお姉ちゃんに」

「わかんない」

それ以上続けて欲しくなかった。頭がぐちゃぐちゃ混乱した。どうしてよ、どうしてよ、お姉ちゃん。何にも言ってなかった。何で広瀬先輩に対抗したりするのだ。どうして要領よくやらないんだ。しかも、責任が私にあるのかもしれないって考えると、具合が悪くなりそうだった。私と由紀枝は関係ないのに。

家に帰り、由紀枝にそれを問いかけるのは勇気がいった。今まで経験したことないくらい気まずかった。おかえり・ただいまの簡単な挨拶すら、最近じゃ交わすことが稀《まれ》だったのだ。

「——どうして、広瀬先輩とケンカしたの」

尋ねると、姉がゆっくりと私を見た。特段驚いた様子も、気まずそうな様子も見られなかった。ごく自然にこっちを見た視線に、射すくめられたように動けなくなる。

もう一度、今度は言葉をかえて聞いた。

「何で、私をかばったの」

「わかんない」

姉が薄く微笑《ほほえ》んでいた。恩に着せる様子もなく、いたって静かに。

それを見た途端、すとん、と急に理解した。私はどうしようもなく妹なのだと。

「話、それだけ？」

姉が聞く声に、私は衝撃に打たれたままこくんと頷いた。「気にしなくていいよ」と、姉が重ねて言った。

「広瀬さんとはもう何もないし。亜季、気にしなくていいよ」

気になんかしてない。

答えようとした強がりが、喉《のど》にひっかかって言えなかった。何をどう伝えればいいのか、一つも言葉が浮かばずに、黙ったまま座った。これまで広瀬先輩に怯《おび》えてた恐怖から解放された安堵《あんど》と、姉の肩に自分が押し付けたものと、姉が今考えてることとが、順番に頭を駆け巡り、それらが私の喉をカラカラに干上がらせた。

「お姉ちゃん、友達とうまくいってないの」という問いかけが口を突いたのは、混乱のせいだとしか思えなかった。姉がまた私を見つめた。声を出していなければ、震えて涙が出そうだった。

「何があったの」

できることなら、すべて話して欲しかった。私にやらせて欲しい。あのさえない地味な軍団を笑ってバカにしろというなら、私がやりにいく。どれだけでも口汚い言葉で罵ることができる。私、あの人たちは得意だ。

「私が悪いんだ」と姉が答え、それにより、私からは、本当にもう話す言葉がみんな奪われた。

「心配かけてた？」

たいしたことではないように、由紀枝が言う。

4

週末のセブンス・クライシスのライブに行く途中のことだった。

遠藤との初デート、会場に向かう道のり。広瀬先輩のことは、もう話題に出なかった。

姉とはあれきり、何も話していなかった。朝、どこかに出かける風だったけど、お互いに言葉は交わさず、別々の時間帯に家を出た。一人で図書館にでも行くのかと思っていたら、会場のある駅を出てすぐ、近場のデパートの前で三つ編み軍団が勢ぞろいしているのが見えた。中に姉の姿もあるのを見つけ、目を瞬《しばたた》く。遠く離れた場所から不自然にならない程度に観察する。険悪なムードはなかった。ケンカ前と同じように、笑って語り合っている。肩から力が抜ける。安心して、今にも家にとって返して、母に報告したい衝動に駆られる。お母さん、お姉ちゃん、仲直りしたみたい。

その時だった。

「ああいうグループって、何が楽しくて生きてるんだろうな」

瞬《まばた》きするのも、息を吸うのも、一瞬忘れた。首が石のように固まって、すぐには声の方向を見ることができなかった。遠藤が続ける。

「山下の姉ちゃんさ、少しはお前のこと見習えばいいのにな。勉強ばっかじゃなくて、世の中、もっと楽しいことあるし。だいたいさ、部活、アニメイラスト部なんだって？」

由紀枝が笑いながら、楽しそうに友達とデパートの中に消えていく。休みの日だって普段と変わらない眼鏡とお下げ姿。だけど、提《さ》げた鞄に大きなハート形のキーホルダーをつけていた。普段、学校にはつけていかない。休みだから、友達と一緒だから、オシャレしてるんだ。思ったら、胸がぎゅーっとなった。

私の姉でなければ、遠藤の視線は、あの一団を簡単にスルーしたはずだ。目を留めたのは、私のせいだ。姉たちが楽しそうなのが、見ていてつらくなる。軽い声を、もう返せなかった。

「いい高校入ったって、大学入ったって、あとは普通のサラリーマンになって終わりだろ？　――だいたいさ、中学のうちに運動部入ってなきゃ絶対損だって。先輩との上下関係とか人間関係とか、そういうキホンがごっそり抜けたままますぐ受験ってどうなの？　それと」

「遠藤、ごめん！」

大声が出ていた。驚いたように口をつぐんだ遠藤が目をまん丸にしてこっちを見た。

女の子みたいにサラサラな髪した芸能人より、現実のスポーツ刈り男子と付き合う。それが現実の幸せ。遠藤、かっこいい。

わかってるけど、全部忘れた。来る途中、何度も鞄の中にきちんと入ってるかチェックしたチケット。袋のまま、取り出して遠藤の胸に押しつける。

「ごめん、一人で行って。私、行けない」

「え？　おい」

「部活、サボらしてごめん。だけど、無理」

遠藤の顔色が変わったことがわかったけど、隣にいたくなかった。タカユキの歌声、バースデイイベント、秤《はかり》にかける。でも、遠藤の横にこのまま平然と座れるとは思わなかった。

駅の方向まで、夢中で走った。どこに行くのかわかんないけど、進むまま足を前に出し続けるしかなかった。

ごめん、と歯を食いしばる。

友達と楽しそうに話してた由紀枝。

ごめん。巻き込んでごめん。


暗い部屋で膝《ひざ》を抱いたままでいると、電気をつけた姉が驚いたように息を呑むのが聞こえた。

涸《か》れるほど涙を流したはずなのに、人の存在を意識したら、甘えるようにまた目の奥が熱くゆるむ。聞いて欲しくて、声が上がりそうになる。

「どうしたの。今日、セブクラのライブだったんでしょ？」

親しげに略して呼ばないで欲しい。セブンス・クライシス。バースデイイベント。タカユキ。それが本当に観たかったかどうかなんて、問題じゃなかった。楽しみにしていたはずなのに、それを放棄した自分のことがかわいそうで、私は帰ってから、いつまでも泣くことができた。

「――彼氏と別れた」

掠《かす》れた声で言う。姉が唖然《あぜん》としたように立ち尽くしている。それがわかって、私はさらに顔を前に倒して嗚咽《おえつ》する。

どうしていいかわからないように、姉が私を見ていた。しばらくして、姉が私の横に座り込む気配があった。背中に腕に、触れ合うことに馴れているような、そんな姉妹なら良かったけど、不幸にして私たちは仲がとても悪かった。躊躇《ためら》うような沈黙と距離感を経て、姉がポツリと言った。

「遠藤くん、かっこいい子だったのにね」

私は息を呑む。声を止めた。

タカユキと全然似てない、と指摘された日の怒り。遠藤が今日、姉に目を留めて告げた言葉。一気に流れて止まらなくなる。うーっと長い息と声とが出た。かっこよくねぇよ。お姉ちゃん、あいつにバカにされたんだよ。そんな風に、言わないで。遠藤くん、なんて、気安く名前呼ぶな。

自分を哀れむこと、その限界の臨界点が急に突き上げた。わぁっと声を上げて、私は叫んだ。衝動的に失ってしまったものの大きさや、あんなに楽しかった遠藤との最初の帰り道のときめきを思い出したら、ショックすぎて泣いた。獣のような声が出た。ぎゃああ、ぎゃああ、ぎゃああ。

お姉ちゃん、私、惜しいことをした。やっちゃった。

遠藤と戻りたいとは思わないし、何が一番嫌なのかもわからない。ハイになったように声を上げるのに夢中になって、両手で顔を覆ったまま天井を振り仰ぐ。しょっぱい涙と鼻水が口に垂れるのと、姉が私の手を触るのが同時だった。困惑したような、もどかしい触り方。もっとうまくやって抱きしめたりして、距離感つめてよ。

相変わらず、結局何にも処世術わかってない。

5

教会のバージンロードを歩く姉。

ベールの下の顔は、年を取ってますます私と似ていた。もともと、私が意地になって守ってきた拠《よ》り所は薄っぺらい化粧の膜に代表されるようなおしゃれ全般だったのだから、姉が年相応に化粧を覚えたこの頃は、確かにもうあまり意味がなくなっていた。

姉が顔を上げ、父から花婿《はなむこ》にその手が引き渡される。生真面目な様子で頷いて花嫁の手を取る新郎は、記憶違いでなければ、私が昔熱を上げてたバンドのボーカルと少し似ている。他の誰も気づかないかもしれないけど、私はそう思うし、姉だってきっと気づいたはずだ。鼻筋が通って、髪がサラサラ。眼鏡かけてるけど、奥の切れ長の目が鋭い。

——面食い。意地っ張り。

由紀枝はやっぱり、私と似てるんだと思う。

義兄になるこの人の方が、学生時代から姉に夢中だったのだというのだから驚きだ。だけど、悪い気はしなかった。彼が私を最初に見た時、「本当に由紀枝ちゃんにそっくり！」と感嘆の声を上げて、私は当たり前でしょう、と満足した。

賛美歌を歌い、指輪を交換し、誓いのキス。退場した姉が、チャペルの外でブーケトスをする時、彼女が自分の友達を差し置いて、妹の姿を探すのがわかった。遠慮して新郎新婦を遠巻きに見ていた私に向け、声が飛んでくる。

「亜季、取って！」

姉の近くに、彼女の中学時代の同級生がそろって楽しそうに並んでいた。中学生女子のケンカや仲間外れは流行《はや》り病のようなものだ。かかっていたことすら、いずれ忘れてしまうような。

『亜季へ。

中学校時代の私、山下由紀枝にとって、唯一の自慢は、自分にかわいくて人気者の妹がいる、ということでした。友達も少なく、男の子とも無縁な私の憧れを全部かわりに生きてる亜季は、当時の私がすがりついた価値のすべてでした。いつまでも、その頃のかっこよさを持った亜季でいてください。』

自慢話ばかりして周囲に煙《けむ》たがられた姉の、私は妹。

高校の頃、ふっと気づいた。

ビジュアル系バンド熱がだいぶ落ち着いてからだった。高校のクラスメートに、私は自分がマニアックって目で見られてたことを知った。興味のない人間からしてみると、曲を聴き込みチケット獲得に闘志を燃やす私は、随分オタクっぽかったと。それを聞き、ショックを受けたものだ。

だけど、姉からの手紙を読んで、今また思った。何が楽しくて生きてるのか。何を持っているのか。私も姉も、他人から見たら両方とも大差なくオタクだった。

あれから、姉は大方の予想通り順調に県下一の高校に受かり、さらにはそこから名門と呼ばれる大学に進んだ。私は中途半端に勉強したり、しなかったり。名門どころか、合コンでの肩書きとしても箔《はく》がつかないような貧相な大学にかろうじて受かった。結婚の予定も今のところないけど、モテないわけでも、日々が楽しくないわけでもない。

「亜季ちゃん、こっち」

微笑みながら、姉の中学時代の友人たちが、横の場所を空けてくれる。当たり前の話だが、今はもう誰も三つ編みは結んでいない。

「二次会、来てね」

幹事だという一人が言う。

「亜季ちゃんみたいなかわいい子が来てくれると、新郎側もきっと喜ぶよー」

私は笑って「マジですか」と軽口を返す。

姉が真っ白いバラのブーケを、後ろ向きに投げる。きゃあっと声が上がり、空気がざわつく。私も背伸びをして、舞い上がった花に向けて手を広げる。身内が取るのは顰蹙かもしれないけど、姉はきっと気にしない。

由紀枝のかっこいい妹でいることは、私の役目であり、姉への祝福。悪くない、と胸を張る。

サイリウム

1

一本二八〇円。

ダース買いすれば、箱で一七八〇円。

だけど、会場横のサトウ電機の四階だったら、ディスカウント価格一一七〇円。

緑、青、赤の三色をそれぞれ十七箱用意すれば、二百席分にちゃんといきわたる。

二重にしてもらった紙袋を抱えてエスカレーターで昇ると、ライブ会場前のカフェで、すでにかっちと丹澤《たんざわ》さんが待っていた。

かっちはいつもの猫背をさらに丸めて、緑色のクリームソーダをすすっていた。レンズの厚い眼鏡をグラスにくっつきそうなほど近づけ、手を使わずに身体を倒してストローを噛《か》んでいる。

無精髭《ぶしょうひげ》の丹澤さんは、かっちの前で顔を下に向けて絶賛作業中。やってきた俺に、かっちが先に気づいた。「お疲れ、ナオさん」と、ぼそっと声をかけてくる。

テーブルの上には、丸いシールが何色かとB6サイズの紙の束。それと、輪ゴムの茶色い箱。輪ゴムの箱は、前回から引き続き使ってるやつだから、角がだいぶ丸くなって潰《つぶ》れている。

今回の文書担当は丹澤さんだった。B6の説明書を一枚手に取り、空いている席に座って見ていると、丹澤さんが顔を上げた。

「サイリウムの説明、この絵でわかる?」

「上出来でしょ。丹澤さん、やっぱ絵うまいっす」

説明書に目を落としながら答える。

♪北郷《きたざと》瑠未名《るみな》ちゃん　お誕生会ご協力のお願い♪

本日は、5月7日に20歳のお誕生日を迎える、「るみなん」こと北郷瑠未名ちゃんのお誕生会です。皆様にご協力いただきたく、お願い申し上げます。

●配付物

①　サイリウム（緑色）
②　サイリウム（青色）
③　サイリウム（赤色）
④　お願い説明書　↑　本書

●企画内容

①　オープニング曲の開始と、ミントガールズ登場に合わせて緑色のサイリウムを光らせて振ってください。

②　瑠末名ちゃんのソロパートがある「海風ワルツ」（おそらく7曲目）で、青色のサイリウムを光らせて振ってください。（青は海風の「海」をイメージしています）

③　アンコールの際のコールは、今日は「るみなん」コールのみでお願いします。声かけの号令は、お誕生会実行委員がご案内します。アンコール以降の曲はすべて、赤のサイリウムを光らせて振り続けてください。（赤は瑠末名ちゃんのラッキーカラーです）

④　アンコール以外でも、今日は「るみなん」コール多めでお願いします。

その下に、サイリウムの光らせ方が丹澤さんの描いた図入りで出ている。サイリウムは、棒状の使い捨てライトだ。二十センチ弱のプラスチックの中に蛍光色の液体が入っていて、真ん中で折ると、この液体が化学反応を起こして光る。

●サイリウムについて
・真ん中をバキッと音がするまで折り曲げると光ります。
・発熱せず、引火の危険はありません。
・光の継続時間はだいたい2～3時間です。
・お配りしたサイリウムにつきましては、ライブ終了後、出入り口付近で実行委員が回収させていただきます。ライブ会場内及びトイレのゴミ箱、帰り道や駅構内のゴミ箱などに捨てて周囲の迷惑にならないよう、回収へのご協力をお願いします。

瑠未名ちゃんの思い出に残るお誕生会にしたいと思っています。ご協力に感謝いたします。

北郷瑠末名ちゃんお誕生会実行委員会

俺がサイリウムの箱を袋から取り出すと、かっちがクリームソーダを脇に寄せ、早速丸シールに説明書通りの①②③を油性マジックで書き込んでいく。それぞれの色に対応させるように貼りつけ、緑、青、赤と三本をセットにしてまとめ、半分に折ったお誕生会の説明書を上にくっつけて輪ゴムで束ねる。馴れた作業だから、阿吽《あうん》の呼吸でサイリウムが互いの手から手へ無言のままやりとりされる。

「『海風ワルツ』が『おそらく7曲目』ってありますけど、確定じゃないんスか」

「昨日までのセットリスト、スタッフにもらったけど、まだ今日変更になる可能性があるって」

丹澤さんが淡々と答える。着ているチェックのシャツの脇に汗が滲《にじ》んで、チェックの色がそこだけまるで別の布地のように変わっていた。

ミントガールズは、デビューして今年で六年目のアイドルユニットだ。キャッチコピーは『中央線を愛する中野系庶民派アイドル』。中野を中心に活動し、サブカルの聖地と呼ばれるショッピングビルの最上階にあるライブハウスで週に一度必ずライブを行う。このライブハウスは彼女たちのデビューに合わせて造られた、いわばミントガールズのホームグラウンドだ。

去年、念願のオリコン初登場トップテン入りを果たし、CDの売り上げも軒並み数十万単位。デビュー当時はいわゆる地下アイドルと変わらなかったものが、徐々に話題を呼んで、今やトップアイドルの仲間入りをしつつある。

けれど、『庶民派』であるという一線は譲らず、どれだけ忙しくても自分たちのホームである中野でのライブは、たとえメンバーに欠員が出たとしても欠かさず行う。メンバーは、初期メンバーの引退や追加募集などを経て、今は全部で二十五人。そのうち、スタメンと呼ばれるステージに実際に上がれる子は僅《わず》かに八人だ。欠員が出た場合のみ、二軍の子にも光が当たる。

北郷瑠未名ちゃんは第三期メンバーで、これまで一度も代打以外ではスタメンになれたことがない。十九歳の現役女子大生アイドル。俺と同い年。「もうすぐ二十歳だっていうのにこれじゃヤバいですねー。私、崖っぷちです」とこの間のライブで話していて、客席から「そんなことないぞー!」「るみなーん!」と声援を送られていた。

「ね、丹澤さん」

「何?　ナオくん」

かっちほどじゃないけど、丹澤さんの声もくぐもってぼそっと聞こえる。ちょっと太ってて呼吸が浅いせいかもしれない。

「せっかくのるみなんの誕生会なのに、なんで髭剃《そ》ってこなかったんスか。アンコールでコールのタイミング合図する時、るみなん、こっち見るかもしれないのに」

深く考えず、ただ気になったから聞いただけなのに、丹澤さんの顔が真っ赤になった。その反応で気がついた。丹澤さんの無精髭は、よく見れば、るみなんが好きだと言ってたハリウッド俳優の伸ばし方に見えなくもない。

「サーセン！　ひょっとしておしゃれ？　おしゃれでした？」

「いや……」

俯いたまま顔を上げない丹澤さんを見て、心底ダメなことを言ってしまったと後悔する。かっちが横で「あーあ」とため息をつきながら、「早くしろよ」とつまらなそうに言った。

「六時の開場までに会場届けないと、スタッフ受け付けてくんなくなるよ」

「わかった」

ダース買いしたサイリウムをバラし、すでに山積みになった輪ゴムで束ねた分を紙袋にしまっていく。

ミントガールズの最初のライブは、幼なじみのかっちに誘われて一緒に行った。五年前、彼女たちがデビューしてすぐの頃だ。俺の『オフィシャルファンクラブ・中野ミント会』会員ナンバーは相当古い方だ。

「絶対にいいから行こうぜ。ミントガールズは他のアイドルとは全然違うから」

もともと中野生まれ中野育ちで、地元で活躍するミントガールズの存在は知ってたけど、観に行くのは初めてだった。

初回のライブの衝撃は、忘れられない。

オープニングの幕が上がるまでの間、蛍光色の緑が、暗闇に、まるで蛍みたいに舞っていた。緑はミントガールズのテーマカラーだ。

サイリウムの光を、そこで初めて見た。ファンが全員、一丸となって同じ方向に光を振る。彼女たちに向けて、一心不乱に。

光の海だ、と思った瞬間に、鳥肌が立った。

幕が上がる。一曲目が始まり、その、全力のダンスと歌を観たら、もう、最後まで目を逸らせなくなった。熱気とともに、会場中に満ちた緑色の光のスピードが加速していく。

「どうもありがとうございます。ミントガールズです」

オープニング一曲目を終えて、不動のスタメンナンバーワン人気を誇る吉村綾《よしむらあや》（あやちん）が挨拶する。テレビで観た時には、他の芸能人と比べて若いせいか、かわいい印象しかなかった彼女の両肩から、メンバー全員分の責任を背負った堂々としたオーラが立ちのぼっていた。黒目がちのまっすぐな目が客席を見ると、射すくめられたように動けなくなった。

中野のライブ会場は二百席しかない小さな場所だ。だけど、その全員が一人残らず彼女たちに夢中になる。毎回これだけの人間を熱狂させることができるって本当にすごい。

かっちの言う通りだった。ミントガールズは、他のアイドルとは違う。

2

最初のライブの衝撃以来、オープニングで幕が上がるまでの間は、どれだけ回数を経ても、いつも微《かす》かに緊張感があって興奮する。大好きな時間だ。

スタッフに渡した俺たちのサイリウムの束が、すでに客席に配られていた。自分の席を確保しようと歩き出した俺の目に、座席の上にもう一つ、俺たちが用意したのと別のサイリウム二本の束が置かれているのが飛び込んできて「あっ」と思う。たまにある。連絡が不徹底で、別の有志の会が用意したお誕生会準備とかぶったのだ。

かっちと丹澤さんも気づいたようだった。席についてすぐに輪ゴムを解くと、彼らが用意したのは緑と白のサイリウムだった。「お願い説明書」を読むと、オープニングで緑のサイリウムを振ることは共通だけど、るみなんのソロパートがある『海風ワルツ』で振る色には白が指定されている。

横で同じように説明書を読んでいたかっちが、ふーっと大きく息を吐き出すのが聞こえた。考えたことはわかる。『海風ワルツ』に合わせて、一面が海を思わせる青い光で覆われれば、あのしっとりとしたバラードにはとても似合うはずだった。そこに、別の色が混じってくる。

「ま、二本一緒に振ってくれればいいよな」

丹澤さんが言う。せっかくのお誕生会だから、ファン同士でぶつかり合うような真似《まね》はしたくない。それは、向こうのグループだって一緒だろう。紳士協定を結ぶような気持ちで、俺も「そっスね」と答えた。

——はい、はい、はい、はいっ！　よおおおお、いっちゃってー！

地鳴りのようなかけ声とともに、手拍子が入り、緑色のサイリウムを折って準備する。歓声の中で、その時「あの」と控えめな声がした。

顔を向けると、ミントガールズのライブでは普段あまり見かけないような、眼鏡とスーツ姿の女の人が、緑色のサイリウムを手にしていた。丸いシールがついてるから俺たちが配った方だ。

「これ、どうやって使うんですか？　折るって、先端のこの部分ですか？」

「あ、上じゃなくて真ん中からこう全体をバキッと音がするまで」

やっちゃっていいですか？　と聞いてから、受け取って代わりに折り、彼女の手に返す。

「で、振ってください。早く混ざるから」

「こうですか？」

急いで上下に振り動かす彼女の手の中で、緑色の光がみるみる濃くなっていく。ライブ自体に馴れていないのかもしれない。俺にお礼を言いながら、丹澤さんが書いた説明書を読んでいる。

　オープニングが終わり、次の曲に入っても、勝手がわからないのか、続けてサイリウムを振っている彼女に、余計なことかもしれない、と思いながらも「あ、もう結構です」と声をかけた。

「緑は今の一回限りで――、次にどこで振るかは、またお知らせしますね」

「あ、はい。すいません」

　年は俺よりだいぶ上で、三十代の半ばくらいに見えた。ミントガールズは最近女子中高校生にも人気があるけど、このぐらいの年の女性ファンは珍しい。「みんな、立たないんですね」と話しかけてきた。

「みんなもっと立ち上がったり、一緒に踊ったりするものかと思ってました」

「あ、この会場は狭いし、座席制だから。前が立つと、後ろの人が見えないし」

　他のアイドルのライブや声優関係のイベントなんかだと、みんな我先に立ち上がって踊ったり、ヲタ芸と呼ばれる振りつけしながらノってることもあるけど、ミントガールズのファンはその辺りのマナーは徹底してる。もっと大きな会場だっていっぱいにすることができる彼女たちが、この小さなライブハウスであえて超至近距離のパフォーマンスを見せてくれる以上、ファンも応えなければならない。

ライブが終了し、彼女たちがいったん楽屋に戻ってから、アンコールのコールをかけるため、丹澤さんが立ち上がった。俺たちとは別動だったお誕生会実行委員からも一人立って、丹澤さんとその人がその場で軽い打ち合わせをした後、二人で「今日のコールは、『るみなん』でお願いします」と客席に頭を下げた。

「僕らがコールした後に、みなさんで復唱してください。いきます。――る・み・な・あ・ん！」

丹澤さんの声に続いて、客席全部からコールが飛ぶ。丹澤さんの次に、今度は別動部隊の一人もコールする。

十分後、彼女たちが音楽とともに登場すると、わあああ、という波のような歓声が上がり、赤い光が会場を一面に覆った。ステージの上から、マイクを持ったるみなんが「ありがとうございます！　二十歳になりましたあ！」と声を張り上げて挨拶する。

「――あの、このライトって、誰かの自腹なんですか？」

アンコール終了後、席を立とうとしたら、さっきの女の人にまた声をかけられた。

「そうですよ。有志の会がやってるんです。入り口のところに並んでる誕生祝いの花もそうです」

パチンコ屋の開店時か、『笑っていいとも!』の『テレフォンショッキング』くらいでしか見たことない盛り花が、お誕生会では毎回通路に並ぶ。女の人が感心したように「そうなんですか」と頷《うなず》いた。本当にびっくりしているみたいだった。

自分がその会のメンバーだということは言わなかったけど、ライブハウスの出口付近で空箱を掲げてサイリウムを回収していると、その女の人が階段から降りてきて、「どうもありがとう」と、中に使用済みの数本を入れた。

「こちらこそ、盛り上げてくださってありがとうございましたー!」

かっちと丹澤さん、それに別動だったヤツらと一緒に頭を下げる。歩き出したその人のところに、ライブスタッフが「あ、どうもどうも」と駆け寄るのが見えた。関係者だったのかもしれない。スタッフに向け、「とても楽しかったです」と答えるのが聞こえた。

「ナオさん、ライブの間、あの人と話してたよね」

横で同じく回収用の箱を掲げたかっちが聞いてくる。

「うん。ライブ初みたいだったから」

『中野ミント会』の信条は、最初「ミントガールズを応援すること」だったものが、今、どんどん人気と存在感を増している彼女たちを支えるにあたって、追加事項ができた。

「ミントガールズの足を引っ張らない」というのがそれだ。

昔からのファンが独自に世界を作りすぎると、新規のファンは入ってこられない。ちょうど極端な出待ちや入り待ち、ライブでの派手すぎるノリ方が問題化して、ファンのマナーが悪く言われ始めた頃だった。

初期からのファンとしては、新規が増えることは嬉しい反面、複雑な気持ちもあるけど、そんなわけで、古参のファンは初心者にも優しくしようという空気がある。先輩として導こうという、使命感と言ったら大袈裟《おおげさ》だけど、そんなようなものだ。

「お！　るみなんのブログ、更新された。やべ。楽屋からだ。弟と撮ってる」

回収を終え、箱を地面に下ろして片づけていると、スマートフォン片手のかっちが声を上げた。

「え、どれ？」

「これ」

黒髪、前髪パッツン、ツインテール、ステージ衣装のままのるみなんの横で、かわいらしい顔立ちをした弟らしき人物が一緒に笑ってる写真がアップされていた。『お誕生会に、弟が来てくれました』と絵文字をきらきらさせたタイトルが躍っている。

「似てる」

「な。いいなぁ、姉ちゃんて。これだけ似てたら、るみなんのこと整形疑惑とかって騒いでたネットのヤツらも静かになんだろ。いい気味。でもどうせだったら、弟じゃなくて妹だった方が美人姉妹ってことでもっと騒がれたのにな」

画面をいじりながら言うかっちが、顔を上げた。

「そういえば、ナオさんのとこも姉ちゃんいたよね。真矢子《まやこ》さん。どう？　やっぱ、姉っていいもの？」

「全然」

即答していた。かっちが「昔は仲よくなかったっけ？」となおも聞いてくる声がうっとうしい。

「真矢子さん、今、何してんの？」

「バンギャ」

真矢子は、バンドの追っかけギャルだ。

バイトのようなこともしてるらしいけど、何をやってるのかまでは知らない。かっちが「え、まだ？」と首を傾《かし》げる。

「そういや、俺たちが子供の頃からビジュアル系の話、よくしてたよな。今、何好きなの」

「ナインソウルズ」

ため息をついて答えると、かっちが「知らね」と呟いた。

「誰それ？　有名？」

「ビジュアル系好きの間では。俺もよく知らない」

ライブ後で爽快《そうかい》だった気分が、現実に引き戻されたことで一気に塞《ふさ》ぐ。

るみなんの弟は、今いくつなんだろう。だけど、姉ちゃんのライブに来て、しかも一緒に撮った写真をブログに載せていいとまで思えるなんて、想像を絶する仲のよさだ。姉がるみなんなら、それも当然かもしれないけど。

俺には、そんな姉弟《きょうだい》関係、意味不明すぎる。

3

家に帰って玄関で靴を脱ぐと、階段の手前で二階の真矢子の部屋から爆音で音楽がかかってるのがもう聞こえた。

げんなりしながらスニーカーを揃《そろ》える。横には、真矢子の鋲《びょう》が打たれた厚底靴や、膝までぐるぐる編み上げる、装飾を過剰にしたバレエシューズみたいな靴（ロッキンホース・バレリーナという）が何足も並んでいる。——一度、俺のスニーカーがあいつの靴の上に重なって泥をつけた時、ものすごい形相で殴られて罵られた。

リビングにいた母さんに「ごはんは？」と聞かれ、「食ってきたからいい」と答える。

今日はもう顔を合わせないで済むと思ってたのに、階段の途中で真矢子の部屋のドアが開いた。騒音のような、どこがメロディーラインかもわからないごちゃごちゃした音が大きくなる。

出てきた真矢子が、目を細めて俺を見た。まだ化粧を落としていない。蝶《ちょう》の舌のような長くて不自然なつけまつげと、悪魔崇拝の儀式用化粧かよって思うような目の周りをぐるっと囲んだ太いアイライン。先だけ紫にした黒髪は、クレオパトラのようなおかっぱだ。グロスをぼってりと塗り、ピアスを嵌《はめ》た唇（見てるだけで痛そう）を突き出すようにして、挨拶もなしにいきなり尋ねてくる。

「大学？　バイト？　ライブ？」

「——ライブ」

関係ねえだろ、と舌打ちが出そうになる。

仲が悪いなら悪いなりに、俺たちの年になれば会話なんかしない姉弟が大半だろうに、真矢子はよく俺に絡んでくる。人をバカにするように「ふうーん」と頷いた。

「あんな処女装ったブスどものためによくやるね」

頭にかっと血が上って、今にも真矢子を殴り倒したくなる。黙ったままその衝動に耐えていると、真矢子がつんと顔を逸らして「どいてよ」と俺を邪魔そうに脇に寄せ、下まで降りていった。

むっとしたけど、こらえて自分の部屋に戻ろうとすると、真矢子が「お母さん、おなか空《す》いた」と話すのが聞こえた。それから俺に聞かせるつもりなのかどうか知らないが、「ねえ、尚弘《なおひろ》はどうしてああなっちゃったの？」と声が続く。

「同じオタクになるにしたってさ、アイドルオタクなんてオタクの底辺じゃん。昔はかわいいとこもあったのに」

ふてくされたような声に、母さんが「あんたのせいなんじゃないの？」と答える。

「あんたがそうやって派手な恰好《かっこう》したり、あの子とケンカばっかりしてるから。ナオはきっと女の子が怖くなって、ああいうアイドルにいっちゃったんだよ」

「マジで？　アタシ、関係ないんだけど」

腸《はらわた》が煮えくりかえりそうだ。足に力を入れて階段を踏みしめ、自分の部屋に戻ると、横の真矢子の部屋からちっともいいと思えない、ロックバンドの音楽がまだ聞こえた。ベッドにリュックを放り投げて横になり、壁を殴ってから深呼吸する。

なんで、バンギャに底辺なんて言われなきゃならねーんだよ、と舌打ちが出る。てめえの好きなナインソウルズだって、他のビジュアル系と大差ないホスト集団みたいなもんじゃねえか。真矢子の部屋のポスターで見ても、サイトを見ても、フォトショで修整かけまくりの光を飛ばした白い肌が気持ち悪い男たちは、ちっともいいと思えない。青い目のカラコンだって、つんと立てた髪だってギャグの域だ。宇宙人かよ。

怒りがいつまでも胃の底をついて、収まらなかった。リュックから音楽プレイヤーを取り出してイヤフォンを耳に嵌る。

ミントガールズの『記憶の向こう』。初めてオリコン十位に入ってメンバーたちが泣きながらファンに「ありがとうございます」と頭を下げた好きな曲だ。だけどその歌声を聴いていてさえ、なぜ、真矢子の部屋からは堂々と音が流れて俺はイヤフォンなんだと悔しさがこみ上げてくる。奥歯を噛みしめた。

――ライブのノリ方も、流儀もわかってないのがイラつくの。

最初にミントガールズのライブに行ってることが真矢子に知れた時に、あいつに顔をしかめながら言われた。

大学に入ってすぐの頃で、鞄《かばん》から使用済みのサイリウムを出したのを見咎《みとが》められたのだ。「なんのライブ行ってきたの？　アイドル？　声優？」と尖った声で問いつめられた。

「あんたこのままアイドルオタクになるつもりなの？　やめてよ。そんなの、友達に言えない」

「なんでだよ」

「ああいうライブの客って、アタシ、理解できない。ライブの最初から最後までノンストップで全力で踊ったり、ライト振ってたりするじゃない？　バラードも普通の曲も関係なくさ。挙げ句、ヲタ芸みたいな極端なノリ方する。普通のライブに行ったことない引きこもりたちが、わけもわからず、ずーっとセンスなく流儀もわからずにノってるって感じ。中学の頃からずっとバンド見てきてるアタシから言わせてもらうと、ダサいし、イタすぎ。生理的にダメっていうか、許せない」

「だけど、ミントガールズはファンにも連帯感があってすごくいいよ」

真矢子がハマるようなビジュアル系バンドたちとは違うかもしれないけど、独自に進化してきたノリ方があるなら、それを新しい流れとして尊重してもいいんじゃないか。

その時はまだ、今ほどミントガールズにどっぷりってわけでもなかったけど、単純にそう思ったから伝えた。しかし、お誕生会のような自然発生的なイベントの仕組みがあることについて話すと、真矢子の顔に嘲笑《ちょうしょう》が浮かんだ。

「まあ、モーニング娘。やAKB48の時にもよく見られた光景ですな」

頭の奥が煮え立つように揺れた。なんだよ、その〝ですな〟って語尾は！

もともと、周りを類型化して平坦にすることで、常に上から目線の物言いをする姉だった。俺は呆れたような、哀しい気持ちになりながら、この女には何を言っても無駄だ、と諦《あきら》めた。

「しかもさあ、宝塚のファンと違って金持ちが財力に飽かせてやるわけじゃなくって、あんたたちみたいなネクラがバイト代をはたいてるわけでしょ？　だけどそうやって〝お誕生会〟の準備に夢中になったところで、その子たちの感謝なんてめっちゃくちゃ薄いよ。ファンにやってもらって当たり前っていうシステムの中で、あんたたこれから搾取されてくつもり？　だいたい、祝ってやったアイドルだって、あんたたちが搾り取られてるシステムとはさらに別のシステムに属してて搾取されてるわけだから、あんたたちのことどころじゃないっつーの」

お誕生会はすこぶる健全なシステムだと、実行委員会をするようになった今の俺は気づいている。

今や五十倍ともいわれる携帯抽選でのチケット購入は、『中野ミント会』の会員番号が早ければ早いほど、入手のための優遇措置が取られている。メンバーそれぞれのファン全員が席を取れるわけじゃないし、だったら毎回参加できる者が有志の会を作って準備するのが一番効率がいい。自分の一押《いちお》しメンバーの分じゃなくても俺たちは用意するし、それはチケットが取れなかったその子を一押しにするファンに対する礼儀のようなものでもある。

〝やってもらって当たり前〟なお誕生会が、自分の分だけ用意されていなかったら、どれだけつらいか。当たり前を当たり前として支えるのがファンの仕事だし、俺たちだって別に感謝なんて望んでない。そういうものだからやる、というだけ。喜んでくれればそりゃ嬉しいけど。

捲《まく》し立てるように一息で告げた真矢子が、「あとアタシ、それも嫌い」と俺の右手を見た。使用済みのサイリウムを握る手は、汗をかいていた。

「声優とかアイドルの追っかけって、バカの一つ覚えみたいにそれ振るんだよね。ほんっとイケてない。ナインソウルズのライブでそんなことしてるヤツいたら殺されるよ」

眉根を寄せた真矢子が、その時、「あんたみたいだね」と笑った。俺の手の中の、まだ仄暗《ほのぐら》く光るサイリウムを見ながら。

「二、三時間しかもたない使い捨ての明かりって、まるで、あんたの生き方みたい。薄ぼんやりと消えてくとこなんか特に」

——俺がアイドルオタクになった理由は、真矢子のせい。

母さんの指摘はまるで見当違いってわけでもない。この知ったかぶりしたバンギャの姉みたいな女とだけは絶対に一生付き合うまいと、この時に決めた。

4

バイト先のコンビニに届いたばかりの夕刊の山を前に、一つ一つ束の紐《ひも》を切って陳列していく。水曜日のこの時間は、かっちと一緒に入れるから気楽だ。

「ナオさんさ。バンギャって、二十歳過ぎるとなんて呼ばれるか知ってる？」

「知らない。何ていうの？」

「オバンギャ」

作業中にずり落ちそうになった大きな眼鏡をかけ直しながら、かっちがシシシ、と笑った。

「せつないよな。バンドも追っかけだすと後戻りできないんだろうけど、新しいビジュアル系がたくさん出てくる中で、古いバンドの追っかけは肩身狭いんだろうし、自分たちの時はこうだった、ああだった、だけど最近の若いバンドは——って、お局《つぼね》さま的な発言して煙たがられるらしいよ。だからこそオバンギャ。他に、ハチミツ運ぶように相手に貢いじゃうギャルのことは、蜜ギャとかも言うらしい」

「ふうん」

「ナオさんの姉ちゃん、いくつだっけ？」

「二十三」

大ぶりなカッターで紐を切ると、ぶつっと音がした。「じゃ、そろそろヤバいじゃん」と続けたかっちに、「あいつは多分、三十過ぎてもやるよ」と答える。

「追っかけだってことアイデンティティーにして、あいつにはそれしかねえもん。イタいバンギャ日記ってことで、やってるブログが2ちゃんに晒《さら》されてもそれを名誉みたいにしてたし。炎上すればするだけ盛り上がってるっつーか」

「サイトの名前は？」

「『魔耶子《まやこ》の部屋』」

字の説明は面倒だからやめておいた。かっちがどこまで興味があるかわからない口調で「ふうん」と呟いた。

「ナオさん、見てんの？　身内のブログ」

「たまに」

今日は客も少なくて、コンビニは静かだった。陳列を終えてかっちと一緒にレジに戻る時、今度は俺の方から「そういや」とかっちに話しかけた。かっちは俺よりネット中毒で、サブカル全般に詳しい。

「ビジュアル系バンドのコンサートってサイリウム振らないの？」

「さあ。バンドによるんじゃない？　昔っからやってるとこは振らないかもしんないけど、最近のライブはどんなとこでも少しくらいは使ってるイメージがあるな。なんで？」

「いや、ただ気になっただけ」

新しいバンドの常識と、昔からの常識。真矢子が遅れてるんだとしたら、確かにあいつの頑《かたく》なさはかっちの言う通りオバンギャだ。「あ、それとさ」かっちが続ける。

「この間帰ってから見たよ。真矢子さんの好きなナインソウルズ。結構人気あるし、古くからやってるバンドみたいじゃん」

「真矢子はもうずっとハマってんだよ。うるさいぐらい」

「あのバンド、ヤバいらしいね」

「ヤバいって？」

「メンバーがファンに手ぇ出すことで有名で」

小さな空気の塊が、喉をひゅるっと通った。返事のタイミングを一拍置いてしまってから無言でかっちの顔を見ると、かっちはまたふざけ調子な笑みをシシシ、と浮かべていた。

「2ちゃんとか、本人たちのブログとかも見たけどさ。一回、警察沙汰《ざた》になったことがあるらしくて、ナインソウルズはネットじゃそういう意味で有名みたい。ファンもそれわかってて連絡先と顔写真入りの手紙渡すらしいし。真矢子さん、誰好きなの？」

「ベースの藍華《アイカ》」

「あ、そいつ」

かっちが大きく頷いた。

「一番ヤバいって言われてんのがそいつだよ。無類の女好きで、節操なし」

「普通、一番人気で素行が悪いのってボーカルなんじゃないの？　真矢子は、通ぶりたがってわざとベースにいってるくらいに思ってた」

「一番人気じゃないヤツの素行が悪いからこそ、みんなに叩かれるわけでしょう」

「ふうん」

俺が返事をする合間に、かっちはもう興味をなくしたように、「なあ、来週のライブ、アキちゃん誕生日近いけどどうなのかな。丹澤さんに相談する？」と聞いてきた。「うん」と答えながら、俺は、頭の半分で、真矢子の部屋に飾られた藍華の写真を思い出していた。全員同じようなメイクと恰好だから最初はまるで見分けがつかなかったものが、あいつがギャンギャン騒ぐせいで、どれが藍華なのか、もうしっかりとわかる。

その夜、相変わらずうるさい隣の部屋の音楽にイヤフォンで耳を塞ぎながら、久しぶりに真矢子のブログを開いた。

現れた『魔耶子の部屋』は、一言で言うなら、紫と黒と薔薇《ばら》と蜘蛛《くも》の巣。あいつの好きなヴィヴィアン・ウエストウッドやアナスイを真似たモチーフ盛りだくさんな、見た瞬間におなかいっぱいですって感じのフラッシュムービー（これがまた重い）が現れた後でブログの画面に切り替わる。

　更新はだいたい、一日二、三回。暇だな、とため息が出る。だけど、文面を目で追ってすぐに、おや、と思った。

『迷ってます。人生で最大。』とタイトルがついている。今日の日付だ。

「このまま、ファンでいるか。それとも一線越えて降りるか。正気でいられないくらい迷ってる。頭、おかしくなりそう。なんにも知らないまま、無垢《むく》にあの人たちを愛せる状態でいられたらよかったのに。」

　文章を読んだら、胸がどきりと跳ねた。

　他の記事に比べて、明らかに短い内容だった。今日はその一件が書かれただけだ。これまでの、ライブの様子を綴《つづ》ったものや、他のバンドへの分析めいた文章とは毛色がまったく違う。

　確か今日、ナインソウルズは握手会かなんかのイベントがあったはずだ。そのせいで、真矢子はうちで夕飯、食ってなかった。だけど、握手会の様子は何にも書かれてない。写真のアップもなかった。

――前に、ミントガールズのイベントで、引退するメンバーの最後の特別企画として、ファンの中から抽選で一名だけが彼女と、としまえんでデートできることになった。テレビでその企画を一緒に観ていた丹澤さんとかっちが「こいつ、この後人生どうすんだろ」と話してたことを急に思い出した。

「佐奈《さな》ちゃんとデートできるなんて、どう考えたってここが人生のMAXだろ？　この一日が終わったら現実に戻れないよな」

二人とも、感極まって涙ぐんでたそのファンのことがきっと羨ましかったんだと思う。だけど、似たことは俺も思わないわけじゃなかった。思わせぶりな真矢子の文章からは、その時と似たものを感じる。オバンギャ、蜜ギャ、という、今日聞いたばかりの言葉が頭の奥でわんわん鳴る。

ミントガールズの爽《さわ》やかな歌声を聴いていられる気分じゃなくなって、イヤフォンを外す。

するると、その時だった。

真矢子の部屋から聞こえていたナインソウルズが、その瞬間、まるで計ったようなタイミングでぶつっと途切れた。思わず背筋が伸びて、ノートパソコンの画面をぱっと伏せる。けれど、後ろを振り返っても部屋にはもちろん俺の他は誰の姿もない。壁を隔てて、大きなため息が聞こえた。枕を壁に投げつけるような、バスッという音が続く。もどかしげに布団《ふとん》を叩く音が聞こえた。

心臓の音がやけにうるさかった。やましい秘密を知ってしまった気分で、パソコン画面をまたそっと立て直す。

その夜は結局、どれだけ待っても真矢子のブログは更新されなかった。

5

翌日、バイトに行こうとしたら、真矢子が部屋を出てきて「ねえ」と俺に声をかけた。スニーカーに足を突っ込んで踵《かかと》を引き上げようとしていた俺が振り返ると、真矢子は寝起きなのか、だらしないフリース上下の部屋着姿で化粧もしていなかった。

顔を見て、ぎょっとする。目の下に濃いクマが広がってる。ちょうど、泣き明かした後みたいだ。

「頼みがあんだけど」

「何だよ」

真矢子はすっぴんだと眉毛もほとんどないし、化粧の時とはまるで顔が違う。だけど、俺はあんな化粧、断然ない方がいいと思っていた。よくうちのばあちゃんや母さんが「あんなふうにしなきゃかわいいのに」と言ってるけど、あれは身内の欲目を抜いても結構的を射た意見だと思う。

だから実際、追っかけてるバンドのベースに目をつけられてもおかしくないレベルではあるんだ。

「友達にさ、借りてるものがあって、それをアタシの代わりに返してきて欲しいの。急ぎらしいんだけど、アタシ、これからバイトだから。あんたのバイト先のコンビニに取りに行くように言うからさ。多分、六時半頃」

「やだよ」

反射的に答えていた。真矢子が顔をしかめる。

「なんで？　どうせずっとレジにいるでしょ。そばに荷物置いといて、声かけられたら渡せばいいだけだよ」

「やだって」

「なんで？」

真矢子がイライラとくり返した。「急ぎなのに」と。

「それは、あんたの社交性のなさがそうさせるわけ？」

「三割はそうだけど」

答えてしまってから後悔した。眉毛のない真矢子の顔が「はあ～？」と憎らしげに歪《ゆが》んだ。「信じらんない」と吐き捨てた後で、今度はこっちを見下すように鼻で笑う。

「じゃあ、いいよ。その三割を十割自分の社交性のなさだって認めるんなら許してあげる。認めなさいよ、自分が社会不適合者だって」

黙ったまま顔を俯けて、乱暴に立つ。無視して玄関を出る時、「ばぁか！」と声が飛んできた。

「ほんっと、情けない。どうせオタク仲間の中じゃ、キモイことばっか饒舌に喋《しゃべ》ってんでしょ⁉」

声に蓋をするようにして、ドアを後ろ手に押して閉める。それから思った。人生何度目になるかわかんない言葉を、思いっきり、舌打ちとともに吐き捨てる。

真矢子、死ね。

たとえあいつが今死んでも、俺、涙出ない自信ある。

バイト先に行っても、怒りは収まらなかった。

夕方の忙しい時間帯だったことにかえって救われる思いでかっちと一緒に働いていると、その間だけは頭をカラにすることができたけど、ふとしたことで真矢子を思い出すたび、歯嚙みしたいような気分に襲われた。マジで、死ね。そんでもって、藍華にヤられるなら勝手にヤられろ。

飲み物の補充のため冷蔵庫の裏に回り、減っている商品のペットボトルを滑らせるように落としている間も、頭の中は真矢子を呪うことでいっぱいだった。そうやってのぼせていたから、目の前にそいつの顔が現れた時、俺は自分が怒りのあまり目がおかしくなったんじゃないかと思った。

冷蔵庫の向こう、陳列棚を隔てたガラス扉を開けて、グラサンをかけた藍華が立っていた。

コーラのペットボトルを一本、取り出そうとしている。向こうから、こっちは見えていない。俺は息を呑《の》んで、そのまま呼吸を止めた。間違いない。ナインソウルズの藍華だ。真矢子が夢中になってる、あいつだ。

あわててバックヤードを抜け、レジの隅から様子を窺う。バンドマンじゃなきゃありえないような革パンの細い脚。ポスターやサイトで見る時のように髪は立ててないし、グラサンのせいで目が見えないけど、俺にはわかる。

藍華は一人きりだった。コーラ一本を手にしたまま、顔を時折きょろきょろと左右に動かす。レジの方も、たまに見る。

まるで誰かを捜してるようだと思った途端、足首から背中にかけて、すっと寒気が上がった。咄嗟に自分の名札を隠すようにして、レジ奥に身体を半分入れる。

腕時計を見た。六時三十五分。真矢子は六時半に友達が俺のところに荷物を取りにくると言っていた。

考えすぎだ、と言い聞かせる。

考えすぎだ。

だけど、だけどもし、今日の俺は連絡係か何かだったんだとしたら？　あいつと直接顔を合わせたくなかった真矢子が、俺に手紙か何かを一緒に預けるつもりだったとしたら――。

藍華は手にしたコーラを買わなかった。コンビニの向こう、名前のわからない派手な外車が停《と》まっている。そっちの方に向けて、軽く手を挙げる。暗くてよく見えないが、マネージャーか友達か誰か、いるのかもしれない。コーラを棚に戻し、そのまま何も買わずにコンビニの外に出て行った。

藍華が消えてしまった後、ずっとレジに入っていたかっちに、客が途切れたタイミングを見計らって「さっきの男さ」と声をかけた。てっきり気づいてるだろうと思ったのに、かっちからの返事は「え？　どの男？」とそっけなかった。

6

真矢子が全然食事してない、と母さんからこぼされるようになった。まるでこの世の終わりのような顔をして、あれだけいつも「おなか空いた」「なんかない？」と台所を覗いていたのに、部屋に引きこもって出てこないんだそうだ。

俺でさえ、あいつの様子がおかしいことには気づいていた。目の下のクマは顔から完全に取れなくなったし、始めたバイトもやめてしまったようだった。出かける回数も減っていた。何より、あのやかましい音楽が部屋からほとんど聞こえない。真矢子はいつもバンギャ仲間と声を張り上げるように電話して、その声が俺の部屋まで筒抜けだった。しかし、最近は電話の時間こそ以前より長いようだったけど、聞き取りにくい小さな声で深刻そうに話すようになっていた。

ブログの更新は、あの日からずっと止まったままだ。

俺と家の中でたまにすれ違っても、前みたいには絡んでこない。真矢子らしくない弱々しい声で一度ならず、「ナオ」と呼び止められたけど、「何だよ」と振り返っても、真矢子は泣きそうな顔をしたまま唇をきゅっと引き結び「なんでもない」とすぐに顔を背けてしまう。

かまって欲しそうなのがわかるし、意味ありげに何かをアピールしたがってるのもわかる。だけど俺も、自分からは聞けなかった。

次にもしバイト先での友達への伝言かお遣いを頼まれるようなことがあれば、今度こそ引き受けるつもりだったけど、あれ以来、何も頼まれなかった。

真矢子は昔からイタい女で、俺はそれに振り回されてきた。あいつの弟ってことで、嫌な目に遭ったこともたくさんある。

たとえば、俺たちが通っていた小学校には、告白するっていう文化がなかった。誰のことが好きとか、好きな人を教え合うっていう文化まではあったし、それでお互いが両思いだってことになって周りからからかわれることはあった（俺には縁遠い世界だったけど）。

だけど、気持ちを告白するとか、相手に手紙を書くとか、付き合うっていうのは次元が違ってて、そんなのは漫画かテレビの中だけの話だった。バレンタインだってチョコレートを渡すだけだ。男子だってホワイトデーは気持ちに応えたかどうかに関係なく、くれた人全員にキャンディーやクッキーを返すような牧歌的な風習があるだけだった。

だけど、真矢子は、そんな空気の中でただ一人、明確に「好きです。愛してます。」と書いた手紙を、チョコレートに添えた。

相手は、俺のクラスメートの長淵《ながぶち》くん。

真矢子、小学六年生。俺と長淵くんは、小学三年生だった。

六年女子からの愛の告白に、長淵くんは大いに戸惑い、六年も三年も巻き込んで、二人のことは学校中の噂になった。

その時も、俺は真矢子にお遣いを頼まれたのだ。「長淵くんにこれ、渡してきて」と突きつけられたチョコレートは、明らかに他の女子たちが用意するものより大きくて、後で調べたら一〇〇〇円もした。

長淵くんは、目鼻立ちがすっと整った、アイドルかビジュアル系になれそうな雰囲気の男の子だった。クラスの中心人物で、うちの学年の女子からも相当モテた。つまりは、俺が滅多に口を利いたこともない部類のグループに属す男子だったってことだ。真矢子だって満足に話したことがあったかどうかは謎だ。

よくわからないお遣いを、軽い気持ちで引き受け、学校の休み時間に「姉ちゃんから」と言って渡した。ついていた手紙の内容を俺は知らなくて、長淵くんがその場でそれを読んでしまったことから、事態は大ごとになった。

「すっげー！『好き』って書いてある！」

長淵くん自身は優しい性格だったし、ただ困ってる様子だったけど、周りは騒いだ。手紙はうちのクラスの男子にも女子にも回し読みされ、告白された当人は真っ赤になって俯いた。

「なんで、人がそんなたくさんいるとこで渡すわけ!?」と家に帰ってから俺は散々真矢子に殴られ、なじられた。なら自分で渡せよと、言い返したけど、真矢子は聞く耳を持たなかった。

その夜、真矢子の部屋からは、ずっとずっと、泣き声が聞こえていた。

その声が耳障りで、俺はいつまでも眠れなかった。

翌月のホワイトデーに、何かを怖がるように母親同伴でうちまでお返しのクッキーを届けにきた長淵くんの姿を思い出すと、俺は今でもいたたまれない気持ちになる。真矢子は「熱がある」と言って玄関に出てこず、俺も長淵くんとは顔が合わせにくくて、結局、母さんが代理で受け取った。

中学に行ってからも真矢子はたまに同じ小学校だったヤツらからこのラブレター事件を持ち出され、そのたびにからかわれていたらしい。一度、度を過ぎたからかいを受けたらしい時には、家に帰ってくると、真矢子が子供のように母さんのエプロンに顔を埋めて「もう過去のことなのに！　今はあんなヤツ、全然好きじゃないのに」と盛大に泣いていた。

誰も皆、かわいらしく好きな人を教え合う止まりの幼い世界の中で、漫画やドラマの中で大人がやるような告白を、真矢子が最初にやろうと思った気持ちが、実は、俺にはあの頃、ちょっとだけわかった。

真矢子は多分、代わり映えしない日常にドラマを作りたかったのだ。メディアの中でだけ見るようなドラマチックな出来事が、行動次第で現実の世界にもはっきり起こりうることを、告白することで証明しようとした。

真矢子が、長淵くんを本当に好きだったんだろうってことも、今ならわかる。彼と話したことがたとえほとんどなかったとしても、真矢子は真矢子で勇気を出したのだと俺は知っていた。怖くて、だから自分でチョコを渡しに行けなかったんだろうってことも。だけど、現実はどこまでも残酷で、真矢子が望むようなドラマを一緒に共有してくれるようなセンスを持ったヤツはいなかったし、人生は甘くなかった。

真矢子には、それから彼氏や好きな人がいた気配がまったくない。バンドの追っかけに人生をかけるようになって、あんだけ着飾って、メイクにも服にも金かけてるけど、それは多分、生身の男のためじゃないのだ。

頭でっかちな早熟さは、あの頃から変わらない。社交性がないのは、姉弟共通だ。

7

真矢子の不調の原因が知れたのは、ブログ経由だった。

約一ヵ月ぶりに更新された『魔耶子の部屋』のタイトルを見て、時が止まった。

『この世の終わり。ナインソウルズ、解散。』

パソコン画面でそれを見つめる俺の隣の部屋から、真矢子の泣き声が聞こえた。枕を何度も壁に叩きつける音と振動がこっちまで届く。藍華、藍華、藍華。嗚咽《おえつ》の中に名前が聞こえる。

「この間の握手会で聞いた噂は本当でした。藍華と樹杏《ジュアン》の間の亀裂は決定的で、メンバーはこの後、藍華を除いた残りのメンバーだけで別バンドを結成。所属レコード会社も移籍する模様。藍華なしの音や曲がどう変化してしまうのか、想像するだけで絶望。それはもうナインソウルズじゃない。この世の終わり。藍華は表舞台から消えてしまうかもと――」

長い文章はずっと続いていた。

中に、「抱かれたかった。」という一文が見えて、俺はぽかんと口を開けたまま、絶句してしまう。

「無類の女好きでろくでなしなら、私のことも抱いてくれればよかったのに。藍華のバカ。メイド服の似合うロリ顔の女が好きなら私でいいじゃん。どうして私じゃダメだったの!?」

この時の俺を誰かが後ろから見ていたら、俺の背中は多分、漫画で見るように真っ白になって、まるで抜け殻みたいに見えたに違いない。

バンギャ仲間からひっきりなしに電話がかかってきているのだろう。久しぶりに、生き生きと、という表現すら似合いそうなほど声を張り上げて、真矢子が電話に向けて話すのが聞こえる。ひどい、バカ、どうしてアタシを置いてくの、こんなの耐えられない、胸が痛い——。

俺は大きくため息をついてから、パソコンの画面を閉じる。部屋にかかった時計を見上げ、バイト行こ、と思った。来月にある「りえち」こと、橘《たちばな》里江《りえ》ちゃんのお誕生会では、今度は俺がプランの責任者だ。

そこからの数日間、真矢子は毎日、喪服を着て過ごした。

母さんたちは「やめなさい」と止めたけど、化粧も再び、これ以上ないくらい完璧にして、洋画でしか見たことないようなレースがかかった黒い帽子をかぶり、近所に買い物に行く時もその恰好で出かける。

相変わらず、俺に時々「ナオ」と弱々しい声で話しかけ、「何？」と今度こそ呆れた声を返すと、「なんでもない」とまたぐすんぐすん泣く。私が失ったものの大きさがわかる？　と事あるごとにアピールするのを忘れなかった。

その姿を見るたびに、俺は、ああ、どうか、藍華さま、と祈った。

どうしてこいつの処女をもらってくんなかったんですか。このどうしようもない女

を夢の世界から引きずり出してくんなかったんですか。次、機会あったら、頼むから
こいつヤっちゃってください。

真矢子がナインソウルズの喪に服していたのは一週間ほどで、喪服はだんだんと色こそ黒いものの単なるワンピースやゴスかパンクファッション（違いがよくわからない）になり、一ヵ月もした頃には、いつの間にかすっかり元通りの恰好に戻っていた。

心の空白を埋めるため、と本気じゃないことをアピールしながら、別のビジュアル系バンドのライブに足繁く通いまくるようになり、しばらくすると『セブンス・クライシスはこれまでのバンドと違う！』というタイトルの記事がブログにアップされた。

ボーカルのタカユキのカリスマ性について延々書かれたその文章を見た次の日に、意地悪い気持ちで、「そういえば、この前、お前の好きだった藍華がバイト先来たよ」と教えてみた。

真矢子は一瞬だけ「え」と表情を止めた後で、「へえ〜」と長く息を吐き出し、それから「どう？　女連れてた？　近くで見ると肌汚いでしょ。あ、自分の名誉のために言っとくと、アタシが最初好きになった時からすごい勢いで劣化したんだよね、ア

イッ」と答えた。

りえちのお誕生会の前日、いつものようにサトウ電機で買ったサイリウムがいっぱいに入った袋を手に家に帰ってきたところで、居間から真矢子が顔を出した。「ねえ」と呼び止められる。

こいつに話しかけられる時は、たいてい、いい気分にならない。明日の準備がまだあるのに、と不機嫌がしっかり伝わるよう、無言で振り返る。ミントガールズやサイリウムのことを何か言われるようなら、この場で殴ってしまいそうだからやめて欲しい。サイリウムが入った紙袋を真矢子の目から隠すようにして、うんざりと見つめ返す。すると、真矢子が「あんたさ、新聞読む？」と尋ねてきた。

面食らった。新聞？

「読まないけど」

「だよね。バカそうだもん、あんた」

やっぱり話さなきゃよかった。後悔しながら「死ね」と呟く。聞こえてしまったらしく、ぎゃあっと上がった真矢子の罵声《ばせい》を背中に受けながら、自分の部屋に戻る。

真矢子が何故、そんなことを言ったのか。

意味がわかったのは、翌朝、大学に行く前に朝食の席に着いた時だった。

うちで取ってるのじゃない新聞が、半分に折った状態で目の前に置かれていた。日付も随分古い。

『中野とミントガールズを支える、ファンの情熱』と、見出しがついている。横に載っている写真は、普段から通いなれたミントガールズの専用ライブハウスだ。俺たちが主催した、るみなんのお誕生会。アンコールで頭を下げる彼女の姿が中央にある。

下を見て、あっと思った。記事を書いたライターの顔写真が小さく横に入っている。それは、あの日俺の隣に座っていた、あのスーツと眼鏡の女の人だった。

「このお誕生会は、主催者側が用意したものではなく、ファンが自発的に始めたイベント。この日20歳を迎えたメンバーの北郷瑠未名は第3期メンバー。スタメンと呼ばれるテレビやライブなどの表舞台に立てるレギュラーメンバーではないが、アンコールで名前がコールされると、『とても嬉しい。自分の名前が呼ばれているのを楽屋で聞いて、いつもこうだったらいいのに、と思ったけど、今日が特別だということもよくわかっている。今日の励ましをバネに、後は自分の力で名前を毎回コールしてもらえるような存在になれるよう、頑張ります』と涙ながらに頭を下げた。」

後ろの方には、こうもあった。

「周囲の迷惑にならないようにと、ライブ終了後、ファンが『ありがとうございました』と声を張り上げてサイリウムを回収する姿が印象的だった。」

俺は思わず顔を上げた。前の席の真矢子はすでに朝食を終えた後らしく、パンの食べかすが散らかる皿と半分くらい残った牛乳のマグカップが置かれたままになっている。

台所に向けて呼びかける。

「母さん、これ……」

「ああ、それ。なんか、お姉ちゃんが置いてったわよ」

普段、うちで取っていない新聞。日付も古い。

真矢子はどこでこの記事の存在を知ったのだろう。だけど、かっちや丹澤さんに見せたら喜ぶかもしれない。今日のりえちの誕生会に向けての士気も、きっと上がる。

「ふうん」と呟いて、新聞を折りたたむ。

「ご馳走《ちそう》さま」

食事を終え、出かける前に、紙袋とサイリウムの箱の間に新聞記事を滑り込ませた。

腕がだるくなるほどずっしりと詰まったサイリウム片手に、今日のライブがこの光の海に包まれるところを想像する。光は確かに長くもたないかもしれないけど、だからこそ、その一瞬に熱さえ感じさせるほど強く輝くのがこのライトの特徴だ。

一本二八〇円。

ダース買いすれば、箱で一七八〇円。

だけど、会場横のサトウ電機の四階だったら、ディスカウント価格一一七〇円。

暗唱するように呟いてみると、リズミカルな響きが心地よく、気分がよかった。

私のディアマンテ

I

「お母さん、そんな志が低いことでは困ります」

と冗談めかして笑ったえみりの担任の先生は、一見地味だけど、よくよく見れば、整った顔だちをしていた。韓流スターみたいな横に流した前髪も、黒縁の眼鏡も、少し古風で今っぽい雰囲気はなかったけど、純粋にきれいな男の人だ。鼻が高く、キレ長の目も妙に色っぽい。

名前は確か、平凡な──そう、田中《たなか》先生。

「豊島《とよしま》さんの成績なら東大か京大が狙えます。私立に進むとしても、充分に名門を考えられますよ」

穏やかな口調で言いながら机に並べた成績表に目を落とした彼の、つむじが見えた。年はまだ二十代前半だろうか。黒く艶《つや》やかな髪を見ながら、この人だったらこの先も頭髪、禿《は》げる心配はなさそうだな、と場違いなことを考えてしまう。

東大とか、京大とか、まるで雲の上の話に思えて、受験するとしてもまだえみりは二年生なんだし、まだまだ先じゃないかと、具体的なイメージができなかった。

「はあ」と返事をした途端、横に座るえみりが顔をしかめたのがわかった。先生が顔を上げ、熱っぽい口調で続けた。

「ともかく一度、考えてみてください。ご両親は、お嬢さんをどうしても県外に出したくないってわけでもないんでしょう？」

「できたら、うちから通える大学に、と思っていたんですけど」

「うっそ。私、そんな話聞いてない」

三者面談の間中、黙りこくっていたえみりが初めて口を開いた。私が思わず「寂しいじゃない」と言い返すと、えみりが「はあ？」と、目を細くして私を睨《にら》んだ。しかしすぐ、困ったように私たちを見つめる先生を気遣うように、きゅっと唇をすぼめる。

「ともかく一度」と、先生がくり返した。

「ご家族でよく話し合ってみてください。豊島さんの成績なら、進路はよく考えて選ばなければもったいないですよ」

「はあ」

曖昧《あいまい》な返事しか返せない私を、先生はもうそれ以上引き留めなかった。ただちらっとえみりを見る。えみりはつまらなそうに唇を引き結んだままだ。

廊下に出ると、えみりが先生の前より尖《とが》った声で「お母さん、特待生って意味わかってる？」と私に尋《たず》ねた。

私たちの順番が終わるのを椅子に腰掛けて待っていた親子連れが、ぺこりと頭を下げ、入れ違いに教室の中に消えていく。私たちと同じ、娘と母親という組み合わせだった。田中先生が「どうぞお座りください」と迎える声が、廊下まで聞こえた。

私の顔がそっちを向いたのを見たえみりが、苛《いら》ついたように続ける。「私、特待生なんだよ」と早口になった。

「学校としては、どこかいいところに入ってくれないと困るのに、県内の大学に限定したら意味ないでしょ？」

「そうなの？」

えみりは昔から頭のいい子だった。父親の秀一郎《しゅういちろう》さんも大学を出てるからそのせいかもしれない。

中学三年生の、高校受験が近づいたある日、家にこの高校の教頭だという人が挨拶に来て、「入学金と授業料を免除にするので、ぜひうちに」と頭を下げられた。世の中にそういうシステムがあって、それを「特待生」ということを知った私は、まるで想像もしていなかった出来事に、ただただすごいなぁと圧倒された。

えみりはそれまで、近くの公立高校に進学するものだとばかり思っていた。本当は雑誌モデルの子が卒業したことで有名な、制服もかわいい私立マリアン女子大の附属に行って欲しかったけど、きっとこの子に睨まれるだろうから、と我慢して口を出さずにいた。前に「マリアンっていいわね」と何気なく口にしたら、秀一郎さんとえみりから「あんなバカ高校」と言われたからだ。そこの卒業生の友達が何人もいる私は複雑な気持ちだったけど、「そんな言い方するもんじゃないわよ。お父さんも、えみりも」とちょっと注意しただけで、おとなしく引いた。

「あれはないよ。先生、せっかく褒《ほ》めてくれたのに」

私の目を見ずに続けたえみりの横顔が、頬《ほお》を膨《ふく》らませている。

どうしてそんなに怒られなければならないのかわからない。お母さんの希望はどうですか、と聞かれたから、正直に答えただけだ。

えみりには、私立でもいいから県内の大学に進んでもらって、そのまま学校の先生になるか、愛知中央銀行か名古屋信金にでもお勤めしてもらえたらいいと思う。それは、私が望む進路そのままではなかったけれど、この子は私より堅い性分だし、安定したそういう職業を望んでいるだろうと思って言ったのに。

「お母さんが私に求める理想は、ある意味低くてある意味高いよね」

えみりは、昔から変わっている。

せっかく十七歳なんだから、もっと雑誌に出てくる子たちみたいに髪を染めたり巻いたり、ブランド物に興味を持ったっていいはずなのに。

ずっと昔から長くしている髪はゴムで一つに束ねているだけでいじらないし、眼鏡も小学六年生の時に買ったメタルフレームのものを、レンズだけ替えてずっと使い続けているから、さすがにもう子供っぽい。

「さっきの子のお母さんのブラウス、年の割に派手だったね。三者面談に来るのにグリーンのスーツっていうのもどうかなぁ。入学式や卒業式じゃないんだから」

玄関に向かう途中で教室を振り返って言うと、えみりがまた顔をしかめた。「今そんな話、してなかったでしょ」と言われ、私は無言で前を向く。

スリッパから靴に履き替え、車に戻ろうとしたところで、えみりが急に「ちょっと先生と話してきていい？」と校舎を振り返った。

「今日はさっきの子で面談終わりなはずだから、もうじき終わると思う。ちょっと待ってて」

許可を取るというより宣言するような口調で、さっさと中に戻っていく。返事をする隙もなかった。私は小さくため息をついて、どうしてこうなっちゃったんだろう、と考えていた。

親をないがしろにして新しい世界に夢中になる時期というのが、私にもあった。友達や遊び、恋愛や彼氏を優先させる楽しさは、確かに格別なものだったけど、あの子が親を措《お》いて優先させるのは進路や教師なのだろうか。えみりには、特定の仲良しや、まして彼氏がいるような気配は微塵《みじん》もない。

車に戻ると、校庭に並んだ桜の樹の濃い影の向こうに黄色い太陽が見えた。むっとするような暑さに押されて、蟬《せみ》の声が肌にまとわりつくように聞こえる。えみりと同じ制服を着た女の子たちが、数人で一緒に歩いていた。みな、あの子よりスカートが短く、そこから覗くひょろっとした足の白さが眩《まぶ》しかった。

家に帰ると、兄嫁の桃江《ももえ》さんから留守番電話にメッセージが残っていた。

『もしもし、絢子《あやこ》さん？　桃江です。実は、今月の「ディアマンテ」に小桃《こもも》と一緒にまたスナップ写真が載りました。たいしたことじゃなくてごめんなさい。だけど、一応お知らせまでと思って。また、連絡します』

一階のリビングで再生していると、ダイニングで冷蔵庫から麦茶を出すえみりが、こっちに向けて気のない一瞥《いちべつ》を寄越した。そのまますぐに二階の自分の部屋に上がっていってしまう。

メッセージを聞き終え、赤いボタンを点滅させる留守電の消去ボタンを押す。ピーッという長い電子音が響いた。

『ディアマンテ』は、名古屋を中心に、愛知限定で販売されている情報誌だ。おいしいお店の情報や習い事、結婚式場の比較案内や新しくオープンするブティックの詳細などが載っていて、私がまだ独身だった頃からこの辺りの本屋や駅で売られている。美容院や歯医者の待合室にもだいたい置いてある。全国規模で売られているファッション誌に比べたら垢抜《あか》けない印象はあるし、ページの作り方もぞんざいな時があるけど、それでも掲載された近くのお店やイベントをすぐにチェックできるのが楽しいし、知っている場所が写真入りで紹介されているのを見るのは、なんだか嬉しい。

そして、『ディアマンテ』の人気コーナーの一つが、街角スナップ。編集部員が街で見掛けたおしゃれな女性やカップルに声をかけ、ファッションチェックをしたり、職業や関係を尋ねたりするコーナーで、なにしろ市内のことだから、知り合いが登場することもある。

兄嫁の桃江さんが前に載ったのは、二年前だったろうか。親族の集まった食事会で見せてもらったことがある。

私は、リビングのマガジンラックからおととい発売になったばかりの『ディアマンテ』最新号を取り出す。小桃ちゃんと二人、『仲良し友達親子です』と紹介された写真は、もうすでに見ていた。電話しようかどうしようか。迷ったけど、携帯電話にも着信があったことに気づき、結局、こちらからかけた。

「もしもし、桃江さん？　絢子です。雑誌、見ました。すごいですね」

声をかけると、桃江さんはとても嬉しそうに『やだー、絢子さん。恥ずかしい』と声を立てて笑った。

「羨《うらや》ましいです。桃江さん、前に一人で載ってた時も素敵でしたけど、今回は小桃ちゃんが一緒だからびっくりしました」

『そうなのよ。中二にしてはおとなっぽいから、あの子。だけど、知ってた？　絢子さん。「ディアマンテ」の街角スナップってやらせなのよ』

「やらせ？」

『そうなのよ。私も驚いちゃったんだけどね。こんな不況のご時世だから、コストをかけないでできる街角スナップのページって割がいいらしいのよ。だけど、それでもやっぱり、あんなに都合よく毎回いい人に出会って写真が撮れるわけでもないでしょう？　私、前の時はやらせなしで偶然撮られたんだけど、その時に連絡先を聞かれて、編集部に渡しておいたのね。そしたら今回、向こうから電話がかかってきたの。前回取材した時に大きな娘さんがいるって聞いて驚いたんですけど、今回、その娘さんと出てみませんかって。あのコーナーって、そうやって、前もって確実に紹介できる心当たりのストックを編集部が持ってるのよ』

「ああ、そうなんですか」

『そうなの。よければ今度絢子さんも出てみない？　私、紹介できると思うわよ。絢子さんならスタイルもいいし、持ち物もセンスいいし。何より、若いし』

「いいえ、私なんて」

ごうごう流れるように勢いよく話す桃江さんの声を聞きながら、私は広げたページに写る桃江さんと小桃ちゃんを見る。鮮やかな色合いの柄物ワンピースを着た小桃ちゃんは、茶髪《ちゃぱつ》に水玉模様の大きなリボンをつけていた。その横で笑う桃江さんの黄色いケリーバッグは、この間テレビのトーク番組で人気女優が「この色は世界で数個」と答えていたのと同じものだ。

桃江さんの夫――、つまり、私の兄は地元にある大手自動車会社の研究職だ。うちは、父、兄と二代続けて同じその会社に勤めている。彼女のバッグは兄が買ったものかもしれないし、彼女の両親が買い与えたものかもしれない。桃江さんの父親は、結婚当時の兄の上司で、実家は地元でも名高い資産家だった。

小さい頃から、私は兄と合わなかった。年の離れた異性だということでもともと近寄りがたい、ちょっと怖い雰囲気があったし、実家の父や母も、私よりも兄の方をよく構った。彼と比較されながら「それに比べてあんたはダメ」と言われて育った私は、年頃になると、彼らとあまり話さなくなった。

兄より先に結婚し、えみりを産んで、それから数年後に兄のところに桃江さんがやってきた時、色がなくつまらなく思っていた実家の集まりにぱっと花が咲いたようで、心強く感じたものだった。真面目で堅いうちの両親に彼女のような人があっという間に馴染《なじ》んだ理由の一つは、彼女の父がうちの父と同じ会社に勤めていたということが大きかったと思う。昔から、そういう仲間意識みたいなものがとても強い人たちだった。

兄は、県庁に勤めるうちの秀一郎さんに、公務員は民間の厳しさを知らない、と言って酒の席でよく絡《から》む。仕事に苦労したことないだろう、と。

私は、そのたびごまかすように曖昧に笑う秀一郎さんを、優しいなあ、と思って見ていた。私たちの結婚の時、あんなにも反対したうちの両親にも兄にも、秀一郎さんはまるでそんな経緯は何もなかったかのように接する。

『ディアマンテ』のページを、見つめる。

桃江さんと小桃ちゃん、二人の写真の斜め上に一際《ひときわ》大きくスナップが載るのはマリアン女子大の三年生で、くっきりと引いたアイラインに明らかにつけまつげとわかる化粧をし、人形のように細い手に、使い込んだ様子のヴィトンを提《さ》げていた。「おばあちゃん、ママ、私と、三代物のモノグラム」と書いてあった。

『また今度ゆっくりご飯でも行きましょうよ。できたらえみりちゃんも一緒に』

電話の向こうの桃江さんの声に、そうですね、と答えながら、私は、桃江さんが私を『ディアマンテ』に紹介してくれることはきっとないんだろうな、と思っていた。桃江さんが意地悪な人だというわけではないけれど、そんな気がした。

電話を切ると、台所で水が流れる音が聞こえた。えみりがいつの間にか二階から降りてきて、麦茶のコップを洗っていた。

2

桃江さんにイタリアンのお店に誘われたのは、二週間後だった。

これまでも、秀一郎さんが職場の飲み会で帰宅が遅くなる夜には、桃江さんと小桃ちゃん、私とえみりの四人でご飯を食べることはよくあった。そこにたまにうちの両親も加わる。兄は残業続きだから、滅多《めった》に桃江さんたちと同じ時間にご飯を食べられることはないそうだ。

食事会当日、持って行こうと思っていたバッグが見つからずに部屋を探していると、背後からふいに「お母さん」と呼ばれた。クローゼットの奥に身体を半分突っ込んだまま「何？」と答えた私に、えみりが一言、「今日、行きたくない」と告げた。

私は驚いて、えみりを振り返った。

えみりは思いつめた顔をして、私を見ずに、絨毯《じゆうたん》に目線を落としていた。

「どうして」

「桃江おばさんに、会いたくないから」

「なんでまた」

えみりが彼女に懐《なつ》いていないことは知っている。だけど、うちの実家は盆暮れなどのたびに集まりがあるし、気安い間柄だと思っていた。けれど、えみりの口から、さらに驚くべきことが続けられた。

「――桃江おばさんに、会うたびに言われるんだもん。えみりちゃんは嫌みね、勉強さえできればいいと思ってるんでしょって」

口を開いたけど、言葉が出てこなかった。間抜けに唇だけが小さく動く。そのまま黙り込んでしまった私に向け、えみりが「ね」と無感動な様子で呟《つぶや》いた。

「そういうわけだから、私、行かない。これからもずっと。おばあちゃんの家に集まる時も、なるべくなら家に残りたい」

「本当にそんなこと言われたの」

どうにか声を整えて尋ねると、えみりがこくりと頷いた。

「昔からずっとだよ。小学校の頃、おばあちゃんの家で本読んでたら、すっと手元から取り上げられて、中味をぱらぱらめくって、ふーんって言われた。バカにするみたいに私にそれを返してきて、『こんなの読むのが楽しいの』って聞かれたのが最初」

「おばさん、ふざけてたんじゃないの？」

「違うよ。親しみや冗談で言ったんじゃないと思う」

あの家の小桃ちゃんが、高校受験にマリアン女子大の附属を志望してることを思い出した。あそこは秀一郎さんやえみりが「あんなバカ高校」と呼んだ場所だ。頭の奥がかあっと燃えるように熱くなって、それから、血の気がゆっくりと足元まで下がっていく。

えみりに、どんな言葉をかけていいのかわからなかった。どうして今まで言わなかったの、と聞こうとした時には、すでにえみりは「じゃ」と短く手を上げて、部屋を出て行ってしまった。あわてて廊下に出て「今日だけは行ったら。もう約束しちゃったし」と咄嗟《とっさ》に言ってしまう。

私を振り返ったえみりの顔が、凍りついた。すごい目でこっちを睨み「行かないって言ってるでしょ！」と乱暴に怒鳴る。そのまま自分の部屋に戻って、バタン、と勢いよくドアを閉めた。

その大きな音が耳の奥まで反響し、頭にこびりついて離れなかった。

秀一郎さんは、もともと、お店のお客さんだった。最初は同僚につれられてやってきて、それからは一人で来て、私を毎度指名してくれた。

結婚しようと言ってくれた時、とても嬉しかった。私はこれで、この先一生、もう何かで困ることはないのだと思った。

キャバクラの仕事は若いうちしかできないし、そうなれば、私は、他には何にもできない。高校を卒業し、親の縁故で入った小さな会社で臨時職員として経理の仕事を任された時も、ミスをたくさんした。計算を間違えて怒られた時のことを思い出すと、働くのは、もう二度と嫌だった。

二年勤め、ある日家に届いた地方税の『普通徴収』と書かれた封書の支払い額に仰天し、「これ、なんですか」と正社員に聞きにいった。「あ、正社員と違って臨時は給与から天引きじゃないんだよ」と告げられた説明はちんぷんかんぷんで、「これ払わなきゃいけないんですか？」と憤然と尋ねた私を、彼がびっくりしたように見ていた。「こんなに払えるほど、いただいてないです」と、その時は、権力に反抗できたような誇らしい気持ちで言った私のことを、彼が「あの臨時職員、マジでバカだ」と人に話していたと、後から聞いた。

払わなきゃいけないお金。世の中の仕組み。細かいこと。

よくわからないし、説明されてもどうせ理解できないだろうと諦めてしまう私は、確かに頭が悪いのだろう。昼間の事務は辞めてしまい、軽いバイトのつもりで始めたキャバクラとコンパニオンの仕事が、私の本業になった。親には、ひどく怒られた。

秀一郎さんは、話していて、きっと、私と違って世の中のことがわかった、頭のいい人なんだろうなあと漠然と感じていた。うちの兄と似た雰囲気があるけど、あの人のように私をバカにすることも、否定することもなかった。

結婚したら家にいていいよ、と言われた。こんなに幸福でいいのだろうかと、怖いくらいだった。

ありがとう、秀一郎さん、と感謝した。

桃江さんとの食事会を終えて家に帰ると、身体がものすごく重たかった。同席したのは、二時間足らずだったはずなのに、ソファに倒れ込んだらもう起き上がれる気がしなかった。せっかくのワンピースがしわくちゃになってしまう、とまるで他人事《ひとごと》のように考える。床に投げ出したヴィトンのダミエ柄のバッグを拾い上げる気力もなかった。

このバッグは、いつか、えみりがこういうものに興味を示すようになったらあの子にあげようと思っていた。うちの母はブランド物に興味がない人だったし、私はそういう文化のない家で育ったから、あの子には、雑誌の中で見るようなことを、してあげたかった。

知らないうちに、目から、涙が流れていた。

一度洟《はな》をすすり上げたら、声が洩れた。

さっき「ただいま」と玄関で呼んでも何の反応もなかったえみりが、ようやく、二階から階段を下りてくる気配がした。泣くのをやめなければと思うのに、涙が止まらない。リビングに入ってきたえみりが、案の定、驚いたように私の前に立ち尽くした。怪訝《けげん》そうな顔で「どうしたの？」と尋ねてくる。

「なんでもないよ」と私は答えた。

えみりはまだ雷に撃たれたような顔をしたまま、私を責めるように「なんで泣いてるの」と尋ねた。

答えられなかった。

えみりが怒ったように「やめてよね」と言った。だらしなく寝転んだ私を持て余すように、「お父さん、まだ帰ってこないの」と話を変えた。

「たぶん、そろそろじゃないかな」

答えながらどうにか身体を起こすと、頭の奥がズキズキと痛かった。目の縁を拭うと、えみりが、「私みたいな娘は、欲しくなかったんでしょ」と、私に向けて、ぽつりと言った。

私はえみりを見た。「そんなわけないじゃない」と答えていた。けれどえみりが、「嘘」と、間髪《かんはつ》を入れずに首を振る。

「小桃ちゃんみたいな子がよかったって思ってるの、バレバレなんだもん。私のこと、失敗したって思ってるでしょ」

「えみり！」

息を呑んで名前を呼ぶと、えみりがふいっと顔を背けた。そのまま足早に階段を上って、また部屋のドアを閉じてしまう。追いかけた私がドアを叩いて名前を呼んでも答えない。強引に開けようとしたら「入らないでよ！」と大声が返ってきて、体重をかけてドアを押し戻された。

「そんなことないよ」

私は、答えた。返事は返ってこない。だけど、ドアの重みの向こうで、えみりが息を殺しているのが伝わる。――泣いているのかも、しれなかった。

「そんなことないよ。お母さんは、えみりがかわいいよ」

返事はまだない。沈黙の中で、あの子が私の言葉を聞かずに耳を塞《ふさ》ぐところが想像できた。

えみり。えみり。えみり。

どれだけ呼んでも、えみりはドアを開けてくれなかった。

高校に入ったばかりの頃、えみりはやたらと塞ぎ込んで、元気がなかった。新しい環境で、何かあったんじゃないか。心配して、当時の担任の先生に電話したけど、その人は「何も特別なことはありませんよ」と答えるだけだった。「まだ一年の最初だし、高校に馴れればそのうち元気になりますよ」と。

えみり本人にそれとなく尋ねても、「別に」と答えるだけ。

秀一郎さんに「聞いてみてよ」と頼んだけど、「そういうことは普通、女親の方に話すもんだろう。僕じゃ無理だよ」と肩を竦《すく》めておしまいだった。普段、えみりとあんなに仲がいいくせに、とさすがにちょっとむっとした。ずるい。秀一郎さんは、えみりと気まずい話は一切したくなくて、ただ楽しいことだけ話していたいのだと思ったら、すごく理不尽で損な役目を押しつけられている気がした。

食欲が落ちて、学校から帰ってくるなり部屋に閉じこもるようになったえみりのことが心配で、あの子の部屋の引き出しを開けた。

日記か、手帳か何か、あの子が悩みを書いていそうなものはないだろうかと探していると、奥から、本屋さんに売っているのとは雰囲気が違う薄っぺらい漫画の本が何冊も出てきた。なんだろう、と思って中を開こうとした瞬間、部屋のドアが開いて、えみりが顔を出した。呆気《あっけ》に取られたような顔をして、眼鏡の奥の瞳を揺らす。いつもより、帰ってくる時間が少し早かった。玄関を開ける音も、「ただいま」を告げる声も、私には聞こえていなかった。

えみりが悲鳴を上げて私の手から本を奪い「信じられない！」と叫んだ。金属音のような、硬くて高い声だった。信じられない、信じられない、信じられない。

体当たりするように私を部屋から追い出し、しばらくして、中からあの子がわあん、と泣く声が聞こえた。一瞬の出来事に私は呆然として、この時もドア越しにあの子の名前を呼んだ。「お母さん、心配で心配でたまらなかったの」と一生懸命呼びかけたけど、扉は、この時も開かなかった。

ストライキのつもりなのか、えみりはその日の夕ご飯を食べず、どれだけ呼んでもお風呂にも入らなかった。翌朝になって部屋を覗きに行くと、ベッドはすでにもぬけの殻になっていて、私はあわてた。えみりの携帯に電話しても、あの子は出なくて、学校に様子を見に行こうかと心配していたところに、何度目かの電話をあの子が取った。

「もしもし？　あ、今、学校？　電話してても大丈夫？　今日ね、お母さん、えみりの好きなトマトの肉詰めを作ろうと思うから、まっすぐに家に帰ってきて欲しいんだけど、帰ってこられる？」

電話の向こうは無言だった。話し続けていなければいけない気がして、息継ぎもそこそこに続ける。

「トマトの肉詰めと、あんまり辛すぎない麻婆豆腐と……。お母さん、豆腐も使い切っちゃわないといけないから、迷ってるんだけど、えみりはどっちがいい？　夕方までに買い物に行くから、今聞いておかないとと思って」

『で？』

冷たくて短い声が、ようやく返ってくる。

「だから、トマトの肉詰めと、麻婆豆腐と……」

『だから？』

頭の中が、瞬間、真っ白になって、続けられる言葉がもうなくて、ええっと、ええっと、と考えながら、声が舌の先でこんがらがった。

「ええっと、あの……ご機嫌は、大丈夫ね!?」

言った瞬間、えみりが息を呑む気配があった。

『はあ!?　ご機嫌!?』

「ほら、あの、体調のこと。大丈夫？　具合、悪くしてない？」

『……お母さんってさ、謝れないよね』

えみりの声は呆れているようにも、怒っているようにも聞こえた。とても怖い声だった。逃げ出したくなる。

『自分は親だから、謝らなくてもいいって思ってるよね。そんなふうに血のつながりは絶対って思ってると、いつか、痛い目見るよ』

黙ったまま言葉が継げない私に、えみりがため息をつくのが聞こえた。

『前から聞きたかったんだけど。お母さん、ひょっとして、私と仲が悪いっていう自覚がないでしょ？』

胸の真ん中を、氷みたいに冷たい刃物が一気に貫いた気がした。

答えられないでいると、えみりが『ともかく、今学校。心配しなくても、家に帰るよ』と告げた。そのまま、電話は切れた。

その時期のえみりが何で悩んでいたかを知ったのは、それから一年近く経った頃だった。新しく担任になった田中先生から、ＰＴＡの用事で学校に行った時に教えてもらった。

「豊島さんは、悩んでいる様子はありませんか」

と尋ねる彼の声は柔らかく響いた。

「去年、特待生として入ったことで、周りの子が近寄りがたく感じてしまったようで、出だしに仲がいい子ができなかったようなんです。豊島さんは毅然としてるし、そういうことを気にする様子は表向きほとんど見られないんですが。――僕も、新しいクラスでは気をつけてみます」

誠実そうな目が、鋭く輝いていた。

ああ、この人は見た目が野暮《やぼ》ったいけど、よく見るときれいな人だ、とそこで初めて気づいた。

えみりと同じだ。

あの子は、とてもきれいな肌や、髪や、瞳をしている。親の贔屓目《ひいきめ》だとは思わない。あの子はダイヤの原石で、磨けば光るのに、まだ自分でそれに気づいていない、危なっかしい子供なのだ。

3

しばらくして、えみりが学校で倒れた、と、電話がかかってきた。

そういえば、最近、ひどく具合が悪そうな日がある。朝ご飯も夕ご飯も食べる量が少ない。お弁当箱は空になっていたが、仕切りにつかったアルミのカップやバランまで消えているのは不自然だから、私に隠れてどこかで捨てているのかもしれなかった。

学校から遅く帰ってくる日が増え、聞けば図書館で勉強していた、と答える。夕ご飯を食べてきた、と言うこともあった。そんなにお小遣いをあげているわけではないし、えみりはこれまで買い食いや外食をする子じゃなかったのに、と心配していた。

ただでさえ肉付きがよくなかった手の甲は、もうはっきり骨が浮き上がって見えるし、あの子はひょっとしたらダイエットをしているのかもしれない。だったら無理に食べる量を減らす方法より、いいやり方がきっといくらでもある。何より眼鏡や服装を変える方がよほどきれいになれるはずなのに。

心配だったけど、口出しするとまた怒られそうだから黙っていた。桃江さんとの食事会の日から三ヵ月以上経った今も、えみりはまだ満足に私と口を利いてくれない。むしろ、以前より頑《かたく》なに、部屋に引きこもるようになった。

えみりは貧血を起こしたらしかった。

病院に連れて行った方がいいだろうか。だとしたら、今の時間すぐに診察してくれる病院はどこだろう。

考えながら軽自動車を運転してえみりを迎えに行く。あの子が寝ていたらいけないからと、保健室のドアをなるべく音を立てないように気をつけてそっと開けると、ベッドの前に薄くかかったカーテンの隙間から、田中先生が座っているのが見えた。えみりが寝ている。田中先生の骨張った手が、あの子の額を触っていた。

胸が、ドキリとした。見てはいけないものを見てしまった気になって、あわてて踵《きびす》を返そうとした瞬間、足がドアにぶつかって、ガタンと音がした。田中先生が驚いたように背筋《せすじ》をしゃんとさせて立ち上がり、強張《こわば》った目で私を見た。「お母さん」と呼びかける。

カーテンを開け、こちらに近づいてくる。「すいません、迎えにきていただいて」と話す声にはまだ僅《わず》かながら動揺が感じられて、そのことが今のが私の見間違いではなかったことを証明していた。

「体育の時間に急にへたりこんで、気持ちが悪いと言い出して。横になっているうちに眠ってしまったようですが、養護教諭の話だと、少し休めば治るそうです」

「ご迷惑おかけしてすいません。連れて帰りますから」

いくらか落ち着きを取り戻した田中先生と対照的に、今度は私が動揺する。先生がゆっくり丁寧に「お願いします」と頭を下げた。

「豊島は頑張り屋で、無理をしすぎるところがあるので、気をつけてあげてください」

小さい頃に食べたようなプリンが食べたい、と帰りの車の中で、えみりが言った。

病院には寄らなくてもいいと言う。

その青白い顔色を見て見ぬふりして、私は「わかった」と応えた。

卵と牛乳を買うために寄ったスーパーで、車で待っていてもいいよ、と言ったけど、えみりは降りた。ついでに他の食料品も買おうとしている私の横を、カートを押してついてくる。この子と一緒に、こんなふうに並んで買い物するのは久しぶりだった。

「牛乳、取って」

「どれ？」

「一番安いの」

深呼吸してから、私は「ねえ」と改めて話しかける。

一八八円の、このスーパーオリジナルの一リットル牛乳を手に取ったえみりに、なるべくさりげなく聞こえればいいな、と思いながら、慎重に声をかける。

「——特待生でいることがプレッシャーだったら、やめてもいいんだよ」

「は？」

いつ頃から、えみりはこうやって私の声に語尾を高く尖らせる返事しかしなくなってしまったんだろう。——どうやらこの子の機嫌を損ねることを言ってしまったらしいことはわかるけど、何がいけないのかわからなくて、私は続ける。

「えみりは努力家だから、周りの期待に応えようとしてるのかもしれないけど、特待生で居続けるのがつらいなら、お母さん、先生に話してみるよ。田中先生ならきっと聞いてくれそうな気がするし、それで、もしえみりが今の高校にいられなくなるようなら、お母さんもお父さんも、別の高校探すの手伝ってあげる。お母さん、えみりのために学校と闘うよ。いくらだって守ってあげる」

「何言ってんの？」

牛乳を手に持ったまま、えみりが不機嫌そうに口元を歪める。それから、人をバカにするような嫌な笑みを浮かべ、哀れむように私を見た。

「プレッシャーなわけないじゃん。お母さんにはそう思えないかもしれないけど、特待生って、すごく名誉なことなんだよ。私は私で、ただできることを頑張ってるだけなんだから。守るとか言って、いい母親ぶらないで」

「でも」

顔色が悪いじゃないか、痩せたじゃないか、夜、何度もトイレに起きる気配がして、満足に寝ている様子がないじゃないか。指摘しようとしたけど、えみりが「どうせわかんないんなら、ほっといてよ」と続けた。突き放すような声を聞いて、必死になる。

「だってお母さん、心配で心配でたまらないの」

「心配って言葉があれば、何でも許されるわけ!?」

えみりが牛乳を持った手を大きく振り動かした。

えみりの後ろから牛乳を取ろうとしていた若い女性が、振られた腕にぶつかってよろけた。「きゃっ」と短い声がして、私は、いけない、と目を瞬《しばたた》く。彼女に駆け寄って大急ぎで「ごめんなさい」と謝る。後ろを振り返ったえみりが、どうしていいかわからないように立ち尽くし、その人を見ていた。

ぶつかった弾みに、彼女は荷物を落としてしまったようだった。床に投げ出された緑色のエコバッグを拾って返す時、そこについたキーホルダーが見えて、私ははっと息を呑んだ。だけど彼女は穏やかに「大丈夫ですから」と、すぐに元通り、受け取ったバッグを腕に通した。

えみりの顔が、衝撃に固まっていた。さっきまであんなに威勢よく私と言い合っていたのとはまるで違う、打ちひしがれた目をしていた。

「えみり」

謝りなさい、と続けようとしたところで、えみりの目にみるみる泣き出しそうな色が滲んだ。おや、と思った次の瞬間、えみりが、か細く震えた声で「ごめんなさい」と言った。深く頭を下げた後で、持っていた牛乳を私のカートに入れる。そのまま、逃げるようにスーパーを出て行こうとする。

呼び止めようとしたら、俯いたあの子の顔の斜め下で、涙が、ガラスの粒のように光った。「ごめんなさい」と、もう一度、小さな声が聞こえた。

小学五年生の時、一週間の林間学校に、あの子を送り出すことになった。

小さなボトルのシャンプーやボディソープ、携帯用歯ブラシにタオル。旅行用の荷物を揃《そろ》えている間、私はあの子の髪の毛を気にしていた。

背中の真ん中に届くほど長くしているけど、あの子は不器用で、自分では三つ編みにできなかった。毎朝「お母さん、やって」と私の前にやってきて、ニュース番組の〝今日の占い〟のコーナーを一緒に見ながら縛るのが日課だった。

私のいない一週間、髪をどうするつもりなのか心配だった。

「切っちゃったら」

と、私が提案した。

「短くしたボーイッシュなのも似合うと思うよ。イメージチェンジにもなると思うし」

えみりは当時からおしゃれに興味がなさそうだった。私の言葉に頷き、一緒に美容院に行った。ちょうど、ショートカットの、小リスみたいな顔をしたアイドルが人気だった。あの子みたいにしてください、と告げた私の声に、若い男性美容師が、ＯＫです、と笑顔を返した。

えみりは、本当にそのアイドルみたいな髪型になった。ずっと長くしてるところしか見ていなかったから、私は新鮮に感じて素直に「似合う」と褒めた。美容師さんも

「感じが変わってすごくいいですよ」と言っていた。

えみりはまんざらでもなさそうに「そうかな？」と後ろから髪に指を入れて、はにかむように笑い、男の子のようになった鏡の中の自分を見つめていた。

髪を洗う時も楽になっていいね、と話しながら帰ったその夜、あの子の部屋から泣き声が聞こえた。押し殺した声は、嵐の夜、窓の外で鳴る風のようだった。

夕食のときも、寝る前も、あの子は普通で、特に落ち込んだ様子など見られなかった。

ベッドを抜け出して部屋に行き、「えみり？」と呼びかけた瞬間に声は止んだ。私は、ドアを開けた。

薄闇の中で身体を起こしたあの子が、唇を突き出すように「何？」と尋ねる。「泣いてるのかと思って」と問いかける私に「泣いてない」とぶっきらぼうに答えた。明かりを点《つ》けない部屋の中では、それが本当かどうかわからなかった。

「なら、いいけど」

困惑しながら、首を傾げる。

「お母さん、えみりが一週間も出かけるのが不安になったんじゃないかなぁと思って」

林間学校はもう二日後だし、えみりがそんなに長く親元を離れるのは初めてのことだ。行く前からホームシックにかかったのかもしれないと心配すると、えみりが「別に不安じゃないよ」と答えた。

「そう」と頷いて、部屋を出る。しばらくして、えみりがゆっくりとベッドを抜け出す気配があった。トイレにでもいくのかと、廊下に出てくるのを待ったけど、えみりは自分の部屋から出てこなかった。

あの泣き声は、私の聞き間違いだったんだろうか。その夜はそう思って、私は、すぐにまた寝てしまった。

――髪を切ったことがショックだったのかもしれない、と思い当たったのは、えみりがもう林間学校に旅立ってしまった後だった。

普段はおしゃれに気を遣うふうのない子だけど、それでもやっぱり、自分の長い髪を気に入っていたのかもしれない。みんなに新しい髪型をどれだけ褒められたところで、夜になってから、だんだんと後悔が込み上げてきたのかもしれない。

えみりの部屋には鏡台がある。あの夜、えみりは、髪を短くした自分の姿をそこに映して、いつまでも見ていたのではないか。――それなのに、私は気づかなかったのではないか。

数日して林間学校から帰ってきたえみりの後ろ髪が、尖ったように、少しはねていた。

尋ねることが気まずくて、私はいつの間にか、あの夜の泣き声はやはり私の気のせいだったんだと思うようになった。髪なんて、またすぐに伸びてくるし。

えみりはそれから髪をずっと長くして、先を揃える以外には、美容師にも一切切らせない。

4

考えが飛躍しすぎているかもしれない、と自分でも感じた。きっと私の心配しすぎで、勘違いだと考えた方がしっくりくる。だけど、胸騒ぎがした。それは、ほとんど直感に近かった。

スーパーを飛び出し、先に帰っていたらしいえみりの部屋を、小さくノックする。返事はなかったけど「入るね」と断ってドアを開ける。えみりは拒絶せず、私を久しぶりに中に入れた。

ベッドに横になったえみりが、ぐったりしたように目を閉じていた。だけど、寝ているわけではないらしい。短い声が「何」と呟く。

突拍子もないことを聞こうとしている自覚はあった。否定するならそれでもいい。

息を一つ呑み込んでから、私は尋ねた。

「えみり。あなた、ひょっとして妊娠してるんじゃない？」

えみりの、閉じていた瞳が一瞬で大きく見開かれた。思わずそうなってしまったというはっとした表情の中に、答えが書かれていた。私は、やっぱり、と胸に吐息を洩らす。

まさか、とは思った。

えみりは派手なタイプの子ではないし、恋愛事や彼氏とも無縁そうだ。けれど、ここ二ヵ月ばかり、サニタリーの収納に用意した生理用ナプキンがまったく減っていなかった。食欲が落ち、痩せたせいかもしれないと思ったが、今日、見てしまった。

スーパーでえみりがぶつかった若い女性のエコバッグには、『おなかに赤ちゃんがいます』と書かれたマタニティマークが下がっていた。ぶつかってしまった事実そのものにショックを受けたように固まったえみりの、居たたまれない顔。引き攣《つ》り歪んだ頬の下で、どんな気持ちだったろうかと考えたら胸が痛んだ。

えみりは黙ったまま、身体を起こした。額に前髪が張りつくほど、汗を掻いている。妊娠を、否定も肯定もしない。顔が真っ赤になっていた。

じっと辛抱強く堪《こら》えるように、私の言葉を待っている。ここで間違えるわけにはいかない、と強く感じたけど、私は、次の言葉を躊躇《ためら》うことはなかった。そうかもしれないと気づいた時から、一番最初に聞いてみたいと思っていたことだった。

「……その人のことが、好きなの？」と、私は尋ねた。

声を受けた途端、えみりが驚いたように唇を半分開いた。私を初めて見る他人のように見て、きょとんとした表情を浮かべる。私はくり返した。

「その人のことが、好きなの？」

秀一郎さんとお店の外でも会うようになって、しばらくしてえみりを妊娠したとわかった時、どうしても産みたいと思った。

秀一郎さんのことを、とても好きだったから。

誰に反対されても構わないから、この子を産みたい。頭が悪くて、親が望む通りの進路に進めなくて、働けもしないけど、この子がいれば生きていけると思った。怖かったけど、正直な気持ちだった。

だから、秀一郎さんが結婚しようと言ってくれた時、とても嬉しかった。

キャバクラで知り合った男と出来ちゃった結婚だなんてダメだ、と両親や兄からは猛反対されたけど、あの人たちには、きっとわからない。

えみりと秀一郎さんは、私が誇れる唯一のものだ。

ふっと息を吐くような笑い声が聞こえた。聞き間違いかもしれないと思って顔を前に向け直すと、えみりが盛大に「あははは」と笑い出した。ぽかんとした私を取り残し、久しぶりに見るようないい顔で笑い、途中から、泣き出した。紅潮した頰に涙をぽろぽろとこぼしながら、私に尋ねた。

「意外。普通さあ、相手は誰だって問いつめたり、それかそんなことも聞かずに問答無用に堕《お》ろしなさいって言うもんじゃないの？　好きとかそんな、軽い問題なわけ？」

「そう言って欲しかった？」

えみりが笑うのをやめた。真面目な顔つきで黙りこくった後、しばらくして小さな声で「ううん」と答えた。

「そんなふうに言われたら、絶対に何も話すもんかって思ってた」

顔を上げたえみりが「お母さん、どうしよう」と、助けを求めるように私を見た。

「私、失敗しちゃった。順調にやってきたつもりだったのに」

「何が失敗かなんて、まだわからないよ」

「ううん。失敗だよ。特待生も、受験も、お母さんの望んだような娘像にはほど遠いかもしれないけど、私にとっては、これしかないんだよ。それが全部、きっとダメになる。みんなにバカにされるよ」

目線を上げたえみりが、また泣き出しそうになる。唇が震えだした。

「――まだ、話してないの。どうするのが一番いいのか、わからなくて」

驚きはしなかった。

えみりの恋人は、田中先生だった。

5

不安もあったし、怖かった。

田中先生に自分で話すというえみりに、私は「もし先生が逃げたら、お母さん許さない」と告げて、送り出した。言いながら、急に喉が苦しくなって、途中から声が震えた。実を言えば、えみりについていった方がいいだろうかと、随分迷った。

「先生が逃げたら、お母さん、追いかけていってあの人を殴る。絶対に許さない。大丈夫。お母さんがえみりを守ってあげる」

今度の「守る」という言葉には、えみりは目くじらを立てなかった。「ありがと」と乾いた声で呟いて、口元に微《かす》かな笑みを浮かべる。それから急に弱気になったように「お父さんに、言う？」と聞いた。「言うよ」と私は答えた。

えみりはしばらく俯いて自分のつま先を見つめた後で、いまさらのように「本当に、堕ろせって言わないんだね」と呟いた。私は「うん」と頷いた。

えみりが本当はそう言って欲しいのかもしれないことについては、考えないことにした。

帰ってきた秀一郎さんにえみりと田中先生のことを話すと、彼は案の定、絶句していた。漫画かドラマの演出のようにあんぐりと口を開け、それから、魚みたいにぱくぱく口を動かした後で、「それで……君はなんて言った？」と私に尋ねた。

その目に、普段の穏やかさは失われていなかった。私の肩に入っていた嫌な力がふっと緩む。「お前がしっかりしてないからだ」「一体、娘の何を見てた」とドラマで見るようなステレオタイプな頭ごなしの怒鳴り声を受ける覚悟は、できていた。だけど、秀一郎さんは私が想像していたよりも、ずっと冷静だ。

「その人のことが好きなのかどうかって聞いた」

「えみりはなんて？」

「あー……」

そういえばきちんと答えを聞かなかった。素直にそう話すと、秀一郎さんは大袈裟に顔をしかめて「ダメじゃないか」と言った。だけどそれは、まったく、悪い顔じゃなかった。

えみりが自分で相手に説明に行ったことを話すと、秀一郎さんはしばらく黙り込んだ。ソファに背中をもたせかけ、天井を仰ぎながら、すーっと大きな深呼吸を、何回かしていた。

「それで、えみりはまだ帰ってこないのか」

「もう少ししたら電話してみようと思ってるけど」

失敗しちゃった、とあの子が言っていたことを思い出した。

特待生で順調だったのに失敗しちゃった。あの子と似た価値観を持つ秀一郎さんは、あの子の妊娠を、同じように失敗だと捉えるだろうか。

「まあ、帰ってきた時の成り行きの、それ次第だな」と秀一郎さんが言ったのは、随分時間が経ってからだった。

少し驚いて、彼を見つめた。「ビールあるか」と聞きながらネクタイを緩める秀一郎さんに、私の方があわててしまう。「あの子が帰ってきても、怒らないで」と声をかけると、彼はあっさり「怒らないよ」と、ため息まじりではあったけど、ちゃんと答えてくれた。

ぐうっと背中を後ろに寄りかからせ、また一つ、大きなため息をつく。それからゆっくりと身体を起こし、私を見た。

「君、この間兄嫁と喧嘩《けんか》したんだろう？」

「……どうして知ってるの」

この間の食事会の時のことだろう。秀一郎さんが「たまたま街で義兄《にい》さんに会ったんだよ」と苦笑する。

「桃江さん、だいぶ怒ってたらしいな。楽しい食事会が台なしになったって」

「いけなかった？」

喧嘩の原因について、桃江さんが兄にどう伝えたかわからなかった。秀一郎さんにも、正確には伝わっていないかもしれない。

あの日の私は、気づけなかったのが、情けなかったのだ。

幼いえみりが、好きな本を読む楽しみを桃江さんにバカにされ、そこからずっと傷を負わされてきたことを私は知らなかったし、えみりも私に打ち明けなかった。子供なりに気を遣ったのか、それとも、頼りがいに欠ける母親だと判断されたのか。考えると悔しくて、自分が情けなくて、頭の芯《しん》が痺れるように熱くなった。

食事の後半、普段なら耐えられる桃江さんの自慢話を遮って、私は初めて自分から意見した。時を遡《さかのぼ》って逆襲するように、私は桃江さんを罵《ののし》った。私は面と向かってあんたに言うけど、あんたは他の大人のいないところでえみりを傷つけたのだと糾弾し、えみりのことが羨ましいのか、妬《ねた》ましいのか、と聞いた。自分があんなふうに大声を上げられる人間だとは思わなかった。

桃江さんのミニチュアのような小桃ちゃんに、聞きたかった。小さな桃江なんて名前をつけられて、嫌じゃないのか。ぶちまけたい言葉を一線でこらえてレストランを飛び出し、家に帰ったら、それでもまだ情けなくて涙が出た。

えみり、ごめんね、とソファに寝そべって泣いた。

「いけなくないよ」

秀一郎さんが、力ない笑みを浮かべて言った。

「俺もあの家族大っきらい」

息を呑んだ。いつも笑顔で私の兄夫婦と接するこの人から、初めてそんな言葉を聞いた。「いくら身内だからって、合う合わないはあるよな。何も血のつながりが絶対ってわけじゃないし」

「それ、同じことをえみりにも──」

「え?」

「言われたわ。お母さん、血のつながりは絶対って思ってると、いつか、痛い目見るよって」

「えみりは……、だって娘だろ。家族じゃないか」

秀一郎さんが驚いたように目をみはる。その顔を見て、ああ、と思う。この人も、私と同じでわがままだ。兄夫婦については血のつながりは絶対でないと言いながらも、自分の娘にはその理屈は適用できないと思っている。

笑ってしまった時、玄関のチャイムが鳴った。

十時を回ってうちにやってきた田中先生は、額を絨毯にこすりつけるようにして、私と秀一郎さんに頭を下げた。目も顔も赤くして、何度も何度も。横のえみりが、緊張した面持ちで目を伏せていた。田中先生の謝罪と、祈るような懇願の言葉は、途中から泣き声のように掠《かす》れた。

お嬢さんと結婚させてください、と彼は言った。

震える若い声を聞いて、彼もまた、私から見たらほんの子供だったのだと、当たり前のことに気づく。

絨毯に張りついた先生を立たせる私と秀一郎さんに向け、えみりが泣きながら、大騒ぎになるよ、と言った。

先生も私も学校にいられなくなるし、噂にだってなる。近所の人や職場の人に、お父さんもお母さんもどう言うの。

えみりが私たちにどうして欲しいのかは、わからなかった。今もまだ、引き留めて欲しいのかもしれない。私たちに、全部決めて欲しいのかもしれない。

失敗しちゃった、という声がまた、耳に甦《よみがえ》る。

何が失敗なのかは誰にもわからない。だけど、私は、今度こそ間違えなかったと思う。ただ一言「気にしなくていいよ」と告げると、えみりがその場に泣き崩れた。

6

夕方の髙島屋は、そろそろ混み始める時間帯だった。

えみりと二人、買い物に来た帰り、えみりが通っていた学校の制服を着た子と、エスカレーターですれ違った。何気ない顔を装ったえみりが、それでも顔を俯かせて、彼女たちの方を見ないようにしたのがわかった。

私は、おせっかいに思われるのも、いい母親ぶってると思われるのも覚悟の上で、えみりの手をぎゅっと握る。えみりは驚かず、私の手を振り払わなかった。

高校を辞めた後、マリアン女子大附属に転校したら？　と半ば本気で、半ば冗談で言った私を、えみりも秀一郎さんも、それに田中先生も呆れたように見つめた。うんざりとした顔を作ったえみりが「お母さんて相変わらず」と眉根を寄せて、私を見た。

「だいたい、あそこ、曲がりなりにも一応お嬢様高校ってことになってるから、おなかが大きい生徒を通わせてくれるわけないじゃん」

えみりは高卒認定試験を受け（世の中にそういう、大学の受験資格を手に入れるための試験があるってことも、私はそれまで知らなかった）、子育てしながら大学を受けるという。負担をかけるけど、お母さんに手伝ってもらってもいい？　と遠慮がちに尋ねた声に、私は、いいよ、と答えた。

えみりの勉強は、もう先生ではなくなってしまった田中先生がみている。仕方ないといえば仕方ないけど、田中先生はあの高校を追い出されるような形で自主退職し、今は小さな塾で講師をしている。――えみりがどこの地域の大学に進学するかによって、またそこで教職を探すつもりらしい。

正直、なんて気楽なプランだろう、と思う。この人たち、私よりずっと勉強ができるはずなのに、本当にまだ子供だ。大学に通いながら、一番忙しい乳幼児期の育児を、知らない土地でできると思っているのだろうか。

けれど、実を言えば、私はそれが少し楽しみでもある。望まれて、孫を育てるのに手を貸すことになるのなら、そんなに嬉しいことはない。それがどれだけここと離れた場所だって、私はあの子たちのもとに通うだろう。えみりを育てた経験と実績は、私の人生の自慢だ。

えみりのおなかは、六ヵ月に入って少し大きくなってきたものの、まだ言われなければそうと気づかないくらいだ。

買い物の途中、立ち寄った地下街の喫茶店で、私はコーヒーを、えみりはグレープフルーツジュースを頼んだ。「赤ちゃん、楽しみだね」と言った私に、えみりがストローを噛みながら「うん」と応じる。

店を出て、駐車場まで歩こうとした時、「ちょっとすいません」と後ろから声をかけられた。振り向いて、私は大きく息を吸い込み、そのまま呼吸を止めた。

私たちに声をかけた若い女性は、『ディアマンテ』の最新号を持っていた。彼女の後ろに、大きなカメラを抱えた男性と、撮影用の光を反射するための大きな板を持った、それより若い男の子。彼らの腕に、『ディアマンテ』と書かれた緑色の腕章がはまっていた。

「私たち、名古屋を中心にした『ディアマンテ』という情報誌の編集スタッフなんですが、今、街角スナップというコーナー用に、街で見掛けたおしゃれな親子連れを撮影してるんです。失礼ですが、お母さんとお嬢さんですか？」

「そう、ですけど」

知っている、と胸の中で何度も訴える。知っている、知っている。毎月、見ている。ぽうっと顔に火がともったようになって、相手の声が半分も入ってこない。説明は続いていた。

「――おそろいのワンピースが素敵なので」と言われて、はっとした。

意識したわけではないけれど、今日、えみりは昔私が気に入っていた小花柄のワンピースを着ていた。大きくなってきたおなかの上にさらりと着られるものが欲しいと言われて、私がお下がりの形で譲った。

私の方も、今日はやはりそれと同じような小花柄のワンピースを着ていた。厳密に言えばおそろいではないけれど、どちらも私の趣味で選んだものだから似ているのだ。

「写真を撮ってもいいですか」

尋ねられて、私はえみりの顔を見た。この子はそういうの、嫌がるに決まってる。せっかくですけど、と答えようとした私の横から、えみりが思いがけず、すっと一歩前に出た。

「いいですよ」

私を見つめ、「ね、お母さん」と呼びかける。

――もともと、内弁慶なところがある、外面《そとづら》の、とてもよい子なのだ。だけどいいのか。『ディアマンテ』は、えみりの通っていた高校の子たちだって見るだろう。ゆったりとしたシルエットのワンピースは、いかにもマタニティウェアのような雰囲気だ。

ごく短い間、私たちは見つめ合った。やがて、すべてを受け入れるようにふるりと優しく首を振ったえみりが、私に「撮ってもらおう」と呼びかけた。

喉の奥に熱の塊が込み上げて、胸がつまった。これまで一度だってしたことがない仕草で、えみりが私の腕に、自分の手を通す。

「はい、笑って！」

『ディアマンテ』のカメラマンの合図に合わせて、レンズを見つめる。

明日には、この手はまた、えみりの気まぐれで簡単に振り払われることもあるだろう。けれど、今撮る私たちの写真には、なんてキャッチコピーをつけてもらえるのか、考えただけでわくわくする。

友達親子じゃなくてもいいから、どうか、私たちに合うぴったりなのをつけて欲しい。

「『ディアマンテ』の雑誌名ってなんでスペイン語なの？」

編集スタッフたちと別れ、歩き出してすぐ、えみりが私に聞いた。私は「え？」とえみりの顔を見つめる。

「『ディアマンテ』ってスペイン語なの？　てっきり英語だと思ってた」

「スペイン語とイタリア語にあるんだよ。え。じゃ、お母さん、ひょっとして意味も知らないの？」

「うん」

頷くと、えみりが「信じられない」とため息をついた。「あんなに毎月夢中になって読んでるのに？」と呆れたふうに続ける。

「考えたことなかった。えみり、知ってるの？　教えて」

「〝ダイヤモンド〟って意味だよ」

「へえ！」

ダイヤモンド。そんな意味があるなんて。

私を置いて一歩先を歩くえみりが「ほら、早く帰ろうよ」と急《せ》かす声を聞きながら、ふっと思う。えみりだって、スペイン語やイタリア語なんてそうそう知っていたとは思えない。興味がなさそうにしてたけど、ひょっとして、私が毎月読んでる雑誌だからという理由で、『ディアマンテ』の意味を調べたことがあったのかもしれない。――指摘したら怒られるだろうから、絶対に言わないけど。

考えたらとても嬉しくなる。なんだか涙が出そうになって、あわててあの子の横に歩いていく。隣に並ぶと、えみりの長い髪からシャンプーのいい匂いがふっと香った。

タイムカプセルの八年

I

いってきます、という声とともに廊下を横切った幸臣《ゆきおみ》が全身紺色に見え、おや、と首を傾《かし》げてすぐに、あ、そうか、と気づく。スーツ姿なのだ。

向かいの台所から、温子《あつこ》が「いってらっしゃい」と声をかけながら出てくる。

私も読んでいた新聞をたたみ、居間のこたつから腰を上げて廊下に出る。玄関に顔を向けると、身を屈めて革靴を履く息子に向け、温子が靴べらを差し出していた。スーツの背中を丸めていた幸臣が、微かに顔を上げて「なくても大丈夫」と母親に応えるのは、言葉通りの意味ではなく、おそらく靴べらの使い方がろくにわからないからだろう。立ち上がってもまだ、つま先をぎこちなく、とんとんと三和土《たたき》につけている。

就職に必要な試験や面接の類はすべて終わったと言っていたのに、一体なんだろうと思って見ていると、温子が「先生たちによろしくね」と言いながら、沢渡屋《さわたりや》の菓子袋を手渡す。

「これ、お仲間入りにって、若い女の先生に渡してね。そしたらたぶん、全員に配ってくれるだろうから」

心配しすぎなんじゃないか、そこまで世話を焼かれる幸臣はマザコンなのではないか、それより何より、今は職場の女性職員のお茶汲みだって目くじらを立てられるご時世なんだから迂闊《うかつ》にそんなことを言ってよいものか（うちの大学の研究室だって、もう、助手でもない女子院生にはコピー一つ気軽に頼める雰囲気はない）と、抗議の声をあげようか迷ったが、幸臣が素直に「うん」と頷《うなず》くのを見て、変にこましゃくれたことを言うよりはマシか、と黙っておいた。

菓子の袋を受け取った幸臣が母親に向き直り、その時ついでに、私とも目が合った。持て余すように一瞬視線をそらしかけ、けれどそそくさとまた目を合わせて「あ、いってきます」と言う。緊張に、頬がいつもより引き締まって見えた。

「あ、いってらっしゃい」と、こちらも答えてしまってから、「あ」って何だよ、と思ったが、幸臣はそのまま出て行った。「気をつけていくのよ」と外にまで見送りにいった温子に続くタイミングを逸して、そのままぼんやり、就職に際して半額出してやった中古車が出て行くエンジン音を聞く。しばらくして、温子が戻ってきた。

「今日、あいつ初出勤だったのか」

言うと、温子は呆れたように顔をしかめた後で「相変わらずね、お父さん」とため息をついた。

「今日からもう四月でしょう」

「小学校は、だってまだ春休みだろ。十日くらいまでは暇なんじゃないのか」

「子供が登校して来なくたって、先生たちは毎日仕事もあるし、忙しいんですよ」

「ほお」

「ほら、お父さんも今日は出かけるって言ってなかった？　早く支度して、朝ご飯も食べちゃってくださいな」

「出かけるのは夜からだ」

「そう？　どうでもいいけど、ご飯は早く食べて」

ぶつぶつと洩らされる文句の声を受けてダイニングに向かうと、私の分の朝食だけが食卓に残されていた。昔は朝食を取りながら読書や朝刊チェックもしていたのだが、一度、小学生だった幸臣がテーブルにぶつかった際、割と高かった本を味噌汁でどろどろにされてから、もう二度とダイニングに本や新聞を持ち込むまいと決めた。

「そうそう。幸臣の赴任する学校、比留間《ひるま》先生がいるんですって。特に希望を出したってわけじゃなくてたまたまらしいけど、すごい偶然だって驚いてた」

「ほお」

思わず声が出た。けれど、気のない返事をしたと思われたのか、味噌汁をよそっていた温子が「比留間先生。あの子の、六年生の時の担任の」と補足する。

「覚えてる？　あの先生に憧れて教師になるって言ってたのに、まさか、最初の赴任先で一緒になるなんて。何かとあの先生には縁があったのね」

「ほお」

受け取った味噌汁の椀から上がる湯気に、眼鏡のレンズが白く曇った。

比留間は確か、幸臣の担任だった頃で三十代半ばだったはずだ。「もう教頭かなんかなのか？」と聞く私に、温子が「学年主任とかって言ってたけど、まだみたいよ」と答える。だとすると昇任試験に落ちているのかもしれないな、と思った私の心中を見透かすように「また、あなたは人の出世やなんだってことばっかり気にして」と文句を言われた。

返事をせず黙々と食事を続ける。ふと、ダイニングの窓から見える桜の木に目がいった。向かいの公園に植えられた、樹齢何十年という古木だ。

そういえば、幸臣たちの小学校卒業時のタイムカプセルが埋められたのは、この木によく似た校庭の桜の根元だった。

『二十歳になった僕は、先生になっていますか？』

成人式から帰った午後、晴れ着からラフな普段着に着替えて集まり直し、元クラスメートたちと一緒に掘り出したタイムカプセル。十二歳の自分が書いた文章を見て、幸臣は「先生なんてまだなってないって」と苦笑していた。

「あの頃は二十歳ってもう大人だと思ってたんだよな。実際はまだ大学の途中なのに、この頃はほんっとまだ何にもわかってなかった」

手紙は、子供たちだけで掘り出したそうで、保護者も、担任だった比留間の姿もそこにはなかった。比留間には電話したそうだが、都合が悪いと断られたらしい。

〝まだ何にもわかってなかった〟子供の頃に書いた手紙を読んだところで、その日の幸臣たちの心に残せたものがあったかどうかは怪しい。そもそも、タイムカプセルというイベント自体にも意味なんてあるかどうか。

あんな手紙がなくとも、幸臣は同じように今日の初出勤を迎えただろう。

「ごちそうさま」

食事を終えて、ダイニングを出る。約束の飲み会は商店街の居酒屋で六時からだ。

それまでは本を読んで過ごそう。何しろ、子供が登校せずとも忙しいという小学校教諭と違って、親族経営の私大の准教授なんて、出世を望まないなら、定年まで穏やかなものだ。学長や上司、同僚や学生との人間関係に頭を悩ませるより、好きな本と研究のことだけに時間を費やす方が性に合っていると、就職してすぐ、華やかなキャリアには見切りをつけた。

接待や飲み会に長らく無縁できた私にとって、所属する定期的な集まりは、ほぼ唯一これだけだ。何故参加する羽目になったのかと面倒に思うこともあるし、今日だってまだ講義も始まらないせっかくの春休みなのだから家でゆっくり過ごしていたいが、まあ仕方ない。

ため息をついてまた外を見ると、桜の木の根元にすずめが二羽、ちょんちょんとステップを踏むように歩いていた。

2

「親父会」というのがある、と聞いて、うへえ、と声が出た。

「めんどくさい」と声を上げると、「なんでそんなにはっきり言うのよ」と温子に睨まれた。幸臣が小学校六年生になった年だ。

「今年は卒業の年だから謝恩会だってあるし、他のお父さんお母さんたちと何かと連係を取らなきゃならないから、父母会っていうのを作るのよ。学校の行事とは別にハロウィンに商店街で仮装行列したり、秋には公園で焚き火して焼き芋を食べたりするイベントもあるんですって。今年の六年生は一クラスしかないし、繋がりを強めないと」

「そんなの、お前が付き合えばいいだろう」

「最初はどの学年もお母さんたちが中心でやってたらしいんだけど、ここ数年はお父さん同士が仲よくなっちゃって、毎年親父会が恒例なんですって。お父さんがいないご家庭は仕方ないかもしれないけど、うちはそうじゃないんだし、あなた行ってちょうだい」

「学校の行事じゃないんなら、無理して行かなくてもいいんじゃないのか」

「そんなことできるわけないじゃない」

とんでもない、という口調で温子が首を振る。

「親同士の関係ができていてこそ、子供同士で何かトラブルがあった時もすんなりお互い様って空気になるのよ。第一、クラスでうちだけ入らないなんて、幸臣がかわいそうだと思わないの？　どんな変わった親なのかって思われるわよ」

一気に捲《まく》し立てた後で、「まあ、あなたは確かに変わってるけど」と苦々しい表情でまた私を睨む。

変わっていたっていいじゃないか、と喉元まで出かけた言葉を呑み込んで、「そうか」と頷く。納得したわけではなく、これ以上揉めたところで時間の無駄だと判断したからだった。

温子の言う「変わっている」の意味は、薄ぼんやりとだが、わかる。

学者という職業がどうやらそう見られる傾向にあるらしいということが、まず結婚で、子供ができてからはよりいっそう、さまざまな場面で感じられるようになってきた。これまでは、学生時代から周りも研究職の人間ばかりだから気にもならなかった。

温子の実家に結婚の挨拶《あいさつ》に行った時のことだ。その当時でさえ十分さびれて見えた豊町銀座《とよまちぎんざ》商店街の一角でタバコ屋を営む義父は、娘がつれてきた私を見て目を丸くしていた。

「孝臣《たかおみ》くんは、つまり〝末は博士か大臣か〟の博士ってことかい。大学教授だなんて」

「はあ、国語学の博士号は持っておりますが。教授になれるかどうかは」

大学に勤務しているというだけで〝教授〟になってしまう大雑把《おおざっぱ》さに戸惑いながら答えると、返答を最後まで聞き終えずに、義母に向けて「すげえな。温子が博士つれてきやがった」と言う。感嘆の声のように洩らしていたが、内心は向こうもかなり当惑していたのだろう。

私のような日本語学の学者に就職の道は険しい。

企業に研究職として就職する道が開かれている理系と違い、博士課程を終えたところで、学歴だけ高くなってしまった私のような者は持て余されるだけだし、大学講師の空きだってそうそうあるものではない。その上、常勤となればなおさらだ。私は故郷も大学も北海道だったが、欠員の募集があると聞けば、九州の大学にだって応募した。今の就職先である静岡は、これでも故郷から一番近い方だった。

温子は、私が勤める大学の情報センターで職員として働いていた。商店をやっている家の一人娘だからといって、父親は「俺が一代で始めた店だしな」と、最初から強く跡を継がせる気もなかったそうだ。とはいえ、「継ぐ気があるって婿《むこ》が来るなら考えるつもりだったが、そうか、博士か」と呟く姿は、言葉とは裏腹に少しばかり寂しそうだった。

「教授になれるかどうかはまだわかりませんが、うちの大学は、国内の私大では講師の収入がいい方の大学です。このまま勤め続けてさえいれば、特に困るということはなく安定して暮らしていけますし、私はこれから取り立てて大学を移ろうという気もありません」

婚約者の両親を安心させようと続けた言葉に、温子が横から「ずいぶん明《あ》け透《す》けに内情を話しちゃうんだね」と苦笑していた。

勤務先が大学であるということが、奇異の目をもって迎えられるらしいということは、息子が生まれ、それに伴って学校や他の親との付き合いが増えてからはより露骨になった。

もともと私と幸臣は、仲のいい親子、というわけではなかった。温子に言わせると、私は父親としてかなり〝ズレて〟いるらしい。

いわく、誕生日や子供の日のようなイベントをきちんと祝わない。運動会や授業参観のような行事をよく忘れる。自分勝手。休みを家族のために使うという発想がない。父親として不真面目。

世の中の私以外の父親はそんなにも子供と家庭のことばかり考えて生きているもの

なのか？　と真剣に悩んだ。

たとえば、まだ寝ていたい日曜日の朝に、居間や台所がやたら騒がしいから何かと思って寝ぼけ眼《まなこ》で起きていくと、体操着姿の幸臣と、大仰な重箱におにぎりだの唐揚げだのをあくせくと詰め込む温子に出くわす。「あなた、まだ着替えてないの？」と言われて「一体なんだ」と問い返すと、信じられないという表情で目を剝《む》かれた。

「今日は幸臣の運動会でしょう！　うちの両親だってもうすぐ来るのよ！」

間が悪いことにそのタイミングで玄関のチャイムがピンポンと鳴り、日よけ帽子をかぶって支度した義理の両親が入ってくる。「おい、孝臣くん、その恰好は何だ？」とパジャマ姿に驚かれ、いやあ、あはは。もちろん今から支度するところです、と答える私の横を、幸臣が目も合わさずに「いってきます」と出て行った。

運動会って、父親も行くものなのか？　と素朴な疑問を口にすると、温子から「当たり前でしょう！」と怒鳴られた。

クリスマスもそうだった。

幸臣が小学校一年生の時だ。

十二月二十四日の夜、デパートの地下で買ったという持ち手に銀紙が巻かれた甘辛く味つけされたチキンと、サンタクロースの載ったホールケーキを食べ、子供ができ

ると世間並みにクリスマスというのを祝うようになるものだなぁと感慨にふけってい
た夜、幸臣が寝入ってから温子に「あなた、そろそろ」と呼びかけられた。
夜の営みの誘いと勘違いして、ドギマギしながら「へ？」と顔を見つめ返すと、冷
たい目をした温子に「プレゼント」とせっつくように言われた。
「この間、頼んだでしょう？」
「あ」
幸臣の好きなテレビ番組、センタイジャーの変形おもちゃを、そういえば買ってく
るようにと、おもちゃ屋のチラシの切り抜きとともに頼まれていた。鞄の内ポケット
にしまって、そのままだ。「まさか忘れたの!?」と張り上げられた温子の声は、寝て
いる幸臣を起こしてしまうのではないかと思うほど大きかった。
「信じられない！　あれほど忘れないでって言ったじゃない。人気商品らしくて、ク
リスマスの頃には品薄になっちゃうだろうから早めに買っておいてって。だいたい
私、おととい、確認したわよね？　買ってきてくれた？　って」
「ああ、まあ」
確かに聞かれた。だけど、私はその時も本を読んでいて、どうせ後で買えばいいと
生返事をしたような気がする。どうするのどうするの、と私を責める温子の声が早口

になっていく。

「どうするの？　もうお店はデパートだって全部閉まってるし、開いてたってあるかどうか」

「幸臣はそれじゃなきゃダメなのか」

「今年はサンタさんから何が欲しい？　って、随分前に、怪しまれないように苦労しながら、沢渡さんの奥さんと一緒に子供たちから聞き出したのよ。苦労して」

苦労苦労、と同じ言葉をくり返す。

「あそこの剛《ごう》くんだって、同じセンタイフォンがいいって二人で話してたのに、剛くんがもらえるのに幸臣の分がないなんてこと――」

「その〝センタイフォン〟っていうのは、おもちゃの名前か？」

「買ってくる時に教えたはずでしょう！　チラシにだって書いてあったのに」

「ネットで買えば――」

「いつ届くと思ってるの！　サンタが来るのは今日なのよ」

「在庫さえあれば、翌日には――」

「今夜じゃなきゃ意味がないのよ」

「じゃあ聞くが、一体いつからうちはそういうことになったんだ。サンタクロースがいるなんていうのは嘘じゃないか。子供に嘘を教えるなんて私は反対だ」

自分自身が子供だった頃から、おかしな風習だと思っていた。私の両親も寝ている私の枕元に本だのテレビゲームだの地球儀だのを置いていた。自分自身がいつまで信じていたか、いつその不在に気づいたのかは覚えていないが、あんなこと、別にやらなくたってよかったのに。

我が家でサンタをどうするかは、特に意見もしなかったら、知らないうちに温子がさっさとやることに決めてしまっていた。「今年から本当のことを話してやめればいいだろう」と言うと、また激しく睨まれた。

「周りがみんな信じてるのに、幸臣だけが『いない』なんて言い出したら、話が合わなくていじめられるかもしれないじゃない。ダメよ」

「じゃあ何か、うちはうちで教育方針があったとしても周りに合わせなきゃならないってことなのか？」

「そうよ！」

温子がこれまでで一番大きく声を上げた。

「だいたい、これまで主張らしい主張もろくにしてこなかったくせに、何がいまさら教育方針よ。聞いて呆れるわ」

十二月の寒空の下を、追い出されるように家を出て、もうシャッターが降りた商店街のおもちゃ屋と、明かりの消えたデパートの前をはしごした後、プレゼント用にコンビニでシャーペンとノートを買って帰った私に、温子は盛大にため息をついた後、「せめてキャラクターがプリントされたチョコレートとかお菓子を買うって発想はなかったの」と呟いてみせた。

ラッピングもされていないなんて、とぶつぶつ言いながら、何かでもらった風呂敷にシャーペンとノートを包み、上を蝶々《ちょうちょう》結びにする。

翌朝、目が覚めた幸臣が泣きながら居間に飛び込んできて「センタイフォンじゃない！」と私たちに訴えた。「サンタさん、間違えてる」と大声で喚き散らし、温子が宥《なだ》める甲斐もなく、脱水状態に陥るのではないかと心配するほどに、涙を流し続けた。

テーブルの上に置かれ、表紙が涙に濡れたノートと乱れた風呂敷を見つめながら、だからサンタなんてなしにすればよかったのだ、と思った。幸臣がどうにか機嫌を直し、友達と外に遊びに行ったのを見送ってから「やれやれ」と安堵《あんど》の息を洩らすと「誰のせいだと思ってるの」と不機嫌そうな温子に言われた。

「年末休みには、せめて、幸臣を遊園地にでもつれて行きましょうよ」とたいしたことではないように言われ、「年末なんて混むじゃないか！」と思わず声を上げてしまったのがいけなかったらしく、そこからまた一方的に怒鳴られた。

帰ってきた幸臣が「剛くんは、きちんとサンタさんからセンタイフォンもらってた」と言うのを聞いて、あ、やっぱり気にしてたのか、とこの時ばかりはさすがに少し反省したが、大事な年末休みを混みまくる遊園地で過ごしてもよいと思えるかどうかは、それとはまた全然別の話だ。遊園地に行く、と一口に言っても、現地に着くまでと家に帰るまでの行程も遊園地の日程には含まれている。道だって渋滞しているかもしれないのに、どれだけの時間がかかるか。

大学が冬休みに入り、講義もなくなるこの大事な時期は、一日だって無駄にしたくない。家の書斎でぬくぬくと窓の外の寒空を眺めながら好きなだけ読書する楽しみを奪われてなるものかと、私は、今度こそ必死になって、ほとんどの店で品切れになっているというセンタイフォンを探し歩いたが見つからず、ネットでもとうに売り切れ、再入荷の予定もないということで、結局、温子と幸臣を遊園地につれて行く羽目になった。

一時間半待ちのコースターに並び、はしゃぐ幸臣を見ながら、温子が「こうやって親と出かけてくれるのも今のうちだけよ」と言うのを聞き、ならば早く友達と出かけることの方が楽しい年代になってくれないものだろうかと期待する。

親になるということは、こんなにも周りに合わせること、自分の時間が削られることなのか。何をするにも最優先は子供。父親に自由な時間はなくなる。親だって人間なのに、そんな理不尽が許されるものなのか、と嘆きたくなる。

幸臣は正月になってもまだ、ぐずぐずとセンタイフォンに対する未練を口にしていたが、二ヵ月もしないうちに、アタックブレスという名の別のおもちゃを欲しがり始めた。聞けば、一月末にセンタイジャーが終了し、新しいものが始まったのだという。

「買ってもどうせ飽きたんだろうから、買わなくて本当によかったな」

安堵して言うと、温子はもう私を無視して返事もしなかった。

3

〝親父会〟の初日は、五月のGW明けに行われた。

渋る私に前の日から「明日よ、忘れないで」とくり返し声をかけてきた温子には悪いが、サボって書店ででも時間を潰そうかと内心で考えながら、一応の義理を果たすように、とりあえず小学校の門の前まで行く。

太陽の光を白く照り返す校庭の向こうに建つ校舎が、ひどく遠くに感じられた。親父会開催の日程は土曜日の午前中という休日だが、開催場所は学校の会議室を借りてだというから、なるほどこんなにも公的にやられたんじゃ、ほとんどの親が参加せざるをえないわけだ、と思う。学校側も、もっと、やりたくない父親の気持ちを考慮したらどうなんだ。

幸臣の小学校は、今年度改装時期を迎えているとかで、校庭の一部と校舎の東側に工事用の白いビニールシートがかけられていた。先に進むことも、そのまま帰ることもできずにどっちつかずにその様子を眺めていると、背後から「あのう」と声をかけられた。振り返ると、ノリの利いたシャツに仕立ての良さそうなジャケットを羽織った男性が立っていた。髪に混ざり始めた白髪や口の周りにうっすら滲《にじ》む皺《しわ》の様子から、私よりも年上らしいと見当をつける。

「六年生の〝お父さん会〟の方ですか？　あの、私、初めての参加なんですけど、よろしくお願いします」

「あ、こちらこそ」

どうやらお仲間らしい。親父会、という言葉に抵抗があって「お父さん会」と控えめに言い換えているところに好感が持てた。いくらか気安い気持ちになって言う。

「初めても何も、みんなが初めてでしょう。親父会は今日が初回みたいですから」

「はぁ。あ、初めまして。私、小松《こまつ》ユカリの父親です」

「あ、水内《みずうち》幸臣の父親です」

「ああ、幸臣くんの」

小松さんがほっとしたように頰を緩めてくれたものの、あいにく、私は彼の子供の名に聞き覚えがなかった。曖昧に「よろしくお願いします」と言いながら、これでもうサボれなくなってしまった、と覚悟を決める。それでも道連れができたことで少しばかり心強くなって、一緒に校舎まで歩いた。

授業参観も教師との面談も、すべて温子に任せていたから、小学校に入るのは去年の運動会以来のことだったが、その時も校舎にまでは入らなかった。子供の文字で書かれた下駄箱の名前や周囲に貼られた学校のスローガンやポスターに気後れしながらスリッパに履き替える。改装中だという校舎は、中に入ってもやはり外側と同じ色のビニールであちこちが覆われていて、どちらに行ったものか、すぐにはわからず迷ってしまう。

すると、廊下の奥の方から誰かの話し声が聞こえてきた。

「よお、久しぶり」「そういえばあれ、どうなった?」「こないだ飲んだ時お前さ――」

笑い声さえ混じった和やかで威勢のいい声に、小松さんと「あっちですかね」と顔を見合わせながら歩いていく。

中に入ると、すでにやってきていたらしい十数人の父親が、コの字形に会議室の机を並べ、その上にプリントした資料を載せて、一枚ずつ取って冊子にする作業をしていた。驚いてしまう。初回の打ち合わせで、何故、もう資料の用意があるのだ。

「お」

その時、前の席で黒板を背に座っていた親父の一人が顔を上げ、入ってきたばかりの私を見つめた。その途端、私も「あ」と思う。

「タバコ屋じゃないか」と声をかけられ、たじろぎながら「沢渡さん」と応える。

沢渡は、温子の実家のあるのと同じ豊町銀座商店街に長年店を構える、洋菓子屋・沢渡屋の主人だ。回り持ちでやるはずの商店街長(商店街に長なんて役割があること自体、私は温子と結婚するまで知らなかった)を何期にもわたって務めている家で、閑古鳥《かんこどり》が鳴き始めた商店街の中にあって、定番商品のマドレーヌが雑誌に紹介されたり、東京の情報番組で取り上げられたこともあるとかで、あの一帯でほとんど唯一の華やぎになっている。菓子職人という言葉の持つ繊細なイメージと違って、盛り上がった肩や浅黒く日焼けした顔は、大工の棟梁か何かと言った方がしっくり来る。けれど、この日焼けはゴルフ焼けなどではなく、商店と別に持っている畑で休日に農作業するせいなのだそうだ。

跡を継ぐ気がないからといって、隣近所への挨拶をしないわけにはいかないと義父に言われ、私は温子と結婚する際、商店街の家に一軒一軒義父の付き添いで挨拶に行き、直接世話になるわけじゃないからいいじゃないかと私が言うのも聞かず、こぢんまりとやりたかった披露宴にさえ、温子は彼らを招待した。その席で、乾杯の発声をしたのも沢渡屋だった。

「今、新郎の孝臣くんは跡を継ぐ気がないと言っているようですが、どうか、一日も早く大学をやめ、タバコ屋のしっかりとした跡取りとなって、我が豊町銀座商店街を支えてくれることを大いに期待しております」という冗談にしてもあまり笑えない挨拶に、私の両親も同僚たちも目を丸くしていた。

以来、私は彼から「タバコ屋」と呼ばれる。「タバコ屋は学があるからいいよな」と、特に何の学問の話をしたというわけでもないのに言われ、そのたび彼の言う「タバコ屋」の響きにプレッシャーとも非難とも取れる重たいものを感じ取る。

ああ、そういえば彼の家の剛くんと幸臣は同級生だ。すっかり忘れていた。

「こんにちは」

「おう。よろしくな。資料取ったら好きなとこへ座れよ」

にっと笑ったその顔に、親父会の結束力の強さも、初回なのに資料が用意されていた手際の良さも、全部の謎が氷解した。沢渡屋が仕切っているなら、それも当然だ。

促されるまま小松さんと一緒に資料を取り、隅の席に腰を下ろす。私たちのように肩身が狭そうにひっそりと座っている父親も多いものの、沢渡屋を中心にすでに旧知の間柄といった様子で親しげに会話を交わす父親たちも同じくらいの数いる。

「お知り合いなんですか」

小松さんが沢渡屋の方を見つめながら、心細げな声で尋ねてくる。

「ええ、まあ。妻の実家が近所なので」

「皆さん、仲がよさそうですね。私、これまであまり娘の学校の集まりに顔を出さなかったものですから、お恥ずかしい」

「それは私も一緒ですよ」

私も彼らの仲間ではないんですよ、と聞こえるように精一杯言ってみる。同じく肩身の狭い者同士、仲よくしてくださいよ、というつもりで。

ガハハハ、と沢渡屋を中心とした父親たちから笑い声が上がり、私たち同様隅の席に座った父親たちが身を強張《こわば》らせ、逃げ込むように手元の資料にじっと目を落とすのがわかった。

ただでさえ憂鬱《ゆううつ》だった親父会が、さらに憂鬱な気持ちになる。

沢渡屋の家とは、昔馴染みで同学年の息子がいるということで、温子も実家に帰った際によく幸臣とともに行き来していた。

商店街のバス旅行や親睦会にも誘われ、私も強制的にそれらのいくつかに付き合わされた。キャンプやバーベキュー、ピクニック、草野球……、知り合いからチケットが手に入ったと、幸臣はプロ野球観戦にも何度かつれて行ってもらったはずだ。沢渡屋は、どこに行っても中心人物なのだろう。行事への出席率が悪く、キャンプだってバーベキューだって準備をろくにせず、誰かから指示された時だけ腰を上げる私とは大違いだ。子供たちからも人気がある。

実際、旅行やイベントに商店街の本来の住民ではないのに参加させてもらえるのは、自分で宿を予約したり、車を運転する手間がない分ありがたい。前のキャンプの時には、「研究棟の合い鍵のある場所がわからない」と学生から携帯に電話がかかってきたのをいいことに「大学で急用だ」と、途中で帰った。渋る温子を「俺じゃなきゃわからない案件なんだ」と説得し、後を沢渡屋たちに任せる。幸臣も特に寂しそうではなかったし、もともと客商売で鍛えた社交性を発揮する他の大人たちに混じって、浮いた存在になった父親に用などないだろう。

親父会では、主に年間の行事予定の確認と、校舎改装に伴い、長い休みの間は校庭まで使えなくなるため、それらの行事をかわりにどこで開催するか、ということなどが、沢渡屋の進行のもとでテキパキと決まっていった。三月の卒業時には謝恩会でどんな出し物をするかということにまで話が及ぶのを聞いて、まだ来年の話じゃないか、と呆れてしまう。

ようやく議事が終わりそうだという頃、ドアがノックされた。

「皆さん、お疲れさまです」

入ってきたのは色つきのシャツにブランド物のロゴが入ったズボンを穿《は》いた、爽やかな面立《おもだ》ちの青年だった。うちの院生とそう変わらないように見える。足下も、学生が履くような、ぱっと目を引く鮮やかな蛍光ブルーのスニーカーで、手には近所のスーパーの袋を提《さ》げていた。

沢渡屋が「比留間先生」と声をかけた。

名前に聞き覚えがある。幸臣の今年の担任だ。学校で一番人気のある若い男の先生だ、と温子が言っていた。

「差し入れを持ってきました。もしよければどうぞ」

比留間が、持っていた袋からパックのジュースを取り出して配る。「すいません。うちから何か持ってくりゃよかった」と沢渡屋が頭を下げた。

「次から、お気遣いは無用に願います。今日もすいませんね。先生は本当だったらお休みのところを」

「いえいえ。やりかけの仕事が残ってたし、何より、お父さんたちのイベント、僕も楽しみにしているんですよ。会費を払えば教師も参加していいんですよね」

「そりゃもうぜひ」

沢渡屋が答えると、別の親父が「先生からも会費取るのかよ。ちゃっかりしてらぁ」と声を上げて笑う。その声を聞きながら、私は隣から回ってきたジュースを受け取り、ジュースはいいから、さっさと解散になってくれないものだろうかと願う。腕時計を見ると、開始からそろそろ一時間半が経つ。

こんなことに一時間半も使ってしまったのか、と肩を上げて大きく深呼吸する。

「タバコ屋。お前、会計な」

話し合いを終え、晴れて解散となって机を全員で片づけていると、ふいに沢渡屋から声をかけられた。「は?」と振り返ると、沢渡屋は有無を言わさぬ口調で「会計」とくり返した。

「毎回毎回全員で集まるのも大変だから、今後は役員だけで話し合うことになるからな。で、お前は会計。よろしくな」

「ちょっと待ってくださいよ。私には会計なんて――」

親父会はあくまで自主運営の互助組織で、みんな本業と家庭を第一に、とさっき〆の挨拶をしていたじゃないか。それに、一時間半も会議したのだから役員だってその中で公平に決めればよかったじゃないか。何故、会議も終わった後になって押しつけるように任命されなきゃならないのだ。第一、沢渡屋が会長だってことも、そういえばいつ決めたのか覚えがない。

「大丈夫だよ。お前、数字に強そうだし」

そう言うなら、お前こそ商売をやってるんだから誰より数字に強いだろ、と思ったが、他の親父たちに囲むように見つめられると逃げ場がなかった。「あ、じゃあ、まあ、――でも」とあがく私に「じゃ、そういうことで。次の役員会の日程はまた連絡するわ」と沢渡屋はあっさり背を向ける。

取り残されるように立ち尽くす私の横で、小松さんが「大変ですね」と同情するように声をかけてきた。だったら代わってくださいよ、と泣きそうな気持ちで視線を上げると、彼もまた「ではまた」と挨拶し、そそくさと会議室を出て行く。

前途多難だ、と頭が痛くなる。

自主運営、あくまでも仕事と家庭優先。聞いたばかりの言葉を反芻《はんすう》する。仕事でないと言いながら、これが仕事だったらいっそ楽なのに、と恨めしくなる。仕事だったら、もっときっちりと役割が振られ、こんな理不尽でなあなあな目には遭わずに済むはずだ。

4

幸臣が教師になりたがっている、と知ったのは、その年、「七夕会」の短冊を見たからだった。各学年ごとに用意するという短冊が、居間の机の上に出しっぱなしになっていた。

『しょう来、小学校の先生になれますように。　水内幸臣』

「おい、幸臣は教師になりたいのか？」

幸臣は風呂に入っていた。

書かれた願い事を見て問いかけると、温子があっさり「そうよ」と頷いた。少年野球に入ってるせいか、去年までは確か、プロ野球選手になりたいとか、それこそ夢みたいなことを言っていたはずだったのに、いつの間に変わったのだろうか。

「ずいぶんとまあ、現実的なことを言うようになったな。公務員だったら収入も安定してるし、初任給もいいから結構な話だけど」

「幸臣、比留間先生みたいになりたいんですって」

言われて、親父会の時に一度見たきりの好青年の顔を思い浮かべる。「評判いいのよ」と温子が続けた。

「五月の修学旅行も、四月に入ってすぐから何度も何度も学級会や取り組みの時間を設けて準備してくれて、そのおかげで今までの六年生より自由時間を多く取れたんですって。他にも、先生が自分の好きな本を紹介してみんなで読む時間があったり、ニュースや社会情勢について話し合ったりなんて授業もあるみたい。自分たちで考える力がついてるせいか、今年の六年生はしっかりしてるって他の先生たちも言ってるし、幸臣も学校がすごく楽しいみたい」

「へえ。でもそれは、他の授業がおろそかになってるってことじゃないのか」

「なんでそんなことにしか目が向かないの！　授業をやったその上でってことでしょ

う」

温子が目をつり上げる。

「やり方が変わってるとこがいいのよ。この間なんて環境問題を考えるのにジブリのアニメをみんなで観て、それを題材に授業したんですって」

「アニメ？　学校は勉強するところなのにいいのか」

「だから、普段遊び感覚で観てるアニメを通じて子供にわからせたところがすごいって話をしてるんでしょう！　なんでそんなに頭が硬いのよ」

修学旅行の結団式から出発式、間の移動や終了式までの流れを丁寧に予行演習し、実際の旅行では、比留間は帰りのバスの中で「みんなと出会えて本当によかった。このクラスを卒業させられることが嬉しい」と涙ぐんでいたそうだ。もらい泣きする女子もたくさんいた、と聞いては、もう「へえ」と相づちを打つより他なかった。ここで「修学旅行があったのはまだ五月なのに？　四月から一ヵ月ちょっと受け持っただけじゃないか」などと口にしてはいけないことは、さすがにもうわかる。

「おかげで今年の六年生、団結力も強いのよ。みんな仲がいいし、いい子たちだし」

「幸臣はそれで小学校の教師に憧れてるのか。単純だな。これから中学や高校だってあるのに、小学校がいいなんて」

「大学の先生になる道だってあるって言いたいの?」

「まさか。大学は勝手が違う」

息子にも自分と同じ道を進んで欲しいという気持ちなど、私にはない。

「ともあれ、教師じゃ、老後は楽をさせてもらえそうもないな」

何気なくそう言った時、廊下からふっと気配を感じて顔を上げると、風呂から上がったばかりの幸臣がバスタオルを頭からかけ、身体から湯気を立てた状態で、裸のまま立っていた。目が、私が手に持った自分の短冊を見ている。

その目が衝撃に打たれたように大きく見開かれ、口元を真一文字に結んでいるのを見て、はっとなった。横にいた温子が話題を逸らすように「こら、早く服を着なさい」とあわてて立ち上がる。

幸臣は答えなかった。

黙ったままタオルで一度髪の毛をぐしゃっと拭《ぬぐ》い、そのまま私に近づくと、願い事が書かれた短冊をひったくるように摑んだ。

「幸臣!」と温子が呼んだが、黙ったまま、二階の自分の部屋に上がっていってしまう。「幸臣」ともう一度呼んで廊下に出ていった温子が、戻ってきて次に「お父さん」と私に呼びかけた声が、冷ややかだった。

「謝りなさいよ。水を差すようなことばっかり言って」

私もまた、温子に答えなかった。意固地になったからではなくて、どう反応すればよいかわからなかった。

幸臣は素直な子供だ。

小学生らしく無邪気で、親戚の子供や商店街の旅行で会う他の子供たちに比べてもどちらかといえばおとなしい。中学校に上がれば、この素直さが失われ、年相応な生意気な口を利くようになるのだろうと、中学生のまま大人になったような自分のところの学生たちを見ていて思うことがある。将来の夢などなく、それどころか就職できるかどうかもわからないのに、さりとてそれを困ったと思う様子もなくヘラヘラ笑う学生たち。指導しながら、彼らはいつまで親の脛《すね》をかじり続けるつもりなのかと他人事ながら心配になることもある。

それに比べたら、小学校の教師など本当にまともな夢だ。今の発言で幸臣が夢を諦めなければよいが。ぐれて、親に面倒かけるような子供にならなければよいが。この家のローンだってまだ残っているし、それを払い終えたら手元に残る老後の蓄えなんてうちは知れたものだ。

大物にならなくともいいから、どうか自分の食い扶持《ぶち》くらい自分で稼げる大人になってくれ、と祈る。

沢渡屋の息子、剛くんの将来の夢は、「沢渡屋を継ぐこと」だと、その秋にあった親父会で聞いた。

会費の提出状況が悪いこと、夏休みの間に行われたキャンプ関係で立て替えがあった分について領収書か請求書を提出して欲しいとあれだけ呼びかけたのに平然と忘れてくる親父たちによるストレスに胃をキリキリさせながら帳簿をつけていると、「タバコ屋はまったく真面目で律儀だよなあ」と沢渡屋が話しかけてきた。

「俺の見る目は確かだった。会計を頼んで本当によかったよ」

得意げに仲間に語る姿を見て、ああ、なんで私がこんな目に遭わなきゃならないんだと腹立たしい。一年間のことではあるし、波風立てるのも損だからと「はあ」と頷いてしまう自分にもまた嫌気が差す。

担任の比留間のおかげで今年の六年生が仲がいいというのは本当らしい。もともと一クラスと少人数だったし、親父会がイベントを主催し、比留間がそれに協力的だということもあって、この私ですらクラスの子供と親、全員の名前と顔が一致するようになった。

最初の親父会で話した縁で、小松さんは会計の仕事を手伝ってくれるようになった。確認したら、小松さんは駿河《するが》信託銀行に勤めているそうで、だったら本当に会計代わってくれよ、というか、私は現役の銀行マン相手に会計を務めなければならないのか？　と理不尽に思う気持ちに拍車がかかったが、小松さんを始め、会計の仕事を通じて顔なじみになった親父連中と「どうも」と挨拶を交わすことができるようになっただけで、親父会に参加する足取りが少しは軽くなった。

幸臣から「この間のキャンプでユカリのお父さんと話してたけど仲いいの」とことさらぶっきらぼうな口調で聞かれたが、あれは、小松さんのところの子供を好きだからかもしれない。後で見てみたら、小松ユカリちゃんはお父さんと似たキレ長の目をした、なかなかきれいな女の子だった。

七夕の短冊の一件以来、私は幸臣と、将来の夢について話すことはほとんどなかった。しかし、沢渡屋の息子に対しては、相変わらず、幸臣は大きくなったら教師になりたいと話しているそうだ。

「やっぱり父親の影響があるんじゃないかって言ったら、幸臣くんから『おじさん、大学の先生と小学校の先生は全然違う仕事だよ』って怒られた。しっかりしてるな、幸臣くん」

屈託ない口調で言われると「そうですか」と答えるより他なかった。以前、自分も温子に同じようなことを言った覚えがあるが、当の幸臣にそう言われると、理不尽な話だが、複雑な気持ちになる。

「うちの剛は店を継ぐって言ってるんだよな。俺はなんでも好きなことして構わないって言ってるんだけど、商店街を背負《しょ》って立つんだなんて言ってさ」

どうだっていいような口調で言ってみせても、沢渡屋がそれを喜んでいるのは明白だった。それは結構なことですね、という気持ちで投げやりに「いいですね」と答えたが、沢渡屋はこの時も屈託なく「そうか？」と聞き返すだけだった。

ハロウィンが終わり、焼き芋会が終わり、年が変わると、六年生は急に卒業を意識するようになる。

これまでそんな気配を微塵《みじん》も感じさせずに牧歌的に遊んでいるだけだと思っていた子供たちの中にも、私立や国立の中学校を受験する子たちがちらほらと現れ始め、小松さんのところからある日「おかげさまで、春から水内さんのところでお世話になります」と挨拶されて驚いた。うちの大学には確かに附属の女子中学校がある。

中学と大学とで直接的な接点はほとんどないが、小松さん一家の喜びの程は理解できたので「いやいや」と挨拶を返した。

「お嬢さん受験されてたんですね。ちっとも知らなかった」

「妻が特に熱心で。おかげでやれ塾だ冬期講習だって、今年は落ち着きませんでした」

うちの幸臣も塾に通っているが、この辺りの私立の中学は女子校ばかりだし、受験は高校からでよいだろうと気にしていなかった。塾通いも、高学年になったばかりの頃、なんとなく近所にあるからと通わせ始めただけだ。クラスには、沢渡屋を始めとする商店街の子供たちを中心に「本人がわからないと言い出すまでは」と塾に通っていない子供たちも大勢いる。

行事やそれに向けての取り組みの熱意を称えられるだけあって、幸臣たちは卒業制作や卒業式、謝恩会への準備に毎日遅くまで取り組むようになった。学校に記念の品を残そう、と玄関前に版画を刷って並べたり、自分自身への記念品として素人《しろうと》目にも力の入った宝石箱を一人が一つずつ作ったり。制作が遅い友達がいれば、その分同じ班の仲間が一緒に残って協力するのだと聞いて、付き合わされる子供はたまったもんじゃないだろうと思ったが、幸臣たちは特に嫌がるでもなく遅くまで楽しそうに学校にいた。そのせいで、塾を休む日すらあった。

比留間が学級だよりに書いていた。

『お父さんお母さんたちには、毎日遅くまで子供たちが活動して帰ることを心配に思われる方もいるでしょう。だけど、僕らはみんな、三月に向けてラストスパートをがんばっています。

みんな、卒業する大事な年を僕に担任させてくれてありがとう。』

〝タイムカプセルを作ろう〟という見出しの記事も、同じ学級だよりに載った。

『将来の自分に向けた手紙や、今大事にしている宝物を中に入れて校庭に埋めよう。六年一組のメンバーで、八年後の成人式を一緒に祝い、掘り起こす日、みんながそれぞれどこで何をしているかを、先生は楽しみにしています。』

感心してしまった。

タイムカプセルはドラマや映画でみんなが当たり前にやるかのごとく描写されるイベントだが、私自身はそんなことはやらなかったし、周りでもやったという話は聞かなかった。だけど、そうかあれはテレビや小説の中だけではなく、実際に行われる行事だったのだ。いかにもザ・卒業イベント、というものを、幸臣たちはできるだけ全部やるのだなぁと圧倒される。

一人につき入れられるものは、小箱一つ分まで。

学校で配られたという紙の箱に、二十歳になった自分への手紙を入れる。幸臣は好きな漫画本を一緒に入れるかどうかを長々悩み、結局八年間見られなくなってしまうのは耐えられないと、漫画をやめにして、好きなテレビアニメのカードを数枚入れたらしい。クラスの他の子も、各自思い思いの自分の宝物を断腸の思いで中にしまって送り出す。数年後の成人した時に見て、それが変わらずに自分の宝物だと思えるかどうかはともかくとして。

「何を書いたんだ」と尋ねた私に「父さんには関係ない」と幸臣は答え、好きな女の子の名前でも書いたのかな、とその時は深く気に留めなかったが、きっと教師の夢のことを書いたのだと、後から気づいた。以前そのことで私と気まずくなったから、もう言わないことにしたのだろう。

「比留間先生は中学の頃はサッカー部だったんだって」と、中学から同じくサッカー部に入ろうとしているという幸臣は、卒業を前にますます比留間に懐《なつ》いているようだった。

憧れる対象も、好きな女の子も夢も、全部が三十数人しかいない狭い世界で完結している息子が、微笑ましくもあり、少しだけもどかしくもあった。温かで狭い場所を卒業し、中学校では他の学校からやってきた子供を含めて一気に七クラスにまで同級生が増える。

「タイムカプセルはもう埋めたのか、それとも卒業式で親たちと埋めるのか」

親父会でやらされるのだったらたまらないな、と思って尋ねると、幸臣が「まだ。先生が埋めることになった」と答えた。

「校庭が今、遊具とか改装してるから、木の下には埋めちゃダメなんだって。プールの横は改装しないんだからそっちの方に埋めさせてくれたらいいのに、教頭や校長の圧力がさ」

まるで政治の世界について話すような口調で幸臣が言うのを聞いて、おや、と思う。これは幸臣自身の言葉だろうか。

「偉い人たちに反対されたから、改装が終わったら比留間先生が埋めることになったって。役に立てなくてごめんなって、みんなの前で先生、悔しそうに謝ってた」

クラスの中で少しでも無視や仲間はずれに近いことがあると、何時間も時間を取って話し合うという幸臣たちのクラスの学級会の議題に、「給食が少なすぎる」というのがあったという話を、ふいに思い出した。

配膳係が均等に盛りつけたはずが全員に行き渡らず、他の学年に余りをもらいに回った日が何日か続いたそうで、育ち盛りの六年生の給食がこれではあんまりだ、と全員で給食室と校長室に抗議に行った。

「俺の分はいいから」と、担任の比留間は食事をせず、心配した子供たちが自分たちの分を少しずつ集めて持っていっても、比留間は笑って、「俺は、〝先生の分がなかった〟っていう既成事実を作るためにやってるからいいんだよ」と、頑として受け付けなかったそうだ。

その話を聞いた時、まるで体制と闘うレジスタンスだな、と思った。

所詮は小学校、それも卒業の年だ。盛り上がるなら大いに盛り上がるがいいと、その時は黙っていた。余計なことを言えば、また温子にも幸臣にも怒られるに決まっているのだ。

当たり前の話だが、幸臣たちの卒業を機に、親父会も解散になった。

面倒なことをやらされたものだと、肩の荷が下りたことに安堵していると、温子から「幸臣が、お父さんが親父会に全然出てくれなかったって悲しがってたわよ」と言われた。

「なんでだ。役員までやったのに」

「そんなこと言われても……。自分の父親にも目立って欲しかったってことでしょう」

謝恩会で行われた親父会の出し物は、有志メンバーが学ランのコスプレをして応援団に扮《ふん》し、エールを送るというものだった。「タバコ屋もどうだ」と誘われたが、一年通じて面倒な会計の仕事をやったのだからと、免除してもらった。結局というか、案の定というか、沢渡屋を中心としたメンバーが舞台に上がり、会場を盛り上げているのを、私は椅子《いす》に座ったまま会場の後ろで見ていた。

「子供が卒業しても、これを縁にこれからも集まろうぜ」と呼びかける沢渡屋の声に曖昧に頷いたが、たまたま子供同士が同じクラスだったというだけの縁だ。呼びかけられたところで、もう応じることはないだろう。顔なじみになり、挨拶するようになった小松さんとだって、きっとこれまでの付き合いだ。名残《なごり》惜しい気持ちがまったくないわけではないが、人同士の縁なんてこんなものなのだから、仕方ない。

そして、そんな人同士の縁と別れは、幸臣たちにも訪れた。

「また、いつでも学校の職員室を訪ねてこいよ」

そう、男泣きに泣いて子供を送り出した比留間が異動になり、幸臣の母校を去ることとなったのだ。

新聞に発表になった異動内容を温子の口から聞かされた幸臣は、「嫌だ」と短く口にした後、顔を真っ赤にして俯《うつむ》いてしまった。

子供同士が自主的に連絡を取り合って学校に集まり、会いに行くと、比留間は「次の学校はここと違って大きいよ」と寂しそうに微笑んでいたという。女子も男子も、卒業式で泣かなかった子たちでさえ、涙を見せる子がたくさんいたそうだ。

「新しい場所では、きっとみんなと過ごしたような絆は築けない。みんなは、俺の教師人生の中でも絶対に忘れられない特別な存在だ。たくさんの思い出が沁み込んだこの学校を離れるのは、先生も本当につらい」

私は参加しなかったが、親父会や、母親たち何人かも、「お世話になりました」と個別に学校や比留間の自宅を訪ねたそうだ。「うちも受験でお世話になったので」と菓子折を持っていったという小松さんに、そう教えてもらった。

5

月日は流れ、私が再び比留間の名前を聞いたのは、幸臣が高校三年生になった年の春だ。

幸臣は、県立高校の進学コースに通い、そろそろ受験勉強を本格化させようという頃だった。小学校の先生になる、という夢は、依然として幸臣の中に刷り込みのように残っていた。

「ねえ、ちょっとおかしな話を幸臣から聞いたんだけど」と、温子が歯切れの悪い口調で切り出した。

高校生になった幸臣は、親と会話らしい会話をほとんどしなくなっていた。もともと父親よりも母親に何でも話す傾向にある子供だったが、その母親にさえ中学の中頃から「くそババア」と年頃らしく反発するようになり、その頃よりはいくらか落ち着いたとはいえ、今も二階の自分の部屋にこもりきりで、必要がなければ私たちのいる一階にはまず降りてこない。

幸臣と話すなんて珍しいな、と思って、読みかけの本から顔を上げる。

「比留間先生、覚えてる？　幸臣の六年生の時の担任の」

「覚えてるよ。若い男の先生だった」

「うん。あの子、あの先生と、卒業の時にタイムカプセルを作ったんだけど」

「ああ」

それも覚えている。なけなしの宝物を八年間埋めてしまうことに躊躇《ちゅうちょ》していた、あの頃はまだ幸臣にもかわいげがあった。

温子の顔に、無理して作ったような微妙な笑みが浮かんだ。

「それ、埋められてませんよって、言われたんだって。後輩の男の子に」

え、と声を出そうとして、それより早く、温子が早口に続けた。

「今年、幸臣の高校に入ってきた男の子と、今日、帰り道が一緒になって、その時に言われたんだって。先輩の学年、卒業の時にタイムカプセル作りませんでした？　あれ、倉庫にありましたよって」

その男の子は幸臣の小学校の後輩で、校舎の改装が終了したことに伴って行われた全校清掃の際にそれを見つけたのだという。

「何だろうと思って箱の中を見たら、幸臣たちの学年の生徒の名前が入った手紙とか、シールとか漫画の本とかがいっぱい出てきて、これ先輩たちのだって、みんなで見たんだって」

読みかけの本を支える手から、知らないうちに力が抜けていた。温子の声の途中から、言いようのない衝動が胸を押し始めていた。唇と、目とが乾いていた。瞬きするのを忘れていた。

想像してしまう。

思い入れのない誰かの思い出の品を、興味本位で、悪意すらなく他人が開封してしまうところ。八年後、二十歳になった自分だけが見ていいはずの秘密をそれより先に誰かに読まれることの恥ずかしさ——、もっと言うならば、屈辱。

実際には、幸臣の後輩たちはそこまではしなかったかもしれない。けれど、見られたかもしれないと幸臣が思ってしまったなら、それは同じことだ。

「後輩の子たちはね、事情がわからないから、ただ、その頃流行《はや》ってたシールとか見て懐かしかったですよって、笑ってたみたいなんだけど……、それ、倉庫の中でも焼却に回される、ゴミのところにあったんだって」

何かの間違いよね、と温子が言った。

「きっと何かの間違いか、手違いだとは思うんだけど。その時は置きっぱなしだったかもしれないけど、比留間先生、後から埋めたかもしれないし」

「幸臣はなんて言ってた」

「それが……、『あの先生ならやりかねないかもね』って」

絶句してしまう。

温子が眉間に皺を寄せて続けた。

「そんなことないでしょうって言ったんだけど、幸臣も、それっきり気にしてないようだし」

そんなはずがない。本当に気にしていないなら、そもそも温子にそんな話をするはずがない。

比留間先生、比留間先生、とあの先生の名前を一番よく聞いた頃のことを思い出す。あの先生に憧れて教師を目指すと言っていたこと。中学に入ってからだって、しばらくは比留間先生に今の自分を見て欲しいから、と、それを励みにテストだって部活だって頑張っていたはずだ。

それがいつから、あの先生ならやりかねない、なんて斜に構えた物言いをするようになってしまったのか。

「実は、比留間先生のことは、前に商店街のお母さんたちが悪く言ってたことがあって」

温子が躊躇《ためら》いがちに、声をさらにひそめる。

「修学旅行とか卒業式への取り組みには熱心だったけど、その分授業を全然やってなかったみたいで。うちの幸臣みたいに塾へ通ってた子は問題なかったみたいだけど、何人かの子は中学に入ってから勉強についていけなくて、家庭教師をつけることになったり、随分困って、大変だったみたい」

まあ、いい先生だったんだろうけど。

その一言があればすべてがどうにかなるというように、温子が最後に付け加えた。

その翌週の水曜日、大学で講義のない午後に幸臣の母校を訪ねた。

どうしてそんなことをしてみるつもりになったのか、一言で説明しようとしても、とても言葉にはならない。様々な要因が少しずつ重なり合って、衝動的にそうしてしまったのだとしか言いようがなく、そこには息子のためにといった気持ちが明確に存在していたかどうかもよくわからなかった。そんな柄でないことは、自分が一番よくわかっている。

五年も前の卒業生の父親だと名乗った私を、応対してくれた事務員の女性が怪訝《けげん》そうな目で眺めた。

「あいにく、校長も教頭も不在にしておりますが……」

そう言って告げられた校長や教頭の名前は、覚えのあるものではなく、幸臣の時とはもう代が替わってしまっていた。

代わりに当時から学校にいるという別の教師をつれてきてくれたが、幸臣の学年とはほとんど接点がなかったという私と同年代の女性教諭は、幸臣の名前を出しても、すぐには思い出せないようだった。事前に電話もしなかった私の突然の訪問をそれでも門前払いしなかったのは、私が差し出した大学の名刺に少しは効果があったからのようだった。

タイムカプセルの経緯についてを、なるべく嫌みに聞こえないように説明し、「倉庫を見せて欲しいんですが」と申し出ると、その教師は事務員と顔を見合わせていた。

「倉庫って……、体育倉庫ですか。どこのことでしょう？」

「わからないので、倉庫と名のつくところは全部。図々しいお願いでしょうが、頼みます」

「と、言われましても。学校の外の方を入れるわけには……」

「息子の代のタイムカプセルを探して、校庭に埋めさせてもらえるだけでいいんです」

五年経ち、息子が在学していないというだけでこんなにも学校という場所は自分たちのものではなくなり、冷たくなってしまうのか。親父会で頻繁に訪れていたはずのこの場所が馴染みのない違う場所のように印象を変えてしまったのは、何も改装工事のせいばかりではないだろう。

軽い失望を感じながら、しかし、その一方で、そんなものかもしれないな、と思いもする。

温子は、比留間が戻ってきて、その後タイムカプセルを埋めたかもしれないとごまかすようにして言っていたが、そんなはずがない。曲がりなりにも「学校」関係者だから、私にもよくわかる。一度自分のものでなくなってしまった場所に戻ることなど、まずありえない。

「ともかく、校長が出張から戻ってきたら相談しますから」と、クレーマーに手を焼くような調子で言われ、さすがにむっとして「ただ探すだけですよ」と食い下がったが、確かに決定権を持つ管理職がいない状態では、その日はもうどうにもならないようだった。

「また来ます」と告げて、学校を去る。

かつて初めての親父会でここを訪れた時より、ずっと気分が重かった。

もとはと言えば、比留間個人だけではなく、学校側に落ち度がある話には違いないし、何故こちらがこんなに下手に出なくてはならないのだとおもしろくない気持ちもある。

その比留間を「あの先生なら」と言い切ってしまえる今の幸臣は、私たちが思うほどには、本当に傷ついていないのかもしれない。けれど、六年生当時の、あのタイムカプセルを作った幸臣は、比留間に裏切られたと知れば、この世の終わりのように傷つくに違いなかった。

それこそ、教師の夢を捨ててしまいたくなるほどに。

6

小学校からの連絡は、一向になかった。

自分たちで倉庫を探してくれているのかもしれないし、あるいは、幸臣の後輩が見つけた時、タイムカプセルはゴミと一緒に置かれていたと言っていたから、もう捨てられてしまったのかもしれない。

幸臣たち六年生は、卒業までの間に、本当にさまざまなことをしていた。行事一つ一つへの取り組み方も半端なものではなかったし、学校に残した卒業制作も、記念品も、イベントとしてできることはみんな全力でやっていた。埋められなかったタイムカプセルの思い出なんて、その中ではたいして大事な思い出ではなかったのかもしれない。他の記憶にまぎれて、やがては忘れてしまうかもしれないし、今だって、覚えている子供はほとんどいないかもしれない。

「また来ます」と宣言したものの、次に小学校を訪ねていく時には、本格的なクレーマーだと思われることを覚悟していかなければならないだろう。考えるだけで気が滅《め》入《い》る。

モンスターペアレントとか、クレーマーとか、言葉にするのは簡単だが、世の中には私のように事なかれ主義なのに、仕方なく文句をつけにいかなければならない人たちだっている。相手に非があっても、どうしたら丁寧さと穏やかさを失わず、事を荒立てないで済むかばかり考える、貧乏くじを引くようなクレーマーが。

それでもそろそろ重い腰を上げなければならない。ここでうやむやにしてしまっては、幸臣たちのタイムカプセルはもう二度と見つからないだろう。馴染みがないとはいえ、まだ比留間を知る先生たちがいる今のうちに動くしかないのだ。

はあ、と大きなため息をついて、大学からの帰り道、ふと携帯を見ると、着信が残っていた。私の携帯は温子と仕事の関係者からしかほぼ着信がない。深く考えずに履歴を開き、そこでおや、と息を呑んだ。一瞬、見間違いかと思う。『沢渡屋』と表示されていた。

折り返す気持ちすらすぐにはわかず、きょとんと表示画面を見つめていると、急に携帯電話が震えだした。今度も『沢渡屋』と表示されている。

「――もしもし」

『よお、タバコ屋』

彼の家とも今はもう随分縁遠くなっていた。剛くんは、確か商業高校に通ってい
て、幸臣とは違う学校だ。商店街の旅行やお祭りは小学生を対象にしたものばかり
だったし、子供たちも部活だ塾だと、それぞれの都合を優先するようになって、親ま
で入れて何かする機会は、中学になるとほとんどなくなった。

数年ぶりの距離を感じさせることもなく、さらに言えば、もともと仲がよいわけで
もないのに出し抜けに人を「タバコ屋」呼ばわりできるところは本当にさすがだ。

「はあ、どうも」と間抜けに挨拶を返した私に、『聞いた』と彼が言った。

『長浜《ながはま》先生から、タイムカプセルのことを聞いた。お前が、探させてくれって、一人
で学校に頭下げに行ったって話もだ。見直したぞ、タバコ屋』

「え」

息を呑む。

確かに頼みに行ったことは行ったが、沢渡屋が言うと、なんだか話が大きくなって
いないだろうか。『見直した』と、彼がもう一度言う。

『たいしたもんだ。だけど、なんで俺にまず最初に相談しないんだ。校長にかけ合う
なら一緒に行くぞ。比留間に文句を言いに行くんだったら、あいつのことも学校まで

呼び出すか、それで来なけりゃあいつの学校まで怒鳴り込みだ。長浜先生に聞いたら、今、隣の市の小学校にいるらしい。四年の担任で――』

「ちょっと待ってください。長浜先生っていうのは」

『会ったんだろう？　剛たちが六年の時、二年を担任してた』

どうやら私が応対されたあの女性教師らしい。名前を忘れるようでは、本格的に私にはクレーマーの才能がないのだろうとなんだか悲しくなる。

『親子二代でうちの店のお得意さんなんだよ。お前が来た時にはすぐにピンとこなかったらしいけど、ひょっとしてうちの剛と同級だったんじゃないかって、昨日店に来た時に話に出た。まったくとんでもねえな。比留間、あいつろくなもんじゃねえ。どうする？　まずはあいつを締め上げにいくか』

「ちょっと、ちょっと待ってください。お願いします、大ごとにしたくないんです！」

沢渡屋のペースに飲まれまいと大声を出す。

だからだよ、と心の中でひそかに舌打ちをする。沢渡屋に知れると、絶対に事が大きくなる。学校も比留間も、子供たちさえ巻き込んだ「事件」や「不祥事」になって、事情は幸臣たちの知るところになってしまう。それだけは何としても避けたかった。

「タイムカプセルを探し出して、校庭に埋めるだけでいいんです。学校に責任を取って欲しいとも比留間先生に謝罪して欲しいとも、私は思っていません」

『それはお人好しがすぎるだろ』

沢渡屋が呆れた口調になる。

『だいたい、これはお前だけの問題じゃない』

「それは……謝ります。勝手に動いてすいません」

しかし、できることなら外に洩れる前に私だけでどうにかしたかった。電話の向こうの沢渡屋が『まあいいけど』と言う。

『お前が揉めたくない気持ちはわかるよ。まったくお前らしいと思う。だけどな、この件に関しちゃ俺たち全員が、比留間に騙されてたんだぞ。授業もろくにしないで、巧いことだけ言って子供と気分よく金八《きんぱち》先生の真似事みたいなことばっかりやってよ。その上で今回のタイムカプセル事件だ。一度きちんと言ってやった方があいつのためにもなるよ』

「だったら、沢渡さんがわざわざ、そんなやつのために時間を割《さ》いてやることはない。ああいう人は、たぶん一生直らないですよ」

言い切ると、沢渡屋が一瞬だけ、気圧《けお》されたように黙り込んだ。

熱血教師を気取って引っ込みがつかなくなった比留間の気持ちは、褒められたものではないにしろ、私にはよくわかる。わかってしまう。

教師だって、所詮は人間だ。

いくら自分を尊敬する子供相手に教室の中に王国を築いていたところで、外に出れば、優しくない大人はたくさん待っていただろう。授業をろくにしていなかったという比留間の所業がどんな形でどこまで周囲に知られていたものだったのか、あるいは隠されていたものだったのかは知らないが、改装中だったとはいえ、管理職からタイムカプセル一つ埋めさせてもらう許可が下りなかったのは、比留間の職員室での評判も多分に関係していたのではないだろうか。

卒業というイベントの熱に浮かされて、勢いで子供たちから集めてしまったタイムカプセルのやり場に困り、子供のことだから、実際に成人する時には忘れてしまうだろうと高《たか》を括《くく》ったのかもしれない。自分の異動も重なってしまえば、頭の中は、新しい学校に溶け込むことの方でいっぱいになっただろう。それでもタイムカプセルを自分で処分してしまうことなく、倉庫に残していったのは、たとえそれが、ゴミと一緒にされていたとしても彼の良心と見るべきだと、私は思った。

比留間のことは、どうでもいい。沢渡屋に言った通り、そんなやつのために大事な時間を割きたくもない。

問題は幸臣だ。

「うちの幸臣が、教師になりたいと言ってるんです。小学校の」

タイムカプセルの中に入れた手紙にも、おそらくそのことが書かれているはずだった。

「比留間先生に憧れて、小学生の頃からそう言っていて。——来年には、どっかの大学の教育学部を受ける気でいるんです。今、比留間先生に幻滅したら、その進路を変えるかもしれない。それに、タイムカプセルを掘り出す予定だった二十歳は、受験が順調にいけば大学二年になってる年です。就職活動を考え始めるその時期に、動揺させたくない」

将来かじらせてやるような脛もろくにない親なのだから、自分の食い扶持が稼げるようになって欲しいとずっと思ってきた。夢があるなら結構なことじゃないかと、安心してきた。

「だから、できることなら大ごとにせず、謝ってもらったりしなくてもいいから、幸臣たちには、何もなかったように二十歳でタイムカプセルを掘り出してもらいたいんです」

『比留間をヒーローのままでいさせろってことか？』

沢渡屋が息を詰めて言う声を聞き、ああ、そうか、と思う。ヒーロー。実在しないヒーローを信じるような無垢さは、当の幸臣にはもうないかもしれない。けれど。

「サンタクロースみたいなものだと思ったらどうでしょう。実際にはいないかもしれないけど、とりあえず、いることにしてもらえませんか」

実際のクリスマスを身を入れて祝ってやらなかった身で、どの面下《つら》げて言える言葉だろうかと我ながら思うが、言いながら、自分でもしっくりきた。

実在しないヒーローの効力は、放っておいてもいつか切れる。子供がいつの間にかサンタの真実を知るように。効力は一時的で、一年きりで終わってしまう戦隊物のおもちゃを欲しがらなくなるように。しかもまやかしかもしれない。けれど、まやかしでいけない道理がどこにある。大人が作り出したたくさんのまやかしに支えられて、子供はどうせ大人になるのだ。

「沢渡さんが収まらないと思う気持ちは、よくわかります。だけど、譲ってもらえませんか。タイムカプセルは責任もって私が探し出して、埋めておきますから」

電話の向こうが静かになる。

やがて、沢渡屋が答えた。

『そういうわけにはいかない』

「……すいません」

『お前一人に探させるわけにはいかない。俺も一緒に学校に行く。一緒に倉庫探して、校庭に埋めよう』

「え」

沢渡屋が言った。

『タバコ屋の言う通りでいいよ。比留間や学校に喧嘩を売るのも、悔しいがナシだ。剛にまだ言ってなくてよかった』

「ありがとうございます！　助かります」

電話の向こう側に、見えもしないのに、あわてて頭を下げる。

「嬉しいな。本当は学校にまた訪ねていくの、一人じゃ心細かったんです。沢渡さんが来てくれるなら頼もしい」

私は自分の身近で、こんなにもクレーマーに向いている人間を他に知らない。百人力だ。『よせよ』と、これもまた見えもしないのに、私のお辞儀を見たように沢渡屋が言う。

『ついでに他の保護者にも声かけるか。親父会の名簿、まだあるから』

「まだあのメンバーで定期的に集まったりしてるんですか？」

幸臣が卒業した次の年くらいまでは飲み会の誘いもあった気がするが、いつの間にか声がかからなくなった。あれからずっと続けているのだとしたらさすがだと思って言ったのだが、沢渡屋はあっさり『あ？　まさか。そんなに暇じゃねえよ』と答えた。

『連絡も取ってなかったけど、声かけりゃ何人かは来るだろ。何しろ、中学になってから子供は部活だなんだって急に親の手を離れるからな。俺もそうだけど、小六なんて親父にとっちゃ、親時代の黄金期だ。それを一緒に過ごした仲なんだから、急に声かけても構わないだろ』

「比留間先生のしたことの口止めだけ、お願いします」

『おうよ。わかってるって、サンタの要領な』

沢渡屋が電話を切る。

耳元を嵐が通り過ぎていったような、拍子抜けした気持ちで携帯を耳から離し、空を見上げると、月が出ていた。

細く頼りなく痩せた、スイカの皮のような月だ。目を細め、それを眺めた途端、安堵と、それと真逆《まぎやく》の、これでよかったろうか、というふっとした不安のような気持ちが同時に、同じ強さで胸を衝《つ》いた。

沢渡屋が呼びかけた親父の中には、比留間を糾弾したいと思う親だってきっといるだろう。騒がれるリスクを考えたら、やっぱり応援を頼むのは止めた方がよかったのではないだろうかと、いまさらのように落ち着かなくなる。だけど、空と月とを眺めるうちに、きっと、なるようになるだろう、大丈夫だという気持ちになった。

根拠などない。だけど、あの人たちだったら平気なはずだと、ただ同学年の子供の親というだけの付き合いだったのに、そう確信できるのが、とても不思議だった。

沢渡屋から招集がかかったのは、学校がない、土曜日の夜だった。

店のお得意さんだという長浜先生のつてで呼び出した校長相手に「大ごとにしようっていうんじゃないんだ」と、沢渡屋が低くドスを利かせた声で言う。

「むしろ、大ごとにしないために倉庫を見せてくれって頼んでる。しかもあんたたちに探せってわけでもなく、自分たちできちんと探すって言ってるんだから、願ってもない話だろう？」という申し出は、私からしてみると脅し以外の何物でもなかったが、敵だと思えば厄介な沢渡屋が味方についたことは、心の底からありがたかった。

タイムカプセルを探し、出てきた場合には校庭の桜の根元に埋めることを承諾してもらった。

家族には飲みに行くと言って出てこい、と命ぜられた言い訳は、私の家族には奇異に響いたようで、温子から「お父さんが一緒に飲みに行ける相手なんていないでしょう?」とだいぶ不審がられた。

学校に着くと、薄暗い校舎の前に、結構な数の親父たちが集結していた。何年も会っていないし、同じ町内に住んでいるとはいってもこれまでは町で偶然会うことだってほとんどなかった。当時の全員が来ているわけではなかったが、二十人近く集まった顔のすべてにきちんと見覚えがあった。皆、作業しやすいようにジャージやラフなパーカー姿だ。

「水内さん」と声をかけてくれる中に、小松さんの顔もあって「ああ」と嬉しくなる。小松さんは、こんな時でもジャケットとシャツ姿で、昔とほとんど変わっていなかった。お嬢さんのユカリちゃんは、うちの中学からそのまま附属高校へ進学したらしい。

「中学からは幸臣くんたちと離れて、これまでの友達と全然会えていないと寂しがっていましたよ」と教えられる。

「しかし、今回のこと、沢渡さんからご連絡いただいて驚きましたが、それ以上に感動しました。幸臣くんの夢を守るために、本当にすばらしい」

「いやいや。そういうと聞こえがよくなってしまいますけど、本当に、進路も決めずにぶらぶらされたら迷惑だし、高校生なんてまだ大人に幻滅したとか言って充分にぐれてしまう年齢だから、不良になられでもしたらと思って」

答えたそれは紛れもない本心だったのだが、小松さんも他の親父たちも「そんなに照れなくても」とか「ご謙遜を」と勝手に私を立派な親のように仕立て上げてしまう。照れ隠しでも謙遜でもないのだが、と肩が自然と前にすぼまる。

学校の倉庫は、体育用が四ヵ所と、教材用の場所が三ヵ所あった。

「使える時間は今夜だけだ。短期決戦で行くぞ」

沢渡屋の号令で手分けして探すうちに、これを一人で引き受けなくて本当によかった、と思う。埃《ほこり》をかぶった黴臭《かびくさ》い倉庫内の匂いに辟易しながら作業して一時間が過ぎた頃、校舎の一番奥にあった教材倉庫の方から「あったぞー！」と声が上がった。

校舎と、体育館と、校庭とでそれぞれ倉庫を探していた親父たちの間に、歓声が飛び交った。埃と砂にまみれて灰色になったクリアケースにしまわれた人数分の小箱の一番上の箱に書かれた名前を見て、一人の親父が「うちの子のだ」と呟いた。まだ下手クソな小学生の書き文字を埃の上から指でなぞり、その人が「なんだか、泣けるな」と声を詰まらせ、それから、照れくさそうに笑って、顔を上げた。

中味を開けようと言い出す親父は一人もいなかった。比留間を責めようと言い出す親父も、いなかった。

埋めてもいいと指定された桜の木を、目立たぬよう僅かな懐中電灯の明かりだけで照らして掘り進めていく。硬い地面にスコップを立てる作業は意外に骨が折れ、腰と腕がすぐにだるくなった。これも、一人でやらなくて本当によかった、と思う。

「あの先生の愛情がそれだけ深かったって思われるように、どうせなら徹底的に深く掘ろうぜ」と誰かが言って、笑いが起こる。

「比留間先生も、かわいそうはかわいそうだったんでしょうねぇ」と、小松さんがジャケットとシャツの出で立ちに似合わないスコップを構えながら、ふいに話しかけてきた。

「あの人だけが特に悪かったわけじゃないと思うんですよ。ユカリたちの代の六年生は、何しろ一クラスしかなかったから。足並み揃えて監視しててくれる隣のクラスの目もなかったんだろうし、こういうのはね、公金の横領と同じです。どうせバレてしまうんだから、やった人間が結局一番損をする。そのせいで職も退職金も、何もかもをふいにしてしまう人たちを、私のような仕事をしているとたくさん見ます」

言いながら、小松さんがふと私の方を見つめ「うちの銀行の話じゃないですよ」と苦笑する。「ええ」と、私もそういうことにしておこうというくらいの気持ちで頷く。

「だから、上がそういうことができない、抜け道のない仕組みをきちんと用意してあげなければ、本当はいけないんです。環境が違えば、比留間先生はきっといい先生のままでいられたんでしょう。あの先生が授業をほとんどしていなかったという話を、私は今日初めて知りましたけど、それだって、子供にとってみたら、楽しくて仕方なかったから、誰も困ったことだと言い出さなかったんでしょう。勉強しなくて遊んでいていいなら、そりゃあ学校は楽しいですよ」

「でも、学校は勉強しなければならないところですよ」

私は言った。

「楽しくなくてもいいから、誰かがそれをきちんと言わなきゃいけなかったんだと、私は思います」

言いながら、ふと今のは失言だったろうかと沢渡屋たちの耳が気になった。うちの幸臣や小松さんのところのユカリちゃんのように塾に通っていた子供たちはいい。けれど、塾に通っていない子も多かったようだし、そのせいで苦労したとも聞いている。

しかし、その時、声がした。

「悪いことばかりじゃないさ」

顔を上げると、沢渡屋だった。作業の手を止め、私の顔をじっと見る。

「お前のとこの幸臣くん、中学になってから、テスト前にはいっつもうちに来て、剛に勉強教えてくれてた。塾に通ってなかった他の子供のとこにも、聞いたら誰かしらがやって来て、小学校でやるはずだった分をおさらいしてくれてたってよ。……それがあの先生のおかげかどうかは知らないけど、うちの学年の子供たちは、確かに言われた通り、団結力があって友達思いだ。みんな仲がよかったよ」

私は知らない話だった。「だからだよ」と沢渡屋が続けた。

「幸臣くんは、たぶん、いい先生になるだろ。剛の勉強見てもらった礼だ。しっかり学費出して、大学通わせてやれよ」

「ああ。……はあ」

はい、としっかり答えるつもりが吐息のような声になった。

「なんだよ、そのなよなよした返事は」と言われたが、今度は正真正銘、照れて、どう反応すればよいのかわからなかったからだった。また「はあ」と答える私に、沢渡屋がさらに驚くべき話を続ける。

「幸臣くんが先生に憧れるのは、比留間もだけどお前の影響だろ」

「え？」

そんなはずはない。否定しかけた私に、沢渡屋が首を振る。

「だって、言ってたぞ。昔、商店街でキャンプ行って、お前が途中で仕事だって帰った時」

そういえば、家庭サービスに時間を取られる煩わしさから、沢渡屋たちに後を頼んで引き上げた年があった。後ろめたい気持ちで「ありましたね、そんなこと」と答える。

「『俺じゃなきゃわからない緊急の用だ』って帰ったのを見て、幸臣くんが自慢してた。俺の父さんじゃなきゃわからないことが大学にはたくさんある、その道のプロってのはかっこいいんだって」

息を吸い込み、そのまま止めた。衝撃が言葉にならない。

「小学校と大学とじゃ違うかもしれないけど、幸臣くんはきっと、どの道だとしても、そういうプロになりたいんだろ。だったらきっと比留間と違って、熱血教師になるにしたって本物の、プロの熱血教師になる」

か。

不真面目な父親だったが、私は、少なくとも当時の幸臣に嫌われてはいなかったのだけど、——そうか。

本当だったら合い鍵の場所なんて警備員でも、他の事務員でも事足りることだった。

——あの時は、学生から電話があったことを言い訳に、これ幸いと帰っただけで、

一メートルほど掘り進んだ穴の中に、クリアケース型タイムカプセルを入れる。土をかぶせてしまうのが名残惜しかった。

家に帰れば、おそらくはみな高校生の息子や娘とすぐに会うことができる。しかし、この顔ぶれで集まってしまうと、これを埋めてしまったら小学校時代の我が子と別れるような、妙な寂しさがあった。

小学校卒業から二十歳までの、八年間を眠るタイムカプセルが子供にもたらすものや、残すものなんてそう大きくはないだろう。何より、それを開封するのは今よりさらにかわいげを失っているであろう、二十歳の大人だ。昔の自分の宝物や手紙を受け取ったところで一笑に付して終わりにしてしまうかもしれない。そもそも小学生の時にだって、真剣に書いた子供がどれだけいるだろう。こんなふうに夜中集まった親父

たちの努力が空しくなるくらい、当人たちにとったら、取るに足らないどうでもいいことなのかもしれない。

だけど、それでもよかった。

クリアケースに土をかけ、地面を元通り固めながら、下に沈めたタイムカプセルに思いを馳せる。俺たち親父が今夜楽しかったんだから、それでいいじゃないか。

見上げると、僅かな明かりだけで、だだっ広い校庭から見る星空に、この間より随分と丸に近づいた月が浮かんでいた。


それから、三年後。

幸臣たちの成人式に、私たちは比留間からだと、タイムカプセルを埋めた場所を書いた紙を子供たちの代表に渡した。

成人式の日の午後、幸臣はクラスメートたちと一緒にタイムカプセルを掘り出し、中に入っていた自分の小箱を手に家に帰ってきた。

『二十歳になった僕は、先生になっていますか？』

十二歳の自分が書いた文章を見て、幸臣は「先生なんてまだなってないって」と苦笑していた。

7

あんな手紙がなくとも、どうせ幸臣は同じように今日の初出勤を迎えただろう。だけど、そうか、と思う。八年眠ったタイムカプセルを開封してから、二年。ということは、幸臣が小学校を卒業して、今年でちょうど十年だ。

――しかも、よりにもよって、比留間と同じ学校になるとは。

二人が顔を合わせるところを想像すると、思わず、口元に笑みが浮かんだ。埋めた覚えのないタイムカプセルを掘り出した話を聞く機会も、これからあるかもしれない。十年前の比留間は、自分があの時受け持ったクラスの子供が再び自分の前に今度は大人として現れる日のことなんて、想定もしていなかったろう。

吠え面かくなよ、と普段では口にしない語彙《ごい》が口をついて、はっとなる。でも、思ってしまう。

吠え面かくなよ。

お前なんか比べものにならないほど、うちの幸臣は立派な教師になるはずだ。プロの教師だ。

実際の幸臣は草食系で、マザコンかもしれないし、いかにもまだ頼りない。だけどきっと、自分が卒業させた子供たちからのタイムカプセルを掘り出す誘いを、気まずい気持ちで断るような教師にはならないはずだ。

縁側から外を眺めながら、知らず知らず、顔がにやけていた。気がつくと、そばに温子が来て電話の子機を差し出していた。

「あなた、沢渡さんから電話。今夜の親父会のことだって」

「ああ」

携帯に連絡がつかないと、沢渡はよくこうやって家の方に電話をかけてくる。案の定、「もしもし」と電話を耳にあててすぐ、『携帯はどうした』と文句を言われた。

今夜の参加人数の確認を終えて電話を切ると、温子が「よくやるわよね、親父会だなんて」と苦笑しながら子機を受け取る。「まあな」と私も答えた。

タイムカプセルを埋めた夜から、なんとなく再開した親父会の集まりは、時々間隔を挟みながら、それでも途切れることなく月に一度の頻度で続いてきた。もちろん強制じゃないし、全員が毎回集まるわけでもない。子供のイベントという共通の目的もなくなった親父会は、今や単なる飲み会だが、不思議とやめようという空気にはこれまで一度もならなかった。職場での人付き合いの悪い私にとっては、ほとんど唯一の社交の場だ。

幸臣が初出勤した話をすれば、みんなどんな顔をするだろうか。それとも、自分たちの子供の就職に一生懸命で、人の子供の話どころじゃないだろうか。

沢渡屋の剛くんは、大学の途中から店を継ぐのではなく、バンドをやりたいと言い出したとかで、沢渡屋は「お菓子屋と歌手を両立させちゃダメなのか」と盛大に喧嘩したと言っていた。どうなっただろう。

子機を手にリビングへ戻ろうとした温子が、その時、ついでのように「あ、そうそう」と私を見た。そして、「親父会って、ユカリちゃんのところの小松さんも入ってる？」と尋ねてきた。「ああ」と私が答えると、次の瞬間、温子がすごいことを口にした。

「付き合ってるみたいよ。幸臣と、ユカリちゃん」

ツキアッテル、というのが、まるで初めて聞く知らない言語のように聞こえた。目を瞬《しばたた》き、そのまま、今度は見開く。

私を驚かせたことに満足したように、温子が笑った。

「尤《もっと》も、私も幸臣から直接聞いたわけじゃなくて、沢渡さんが剛くんから聞いたっていう話の又聞きだけどね。結構前からみたい」

「なんでまた」

ユカリちゃんは大学も、高校からそのまま私の大学の法学部に進んだと聞いていた。東京の大学に進んだ幸臣とは接点などないものと思っていた。そう言うと、温子が「成人式」と答える。

「あの子たち、午後からタイムカプセルを掘りに行ったじゃない？　その時出てきた幸臣の手紙に『ユカリと結婚してますか』って書いてあったんですって。周りの子たちに見つかってからかわれて、それからなんとなくお互い意識して会うようになった。よかったじゃない。こっちに戻って就職することにしたのだって、きっとユカリちゃんがこっちに残ってたからなんでしょ。単純よね」

「……ほお」

あの野郎！　と危うく声を出しかけた。

教師の夢のことだけしか口にしなかったくせに、ちゃっかり、好きな子のことも書いていたんじゃないか。

タイムカプセルを眠らせた期間は、八年間。

だけど、それ以上の時間が、そこから思いがけない形で繋がっていくこともある。

それこそ永遠に近い時間の中味を決めてしまうことだって、きっとあるのだ。たとえば、幸臣が好きな女の子と付き合うこと。そのために、私たちの家に帰ってくる選択をしたことだって、その一つだ。

頼んでなんかいない、と本人たちは言うだろう。だけど、タイムカプセルの八年間を守ることができたことは、親父会の功績だ。それを〝守る〟という言葉で表現してしまえる自分のことも、私はとても好きだと思った。

ふと顔を上げると、よく晴れた空に温かな匂いがした。

春だ。

新しい風に運ばれるようにして、ふっと幸臣たちの学校の桜の姿が、瞼の裏に流れた気がした。

1992年の秋空

1

はるかは、『学習』。

うみかは、『科学』。

学研の『科学』と『学習』の発売日は、給食調理室の前に長蛇の列ができる。列を素通りして教室に向かう子たちもいるけど、学校で買い物ができるこの感じは、いつもの朝とはまるで違って、格別にうきうきする。

「はるか、おはよ」

「あ、おはよ」

振り返ると、同じクラスの美菜《みな》だった。アダ名はミーナ。手には、お金入りの封筒。封筒には、四月から順にマス目が並び、『科学』と『学習』それぞれに○をつける欄がある。どちらを買うかチェックして金額を書き入れ、係の人に渡すと、その人が学年と内容を確認して本を渡してくれる仕組みだ。ミーナのも、私と同じく『学習』の方に○がついてる。

見回すと、私と同じ六年で、すでに『学習』を受け取って歩いている子が何人かいた。姿を確認したら、うずうずした。今『6年の学習』に載ってる漫画の続きが、先月から楽しみなのだ。高学年になってから、『学習』には、恋愛が中心の、絵がきれいな漫画が載るようになった。家に帰れば、もちろん『りぼん』や『なかよし』は読めるけど、先生に怒られることなく学校で大っぴらに読むことができる漫画はそれだけで価値が違う。気持ちがはしゃぐ。

「今さ、『5年の学習』でやってる漫画もすごくおもしろいよね。早苗《さなえ》ちゃんの妹が買ってて、この間家に遊びに行った時に見せてもらった」

「え、ほんとに？」

「うん。六年のに比べたらまだ子供っぽいけど、絵もきれいだし。——はるかのとこ、うみかちゃんが買ってないの？」

「あ」

私は、目の前でさっきから黙ったまま並んでるうみかの後ろ姿を眺めた。うみかは、私の年子の妹で小学五年生。だけど、絶対に『学習』を買わない。

「うみかちゃんは、『科学』なの？」

一足先に順番が来て、うみかが係の人からお金と引き換えに『科学』を受け取る。『学習』に比べて大きくて分厚いふろくの箱は、今回は何が入っているんだろうか。

私はあわてて、小声になって言った。

「うみか、ちょっと変わってるんだよ。『科学』の方がいいんだって」

本を受け取り、私たちの方を振り返ったうみかが、ミーナに向けて「おはよう、美菜ちゃん」と挨拶する。

お母さん似のくっきりとした二重瞼《ふたえまぶた》がちょっと分厚い。この瞼のせいで、うみかはいつ見ても心が半分ここにないように、とろんと眠そうに見える。私がお父さん似のキレ長の一重なのとは全然違う。髪も、私はバレーの邪魔にならないように短くしてるけど、うみかはいつから切ってないのかわからないほど異様に長いままだ。たまにそろえるらしいけど、それ以上は切らせないんだって、お母さんが困ってた。

最近、百歳の双子のおばあさん、きんさんぎんさんが流行ってて、そのそっくりぶりとか仲の良さについてテレビでよくやってるけど、うちは全然そうじゃないなぁって、観てて思う。向こうは双子で、私たちは年子で、その違いはもちろんあるだろうけど、たとえば初めて会う人が私たちを見て、すぐに姉妹だって気づけるかどうかは微妙だ。外見も、中味も似てない。

夢見るような足取りで、『科学』を受け取ったうみかが、ふらふらと自分の教室に歩いていく。

その姿を見送った後で『学習』を受け取った私は「あー、早く読みたい！」と教室に着くのももどかしく、ページをちらちらと開いた。すると、ミーナが言った。

「うみかちゃんてさぁ、しっかりしてるよね」

その声に、私は「え？」と振り返る。

「しっかりしてる？　うみかが？」

「なんか、あんまり年下っぽくないっていうか、かっこいい」

「ふうん」

うみかが年下っぽくない、ということの方はわかる。あの子は普段、すぐに口答えしてくるし、かわいくない。生意気だっていうならわかるけど、かっこいいは言いすぎだ。ミーナが続けた。

「『科学』ってあんまり読むとこないよね。漫画も恋愛とかない真面目なのが多いしさ。低学年の時はふろくで選んでたりもしたけど、うみかちゃん、自分があるって感じ」

「そうかなぁ」

入学した最初の頃、『科学』と『学習』どちらを買うかは私も半々ぐらいだった気がする。だけど、学校の図書室に並んでる過去の『科学』と『学習』は、上の学年に行くにつれ、『学習』の方がボロボロだ。漫画を通じてみんなと盛り上がれるっていうのはやっぱり強い。うちのクラスでも、『科学』を買ってる子はほとんどが男子で、女子はあまりいない。

だけど確かに、うみかは昔からずっと『科学』だった。

両親に本屋さんや大きな図書館に連れていかれても、私が真っ先に小説や漫画のコーナーを目指すのと違って、うみかは、『サイエンス』とか『人体』とか『自然』と書かれた棚の前に長い時間立っている。

一番好きなのは、『宇宙』のコーナー。

難しそうな『ホーキング、宇宙を語る』とか『マンガで読む相対性理論』とかいう本を、何時間でも読んでる。試しに私も何回か横から覗いてみたけど、よくわからないし、すぐに飽きてしまった。あの子もきちんと理解できてるのかどうかわかんない。だけど、そういうところも私がうみかを生意気だと思う理由の一つだ。

「まだかな、まだかなぁー、学研のっ、おばちゃんまだかなぁー」

低学年の男子が自転車をこぐ真似をして、歌いながら通り過ぎる。ミーナが首を傾《かし》げた。

「あれさ、テレビでよくCMしてるけどどういう意味？　学研のおばちゃんって、売りに来てるの、男の人なのにね」

「うちらは学校で買ってるけど、そうじゃないとこもあるんだって。うちのイトコは、女の人が家まで届けに来てくれるって言ってた。だからじゃない？」

ミーナが「へえ、そんなとこもあるんだ」と驚いている。

「変なの。ふろくにも『かならず家に帰ってから箱を開けましょう』って書いてあるのにね」

「うん」

箱に入るような大きなふろくは、『学習』より、断然『科学』の方が多い。試験管とか、ありの巣観察キット、ミニミキサー、ドーム型プラネタリウムセットや、水でっぽう空気でっぽう、人体骨格モデル。

うみかの机の上に並んだコレクションたちを思い出す。私が低学年の頃買ってたものも、いつの間にかうみかが自分のもののようにそこに加えていた。

私がだんだん『科学』じゃなくて『学習』寄りになったのは、うみかのせいもあると思う。日光写真のセットがついてきた時、説明書の通りやったけど、うまくできなくて、なのに、うみかが「やらせて」って手を出したら、本誌に載ってるのとそっくりな、きれいな写真ができた。お母さんに感心されていた。

ＩＣラジオも、そう。私がどれだけ注意深く組み立てても出なかった音が、うみかの手の中でざざっと最初に出た時のショックときたらなかった。悔しくて、泣いて、うみかとケンカになった。その時、止めに入ったお母さんから、決定的な一言を言われた。「センスの問題よ」と。

「人にはそれぞれ、向いてることと向いてないことがあるの」

その時は納得できなかったけど、それからも自分の学年の『科学』を熱心に買い続け、本誌に説明されてる観察や実験を片っ端から一二〇パーセント試してるうみかは、確かに『科学』のセンスがあるのかもしれないと、後から思った。宇宙の本を読む時と同じ。ぼんやりしてるけど、好きなことに関する集中力がすごい。私が卵から孵《かえ》せなかった透明なカブトエビが、一年後、うみかの代でふわふわと水槽を泳いでる姿を見た時には、さすがに負けを認めざるをえなかった。

思えば、うみかは低学年の頃からちょっと変わってた。

うみかの『科学』についてきたミニミキサーで作った、粉末が材料のバナナジュースを飲ませてもらった時のこと。学校で買う本のふろくでおやつができるなんて、と感動する私を横目に、「やっぱり、粉と水の味だね」としれっとした顔で言う。あの頃から、かわいくなかった。

うちの妹は、あんまり人にどう見られるかを気にしないんだと思う。

そして、私はそういうあの子に、よくイライラさせられる。

去年の夏、家族で海に行った。

海岸沿いのホテルに泊まって、両親と私たち、家族四人で夜の浜辺を散歩した。夕日のオレンジ色がだんだんと藍色に押され、空が夜になっていく。遮るもののない視界いっぱいの海と空を見上げていると、いつの間にか、うみかが横に来ていた。

実を言うと、私は、うみかの名前が羨ましかった。

はるかとうみか。似てる名前だけど、一つだけで見た時に、はるかは普通の名前で、うみかの方が個性的でかわいい感じがした。うみかの名前の中には「海」がある。

暗い夜の海とうみかは、よく似合ってる。

普段から『科学』派で、宇宙に関する本だっていっぱい読んでる妹は、私より、今もずっとたくさんのことを考えて、感動しながら星空を眺めているかもしれない。そう考えたら、迂闊《うかつ》に声をかけてはいけない気がした。少し迷ってから、ようやく「いいね」と話しかけた。

「きれいだね。私、絵を描く時、月を黄色く塗ってたけど、本当は白に近い金色なんだって、今、気づいた」

遠い場所に来たことで、ビー玉を散らしたようにきれいな夜空は、自分の家から見る空と違って『宇宙』なのだとはっきり思えた。波の音がしていた。

「空っていうと普通、昼間の水色の空を想像するけど、それって実は薄い膜みたいなもので、こっちの夜の色の空が地球を包んでる本当の空なんだって思えるね。不思議。暗いけど、怖くない。暖かい感じがする」

旅の興奮と、日中海で泳ぎ疲れたことと、何より家族と一緒にいるという気のゆるみが、いつになく暗闇を身近に感じさせてくれた。

うみかが「え？」と短く声を上げ、私を見た。聞き取れなかったのかもしれない。我ながら恥ずかしいセリフだったから、私は言い直さずに下を向いた。

砂浜には、作り物みたいにきれいな形をした貝殻がたくさん落ちていた。ザリガニのハサミのように表面がごつごつした巻き貝を手に取る。耳に当て、そして「うわぁ」と声を上げた。

「海の音がするよ、うみか」

ピンク色につやつや光った貝の内側から、水の底で聞くような遠い音が流れ込んできた。自分がとても贅沢なことをしている気分になる。だって、貝が沈んでいた海底では、こんなにはっきりと星は見えなかったはずだ。

「この貝、どのぐらい深いとこに沈んでたのかな。なんで、海の音がするんだろう。貝が記憶して一緒に持ってくるのかな。だとしたら、テープレコーダーみたい」

うみかにも聞かせたくて、貝を手渡す。貝を耳に当てたうみかは、私と同じようにしばらく音を聞いた後で「お姉ちゃん」と呼びかけてきた。

「何？」

「貝の中から聞こえる音は、海の音じゃなくて、自分の耳の音なんだよ」

うみかはにこりともしていなかった。

「よく、貝殻から海の音が聞こえるっていうけど、それを出してるのはお姉ちゃん自身。保健室で、耳の断面図の写真見たことない？　耳って、かたつむりの殻みたいな蝸牛《かぎゅう》って器官があるんだ。あの中、聞いた音を鼓膜から脳に伝える役割をする体液が入ってるんだけど、それ、波みたいに揺れて動くんだって。お姉ちゃんが聞いたのは、その、蝸牛の体液が動いて認識した音だよ。普段は小さくて聞こえないんだけど、貝殻にぶつかると耳に跳ね返って聞こえる。——だからこの音は海の音じゃないし、貝殻の記憶でもないよ」

浮かべていた笑みが強張って、表情が固まる。うみかが私を見て「その音は——」と続けようとしたところで、頭の奥で真っ白い光が弾けた。

猛烈に腹が立った。無言でホテルの方に歩き出す。急に引き返した私を、うみかがびっくりしたように追いかけてくる。

「待ってよ。どうしたの、お姉ちゃん」

「知らない！」

実際、どう言えばいいのかわからなかった。

「あ、貝殻……」

うみかから「返すね、はい」と渡されても、受け取る気がしなかった。

うみかはいっつもそうだ。こういうところが生意気だ。私が何か言うと必ず言い返してくるし、そのことで私が怒っても、自分の何が悪いのかわかってない。他の子の妹はみんな、お姉ちゃんの言うことは素直に聞いてるみたいなのに。

学校で、うみかに特定の仲良しがいるふうじゃないことを、私が気にしてることだって、きっと気づいてない。

あの子の学年の子は、誰もうみかを悪く言ってる様子はない。むしろ「うみかちゃん、おもしろい」って受け入れてる。だけど、教室移動も、トイレに行く時も、姿を見かける時、うみかはいつも一人だ。うちの学校は小さくて、どの学年もだいたい一クラスか、多くて二クラス。全校生徒がなんとなく互いの顔をわかり合ってる環境の中で、兄弟や姉妹が他の学年にいることの意味は大きい。人気がある子のお姉ちゃんはそれだけで妹の学年から慕われるし、地味な子のお姉ちゃんは、きっと自分の学年でも妹と同じで冴えないんだろうなって目で見られる。

私は、六年の自分のクラスでは目立つ方だし、スポーツ少年団でバレーやってるせいか友達も多い。誰とでも話せる方だと思うけど、うみかのいる五年の子たちからはなんとなく人気がないらしいことを、肌でひしひし感じてる。それってたぶん、「うみかのお姉ちゃん」だからだ。うみかはひょっとしたら、自分のクラスでも私にするように言い返したり、素直じゃないのかもしれない。

不公平だと思う。

一つしか年の差がないせいで、よく体育の授業が一緒になるけど、学年で組んでやるバスケのパス練習でも、私とやりたがる子は五年にはほとんどいない。だからといって、姉妹で組んで練習することぐらい気まずいことはないから、私は、そういう時にはなるべくうみかと視線を合わせないようにしてる。

外されたり、嫌われたりしてるわけじゃない。

だけど、うちの妹は、たぶん激しく浮いている。

2

「今日の『銀河』は、久和《ひさかず》くんが書いたものです。配ります」

帰りの会の教壇で、ジャージ姿の湯上《ゆがみ》先生が声を張り上げる。藁《わら》半紙が配られた前の方から順に、「やだぁ」とか「わぁ」とか忍び笑いが洩れる。回ってきた『銀河』を見て、私もまた「あちゃー」と思った。

力いっぱい書き殴られた下手クソな文字と、ゲームのキャラクターのイラスト、『男子10人に聞きました！』という見出しの下に、好きなゲームソフトの名前がずらっと並ぶ。

それを書いた当の久和は、誇らしげに前を向いている。涼しい顔をしてるつもりなんだろうけど、みんなの反応を意識してるのがバレバレだ。

浮いてしまう子、というのはどこにでもいて、うちの学年の場合、それは『銀河』を書く時にはっきりとわかった。

六年生になって、それまで担任の先生が書いていた学級だより『銀河』を私たちが書くようになった。最初は、読書感想文なんかがよく入賞するような学級委員の子たちだけが書いていたのが、徐々に友達何人かで書くスタイルになって広がり、今では出席番号順に男女交互に書くことが決まりになった。

親に向けての連絡事項など、書いて欲しいことが先生から渡されるが、その記事を載せた後のスペースは各自が好きに使っていい。男子の下手な字が読めなかったり、文章が支離滅裂すぎてさっぱり記事の意図がわからないこともあるけど、そういう場合は先生が補足説明を横に書いてる。

「これ、恥ずかしくて家持って帰れないね」

前の席のミーナが振り返って言う。目が笑っていた。私は「うん」と頷いて、げんなりと久和の『銀河』を折りたたみ、鞄にしまった。

もうすぐ、夏休みに入る。

一学期のうちは私の順番は回ってこないけど、九月になったら私も書かなきゃならない。私はそれを、絶対に無難で、真面目な内容にしようと決めていた。事務的な連絡事項に徹して、絶対に悪目立ちする浮くものにだけはしない。

ふと、もしうみかだったら何を書くんだろうか、と考えた。

目立つことがあまりよくない『銀河』だけど、これまで一度だけ、文章が輝いて見えたことがあった。学級委員の椚《くぬぎ》さんが書いた記事だった。

「6年1組、みんなの『銀河』物語」と題されたその号は、六年一組の子たちが、どんなふうにして『銀河』の執筆を先生から受け継ぐことになったかの経緯と、これまでどんな記事が載って、どんな反響があったか。おもしろいものを書こうと、ライバルを意識してる子がいることなどが、実名を混ぜつつ、ドラマチックに書かれていた。

上手だなぁと思った。

クラスのことから内容が離れずに、だけどきちんと文章がおもしろい。家に持ち帰って机の上に置いておいたら、うみかが覗きこんで読んでいた。「いいでしょ？」と声をかけると、うみかはこの時もまた落ち着き払った声で「思ってたのと違ってた」と答えた。

「『銀河』物語って書いてあったから、観測の歴史とか、銀河の構造とか、そういうのが書いてあるのかと思った」

また、いつもの反論だ。自分の妹とも思えない考え方に、私は怒ってしまった。

「あんた、宇宙人なんじゃないの」

「そうだよ。私たち地球人は、みんな宇宙人だもん」

うみかが平然と答えて、私は絶句する。

その日、布団《ふとん》に入ってからもイライラは収まらなくて、うみかの顔を思い浮かべながら、私は、バカ、宇宙人！　と心の中で文句を言い続けた。

『科学』と『学習』に限らず、私たちはお互いの買ったものを交換して読み合う。趣味が合わない時もあるけど、少なくとも、学研の雑誌は、お互いに黙って読む。

うみかの『科学』は、やはり『学習』に比べて漫画が少ない分薄くて、文章も説明文みたいに淡々としてる記事が多かった。あるいは、この勉強っぽいページも、うみかにとっては遊びに見えてるのかもしれない。だけど、私には違う。

「お姉ちゃん」

話しかけられて「ん？」と『5年の科学』から顔を上げると、うみかが「お願いがあるんだけど」と真剣な顔で言う。

「来月から、『6年の科学』を買ってくれない？」

「え」

うみかが「お願い」と頭を下げた。この子にこんなふうにされたことは、これまでで一度もなかった。うみかが開いた『6年の学習』の裏表紙の最後のページに、来月の『科学』と『学習』両方の予告が出ていた。見て、あっと思う。『科学』の方に、『特集・宇宙はついにすぐそこに』の文字が見えた。

気持ちがざわっとした。

クラスの子の中には、『科学』と『学習』両方を買っている子もいる。だけど、うちはそういう家じゃなかった。まだ一年生の頃、お母さんから、片方だけだと釘を刺された。

「いやだよ」と、反射的に声が出た。

あんまりなんじゃないか。うみかがどれだけ宇宙のことを好きか知らないけど、だからってそのために私から楽しみを奪う権利なんかない。だいたい、普段あんなに生意気な態度を取ってるくせに、こんな時だけ調子いい。

「私だって、『学習』が楽しみなんだもん。いいじゃん、五年の読んでれば。来年になれば、嫌でもあんた六年になるでしょ」

「今年じゃなきゃ、ダメだと思う。お願い、お姉ちゃん」

すぐに折れると思ったのに、食い下がったのがさらに生意気に思えた。私だって、『5年の学習』を読むの我慢して、一度だってうみかに頼んだことなんかなかったのに。睨みつけると、うみかが思いがけず、必死な声で続けた。

「今年の『科学』は、特別なの」

「どうして?」

「毛利《もうり》さんが、九月に、宇宙に行くから」

私は呆気に取られた。うみかの目は真剣だった。「お願い」とまた、くり返す。

「五年のより詳しく、そのことが載るかもしれない。今年じゃなきゃ、ダメなの」

「……そんなに好きなの?」

毛利さんや宇宙への情熱のせいなのか、それとも私とケンカして興奮してるだけなのか、わからないけど、うみかの目が赤くなっていた。こくん、と無言で頷いて顔を伏せる。開きっぱなしの来月号の予告ページに、ぽとっと涙の粒が落ちた。

二人してお母さんに、『6年の科学』『6年の学習』、両方を買ってくれるように頼みに行く。お母さんは「ふうん」と頷いた後で、うみかに「じゃあ、頑張らなきゃね」と告げた。

「うみか、逆上がりできるようになった?」

うみかの全身にぴりっと電気が通ったように見えた。痛いところ突かれたっていう顔だ。

「うみかだけできなくて居残りになったって、この間泣いてたでしょう？　みんなに笑われたって」

うみかは答えなかった。私は驚いていた。

この子が悔しがるとか、人の目を気にするところなんて想像できない。何かの間違いなんじゃないかと思っていたら、お母さんが「好き嫌いが多いからよ」とうみかに言い、さっさと台所に戻ってしまう。

結局、『6年の科学』の追加がオーケーになったのかどうかはわからないままだった。

その日の夕食、うみかがナポリタンのピーマンを、時間をかけて丸呑みする音が、横の私にまで聞こえた。顔色を悪くしながら、無理して片づけていた。

うみかは捉えどころがない。

ピアニカを忘れた、その日もそうだった。五年の教室を訪ねて貸してくれるように頼むと、うみかが少しだけ不思議そうな表情を浮かべた。きょとんとしたような、息を呑むような。

だけどすぐに「わかった」と頷いて、水色のピアニカケースを持ってきてくれる。

ひょっとして、ピアニカのホースで間接キスになるのが嫌なのかもしれない。だけど、別にいいじゃないか、姉妹《きょうだい》なんだから。他の学年にどれだけ仲がいい友達がいたって、さすがにピアニカは借りられないだろうけど、姉妹だったらそれができる。私は得した気分だった。

びっくりしたのは、授業の後、借りたピアニカを返しに行った時だった。うみかの近くにいた五年生が「あれ、うみかちゃん、ピアニカあったの？」と私たちに声をかけてきた。

「忘れたんだと思ってた。お姉ちゃんが持ってきてくれたのに、間に合わなかったの？」

「うん」

頷くうみかは落ち着いていた。ピアニカの側面に書かれた平仮名のうみかの名前が、私たちの間で間抜けに浮き上がって見えた。私は自分のミスを悟る。あの不思議そうな表情の意味はこれか。

「――同じ時間、だったの？」

「そう」

「言ってくれればよかったのに」

「だって」

短く答えるうみかの口調に怒っている様子はなかったけど、それがよりいっそう私にはこたえた。ピアニカを忘れてみんなの間に黙って座る妹を想像する。六年の教室からも、きっと私たちのピアニカの音が聞こえてきたはずだ。その音を聞きながら、下の階で座り続ける気持ちはどんなものだっただろう。

唇を引き結ぶと同時に、胸の奥がきゅっと痛んだ。素直に言葉で謝ることができないほど、気まずかった。

「逆上がりの練習、してる？」

尋ねていた。うみかがぱちくりと目を瞬《しばたた》く。

私は逆上がり、得意だった。

「一緒に練習しよう」

罪滅ぼし、という意識はそれほどなかった。ただ、一人きりみんなのピアニカ練習を見つめる妹を想像したら、それが逆上がりの居残りをさせられる姿と重なって、私の胸を締めつけた。

うみかをバカになんかさせない、と強く感じたのだ。

3

鉄棒の特訓は、近所の『ちびっこ広場』で放課後にやることにした。私が一緒にやろうと言う前から、うみかは毎日ここで練習していたらしい。

毛利さんが宇宙に行くのは九月。スペースシャトルエンデバーの名前をテレビでも少し前から紹介してる。

「そんなに楽しみなの？」

「楽しみ」

別に意地悪で聞いたわけじゃなかったけど、うみかの返答は短かった。

鉄棒を両手で握り、えいっと空に向けて蹴り上げたうみかの足が、重力に負けたようにばたん、と下に落ちる。

「足、持ってあげようか」

私が逆上がりができたのは一年生の時だ。その時、先生やお父さんが、練習する私の足を捕まえて回してくれた。

「重いよ」

「大丈夫だよ」

安請け合いしたけど、うみかがえいっと足を蹴り上げたらかなり迫力があった。捕まえそこねて、さらにもう一回。思いきって手を伸ばしたらうみかの靴の先が額を掠《かす》めた。

「いたっ」

「あ、ごめん」

ぶつかった場所を押さえて蹲《うずくま》った私に、うみかが近寄る。「だから言ったのに」と。

「いいよ。私、自分で回れるようになるから」

「私はいなくてもいいってこと？」

じんじん痛む額を押さえながら見たうみかの顔が、表情をなくした。おや、と思う間もなく、うみかが首を振る。

「ううん。いて欲しい」

今度は私が表情をなくす番だった。そんなふうに素直に言われたら、逆らえなかった。

「——見てれば、いいの？」

「うん。お願い」

こくりと頷いて、それから何度も何度も、空に向けて足を蹴る。

「エンデバーってどういう意味か知ってる？」

何度目かの失敗の後で、うみかが息を切らして言った。手のひらが赤茶色になって、見ているだけで鉄の匂いがかげそうだ。

私は「知らない」と首を振った。

「努力」とうみかが答えた。

空にうっすらと藍色が降りてきて、薄い色の月が見え始めてしばらくした頃、うみかがとうとう練習をやめた。妹が鉄棒を離れたのと入れ違いに、今度は私が逆上がりをする。

足を上げる時、つま先の向こうに白い月が見えた。今日、うみかは何度も何度もこうやって、私と同じように、月を蹴ってたんだなぁと思った。

逆上がりを成功させて、すとっと地面に降りた私に向け、うみかが「いいなぁ」と呟いた。

「思いっきり走ってきて、その弾みの力を借りるって手もあるよ」

自分が最初の頃、そうやって初めて回れたことを思い出す。こんなふうに、とお手本で回って見せた。二、三メートル離れた場所から走り、その勢いで鉄棒を掴む。月を蹴り、ぐるんと回る。

「こう？」

うみかが真似して、同じように走る。ぎこちない走り方だったけど、そのまま鉄棒を掴んだら、これまでで一番勢いよく足が上がった。あと少しできれいな円が描けそうだった。

「惜しいっ！」

思わず声が出た。うみか自身、驚いた顔をしていた。

「まだ、練習してもいい？」

「このやり方で、明日からもやってみなよ。今日はもう遅いよ」

家に帰ると、もう七時を回っていて、私たちは、おじいちゃんとお母さんに叱られた。お父さんがまだ帰ってきてなくて、よかった。

「明日も練習、一緒に来てくれる？」

うみかとひさしぶりにお風呂に一緒に入った。鉄棒を掴みすぎたせいで感覚がおかしいのか、うみかが何度も手をグーとパーに動かしている。

「いいよ」と私は答えた。

た。

誰かができるようになる瞬間に立ち会うのが、こんなに楽しいとは思わなかった。

翌日が、『りぼん』と『なかよし』の発売日だったことを、私はすっかり忘れていた。ミーナが「うち来るでしょ?」と聞く声にはっとした。毎月、発売日の放課後にミーナとコンビニに一冊ずつそれぞれ買いに行って、どちらかの家で一緒に読むのが、いつの間にかルールみたいになっていた。

その二冊読みたさに私たちの仲間に入りたがっている子は他にもいる。でも、ミーナは「はるかは親友だから」と、私だけを誘ってくれる。

「行く!」

漫画が読みたいのはもちろんだったけど、すぐに返事をしたのは別の理由からだった。「親友」のミーナの誘いを断ったら、ミーナは次から早苗ちゃんとか、誰か別の子を誘うようになってしまうかもしれない。もう、次から私を呼んでくれなくなるかもしれない。

うみかと鉄棒のことが頭を掠めたけど、練習はどうせ明日もあさってもするだろう。今日の放課後に付き合えなくなったことを伝えるため五年の教室に寄ると、うみかはすでに帰ってしまった後だった。

どうしようか迷ったけど、すぐに、まぁいいか、と考え直す。

学校を出る時、「おでこ、どうしたの？」と、ミーナに聞かれた。

「朝から気になってたけど、ちょっと赤いね」

「あ、本当？　気がつかなかった。——ね、『りぼん』って、今月ふろく何だっけ？」

妹の鉄棒練習に付き合ってたなんて話したら、ミーナはきっと私を「優しい」って言うだろう。「妹と仲がいいんだね」って言うだろう。

そう思ったら、何も話したくなかった。

ミーナは一人っ子だからわかんないかもしれない。だけど、私は嫌だった。いいお姉ちゃんだなんて思われるのは、なんだか違う。もう六年と五年なのに、妹の練習に付き合ってるのも、かっこ悪く思えた。

ミーナの家を後にしたのは六時過ぎだった。

家と田んぼと畑、舗装されたアスファルトの道と砂利《じゃり》道がランダムに続くいつもの帰り道を自転車で通っている時、こんな時間になってもまだ鳴く蟬《せみ》の声を聞いて、ああ、夏休みが来るんだなぁと思った。田んぼに、背が高くなった稲のまっすぐな影がさわさわ揺れている。蛙《かえる》の鳴き声が聞こえた。

『ちびっこ広場』に、もううみかはいないだろうと思ったけど、帰り道だから一応寄った。

広場を囲んだ灰色のフェンス越しに見える鉄棒の付近に人影はなくて、私はそれを確認したらほっとしたような、残念なような気持ちになった。

自転車を停めて家の中に入ると、「ただいま」を言う間もなく、おじいちゃんとおばあちゃんから「どこに行ってた」と問いつめられた。剣幕に圧倒されて、私はうまく答えられないで、ただ二人の顔を見つめ返す。

お母さんがいなかった。

何かがおかしいことに気づいて、私は台所の方向を見つめる。この時間いつもしているご飯の匂いがしない。台所の電気が消えていた。

――うみかが怪我をして、右腕を折って、病院にいること。

お母さんは、そっちに行ってて、うみかはひょっとしたらこのまま入院するかもしれないこと。

おばあちゃんたちが説明する声を、私はぼんやりと聞いた。貝殻を当てて音を聞くように、遠く聞こえる声だった。

うみかは、鉄棒から落ちたのだと言う。

4

仕事から帰ってきたお父さんと一緒に病院に向かう時、私はずっと俯いていた。頭の奥でずっと、お前のせいだ、という誰のものかわからない声がしてる。

車の中、私の隣で、お母さんに持ってくるように言われたうみかの着替えが、半透明の袋の中から透けていた。灰色の、私のお下がりの下着。「はるか」と書かれた名前がマジックの線で消されて、下に、あの子の名前が「うみか」と書いてある。

うみかが怪我をしたと聞かされた時から、ずっと泣けたらいいのにと思いながら、出てこなかった涙が、その書き直しの名前を見たら、じわっと目の奥に滲んだ。車の外で、国道の向こうの夜景が筋を引いて流れていく。

骨折したことがある子は、うちのクラスにも何人かいた。みんなギプスをしながら学校に来てた。だけど、入院したという話はあんまり聞かない。うみかはそんなにひどい怪我なのか。

あの子は、練習に来なかった私を怒ってるに違いない。きちんと謝ろうと思ってたのに、薬の匂いのする病室に一歩入った途端、口が利けなくなった。

うみかはとろんとしたいつもの二重瞼をさらに重そうにして、うっすらと目を開けて、ベッドに横になっていた。力と、光のない目で私たちの方を見る。朝までのうみかとまったく違った。顔を見たら、走っていって、抱きついて、謝りたい気持ちになったけど、私は足を開いて立ったまま、妹に近づくことさえできなかった。

「うみか、お姉ちゃんが来てくれたよ」

お母さんが励ますように言うのが苦しかった。私は約束を破った。何も言えずに、せめて目だけはそらさないようにしていると、うみかが「うん」と頷いた。右腕が白い包帯で何重にも固定されて、ベッドの上に吊られている。手がどんなふうになってるのかは、包帯に覆われてるせいでわからなかった。

私のせいだ。

怪我をした時の詳しい状況はわからないけど、私が弾みをつけた方がいいって教えた。うみかはその勢いのまま、鉄棒の向こうに落ちたんじゃないのか。

責められることを覚悟した。お母さんたちにも、きっと怒られる。

だけど、うみかは何も言わなかった。ぼんやりと天井を見てる。お母さんに言われて、私はうみかのすぐそばに座った。謝らなきゃ、と思うけど、ここまで来ても、言葉は口から出てこなかった。

両親が二人とも、入院のことで先生と話すため病室を出て行ってしまう。私は下を向いて、沈黙の時間にただ耐えていた。

「九月までに、手、よくなるかな」

うみかがぽつりと言った声に顔を上げる。うみかの唇が、かさかさに乾いて白くなっていた。「痛いなぁ」と呟いて、顔を歪《ゆが》める。

「エンデバーの打ち上げ、家で、見たい」

「……見ようよ、一緒に」

一緒に、を言う声が震えた。

一緒に練習しよう、の約束を破った私が口にしていい言葉じゃないのかもしれない。だけどうみかがゆっくりと私を見た。その口元が、なぜか笑った。

「私ね、お姉ちゃん」

「うん」

「宇宙飛行士になりたいんだ」

どうして、この時を選んでうみかがそう言ったのかはわからなかった。だけど、大事な秘密を打ち明けるように、うみかが「ナイショだよ」と続ける。

「うん」

私は頷いた。そして、唇を嚙んだ。そうしていないとまた涙が出てきそうだった。

痛いのはうみかなのに、私が泣いちゃダメなのに。

寝たままで言ううみかが怯えていることに、声の途中で気づいた。人の目なんて気にしない、『科学』を面白がるセンスのある、風変わりで強い、私の妹が弱気になっている。

「なれるよ」と私は答えた。水の中に放り込まれたように、鼻の奥がつんと痛んで、涙がこらえきれなくなる。

「なってよ」

もう一度、今度はそう言い直した。


「うみか、すぐに退院できるんでしょう？」

「ちょっと、長くかかるかもしれない」

帰りの車の中でお母さんに聞くと、少し間をおいて返事が返ってきた。

ちょっと、と、長く。

矛盾する二つの言葉を聞いて、嫌な予感がした。

「どうして？　ただの骨折なんでしょ」

「骨が育つ大事な時期の怪我だから、ちょっとね」

「心配しなくても大丈夫だよ、はるか」

運転席のお父さんも言う。だけど、二人の声は疲れて、元気がなかった。

結局、怪我についての肝心なことを私に教えてくれたのは、うみか本人だった。

一学期の終業式を迎えて夏休みに入っても、うみかは退院できなかった。私は五年のうみかのクラスからもらったお見舞いの寄せ書きの色紙と「早くよくなってね」と書かれた紙がぶらさがった千羽鶴を預かって、病室を訪ねた。

「骨が曲がった方向でくっついちゃってるから、手術しなきゃならないかもしれない」

うみかの口調は、いつもみたいに淡々としていた。私は「え」と呟いて、咄嗟《とっさ》にうみかの腕を見てしまう。それからあわてて目をそらした。

「手術、するんだ？」

「うん。たぶん」

うみかが、クラスメートからもらった色紙のメッセージを目で読んでいる。一度ずつ読んだら、それでおしまいとばかりに、さっさと棚にしまう。蛍光ペンを駆使して、かわいい絵を入れてうみかにメッセージを綴《つづ》ってる子たちとうみかが本当はそんなに仲良くないことを、私も知っていた。

「あのね、お姉ちゃん」

「うん」

「もし、骨折で、手術して、腕にボルトを入れたりすると、それがたとえ一個でも、もうそれだけで宇宙飛行士にはなれないんだって」

「え」

二度目の「え」は、大きな声になった。うみかが目を伏せ、何でもないふうに窓の外を見る。だけど、私にはわかる。わざとだ。無理やり平気そうにしてる。うみかはいつも、しっかり私の目を見て話す。

「痛いのって、逃げ場がないんだよね」

言葉がかけられない私の前で、うみかが小さくため息をついた。

「何をしてれば気が紛れるっていうのがないから、宇宙に行ってるしかない」

「宇宙？」

「想像するの。自分が宇宙にいるとこ」

うみかはそう言って、ちょっとだけ笑った。海に穏やかな波が寄せてすぐになくなる時みたいな、静かな笑顔だった。

夏休みになって少しして、うみかは長かった髪を病院でばっさり、お母さんに切られてしまった。怪我のせいで思うようにお風呂に入ったり、髪を洗えなくなって、長い髪をきれいなままにしておくのが難しくなったのだ。ボサボサになっちゃうし、ちょうど暑い季節だし、いいじゃない、とお母さんは簡単なことのように言ったけど、お見舞いに行った病室で、髪を短くされたうみかを見た時は、衝撃だった。

「スースーする。変な感じ」

うみかは何でもないことのように言ってみせたけど、この時も私の目を見ようとしなかった。


私の小六の夏休みは、ほぼ、うみかの怪我の思い出で埋まった。うみか自身が感じてるように、あの子の怪我は私が思っていたよりずっと重傷だった。両親が私が寝た後で、いつまでもリビングで話してる声が聞こえて、私はそっと布団を出て、ドアに耳をくっつけて、声の内容を聞いていた。

――肘《ひじ》のところから切って、神経を一つ一つくっつけ直す――という声を聞いた日、私は全身の血が一度に下がっていくのをはっきり感じた。

聞いてしまったことを後悔しながら布団に入ると、背筋が熱を出した時のようにぞくぞくした。

うみかが、手術する。

繋がっている自分の腕の付け根を見ながら、皮膚にメスが入ることを想像して、嫌だ、と叫びそうになった。ダメだ、ダメだ、ダメだ、うみかの腕を切るなんてダメだ。

宇宙飛行士を目指せなくなるなんて、ダメだ!

眠れずにまた布団を出ると、二段ベッドの上から、うみかの机が見えた。並んだ『科学』のふろくたち。中に、ドーム型プラネタリウムの丸い頭が見えたら、気持ちが抑えられなくなった。

南向きのカーテンの向こうから、月と星の明かりが差し込んで、部屋の中は窓辺だけが明るかった。ベッドを降りて窓を開くと、夜の蟬が鳴いていた。晴れた空に浮かぶ星の名前。学校で習ったけど、私は北極星と、北斗七星くらいしかわからない。

宇宙飛行士になるには、勉強ができることはもちろん、身体が丈夫なことだって必要だろう。どうしよう。あの子は本気だ。あんなふうに恥ずかしそうに夢を打ち明けるくらい、大事に思ってる。エンデバーの打ち上げを、楽しみにしてる。

私は、あの子のために何ができるだろう。

うみかに話を聞いてから、図書館で片っ端から宇宙飛行士に関する本を探して読んだ。手術したらダメなのか、目指すにはどんなことが必要なのか――、字がずらっと並んだ大人向けの分厚い本も開いてみた。

怪我は私のせいだ。どうしよう、どうしよう、と一生懸命内容を読んだけど、私にちゃんとした答えをくれる本は一冊もなかった。両親や先生に聞くことも考えたけど、宇宙飛行士の夢のことはナイショにするって、うみかと約束していた。

闇が、この時も少しも怖くなかった。去年の夏、うみかと歩いた浜辺の空も、こんなふうに暖かい光に満ちていた。思い出したら胸が詰まって、あの時、ケンカしたことすら縋《すが》りつきたいほど懐かしかった。

海岸で、貝殻の音のことで私はうみかに怒ってた。あの子が「その音は――」と続けようとしたのを遮って、勝手に歩き出した。

だけど、あの時、あの子はなんて言いたかったんだろう。私が何で怒ってるのかもわからないあの子に、私は一度だって怒ってる理由を自分から説明したことがない。口答えするうみかに、私はいつだってそこで話すのをやめてた。あの子が話すことはどうせ生意気でかわいくないって決めつけて、まともに聞かなかった。

病院で聞いたうみかの言葉を思い出す。

——宇宙に行ってるしかない。

痛みには逃げ場がない、と話していた。何をしてても、気が紛れないって。

——想像するの。自分が宇宙にいるとこ。

そう笑ってた。

ああ。

わかったよ、うみか、と心の中で呼びかける。

月がとても近い。私が見てるこの空の向こうにあるものを、うみかだったらもっとたくさん想像できるんだろう。あの子になら、見えるのだろう。

うみかはたぶん、宇宙にいるのだ。

嫌なことがあった時、いつも大好きな宇宙のことを思い出して、きっと耐えている。だから平気なんだ。クラスでひとりぼっちの時も、ピアニカが一人だけない時も、逆上がりで残された時も、お気に入りだった長い髪を切られた時も。つらくなかったわけがない。だからきっと、自分の居場所を別に作った。狭い教室や目に見える場所だけをすべてにしなかった。だから、あんなに強いのだ。

彼方《かなた》にある星々の明かりを見上げながら、私は自分に何ができるかを、必死に必死に、考え続けた。

5

学級だよりの清書用方眼紙を前に、「何でも好きに書いていいですか」と尋ねると、湯上先生は「へ？」と声を上げた。私が笑わず、じっと見てるのに気づいて、表情を改める。そして、「いいよ」と答えてくれた。

「一学期からみんなそうしてるじゃないか。自分の興味があることを書きなさい」

「わかりました」

ミーナと一緒に職員室を後にする。

これまでみんなが『銀河』に書いた記事は「球技会のメンバー発表」とか「遠足がありました」とか、そういうこと。行事がある時はいいけど、そうじゃない時は「係の紹介」とか「授業がここまで進んでいます」とか、さらに味気ない記事になる。だけど、それでも悪目立ちするよりはずっといい。私は、自分もそういうものを書こうと思ってた。――二学期の、実際の今日になるまでは。

「はるか、何書くの？　興味があることって何？」

「ちょっと、気になることがあって」

言ってしまってから、思わせぶりな言い方になったんじゃないかとあわてて否定する。

「ごめん。恥ずかしいから、ミーナにも後で見せるね」

「そうなの？」

案の定、ミーナがつまらなそうに唇を尖らせた。

うみかの入院は結局、夏休みいっぱいかかった。

だけど、エンデバーの打ち上げにはどうにか間に合って、私たちはうちのテレビで、スペースシャトルの下から噴き出す炎と空に向かって消えていく影の中継映像を見た。毛利さんはこれから一週間ぐらい宇宙にいることになるそうだ。

誰より興奮しているだろうに、うみかはシャトル打ち上げの間、ほとんど喋《しゃべ》らず、ただ食い入るようにして画面を見つめていた。録画した映像を何度も何度も再生して、毎日のニュースでエンデバーのことが報道されるたび、熱心に見入る。ギプスをしていない方の左手が、ぎゅっと、拳を握って、震えるのが見えた。

あ、泣くのかな、と思って顔を見ると、うみかの表情が、これまで見たこともないくらい嬉しそうに輝いていた。人間は、別に笑顔じゃなくてもこんなふうに嬉しさを表現できるんだって初めて知って、私にも、妹の喜びと興奮がそのまま伝染してしまう。なぜか、私が泣きそうになった。

お母さんが許可してくれた『6年の科学』を、うみかは自分の『5年』のと合わせて熟読して、私にも『科学』や他の本、新聞で知ったというたくさんのことを教えてくれた。

アポロ計画から、今回のエンデバー号の打ち上げまでの歴史。毛利さんが宇宙で何をするのか。宇宙と地球、エンデバーの中と日本の小学校をテレビの生中継で繋ぎ、毛利さんが私たち子供に向けて宇宙から授業をしてくれるらしいと聞いて、うみかだけじゃなくて私もわくわくする。

一九八六年のチャレンジャー号の事故を受けて、今回の計画が遅れたことも、その時、うみかから教えてもらった。知らないうちに唇をきゅっと噛んでいた。これまで興味がなかったから、そんな歴史があったことだって私は知らなかった。

机の前で、私は深呼吸して、方眼紙に『銀河』の見出しと、最初の一行を書き始める。

『現在宇宙に行ってるスペースシャトル「エンデバー」は、「努力」という意味です。』

学校に関係ないことを書くのは、浮く人間の仲間入りかもしれない。だけど、私たちには教室の「ここ」がすべてじゃなくてもいいんじゃないだろうか。教室の机の前に座ってても、それと並行して気持ちがもっと遠い宇宙を向いてることだってある。

ただ文章を書いてるだけなのに、途中、何度も息が切れた。自分がすごく恥ずかしいことをしようとしてるんじゃないか、あるいは、真面目ないい子に見えることをしてるんじゃないか、それをみんなに見せようとしてるんじゃないかと考えたら、不安がおなかの底から喉《のど》までを、わっと満たす。

でも、私は、これをうみかに読んで欲しい。あの子に教えてもらったことが、刷られてみんなに配られて、学校に認められるものになったんだってことを、見せたかった。

清書用のペンを持ち直す。用意した修正液は、ほとんど使わずに済んだ。一気に書き上げる。文章を書くのが楽しいなんて、初めて感じた。

完成した『銀河』の原稿を、両手で掴む。見出しを見つめ直す。

『毛利衛《まもる》さん、宇宙へ』

『無事にミッションを終えて帰ってきてくれることを祈《いの》っている。』と書いた最後の言葉は、書いた後から頬がかーっとなるくらいで、かっこつけすぎたかもしれないと反省したけど、結局、そのまま残した。

それはたぶん、うみかと、そして私の今の一番の気持ちだったから。


毛利さんが宇宙に行ってるうちに印刷して配って欲しい、と先生に申し出ると、湯上先生は原稿を読んだ後で「わかった。今日配るよ」と約束してくれた。

ミーナにも、今回は読ませなかった。いつもは、提出するものがある時は事前にお互いのものを読み合い、褒め合ったりする私たちには初めてのことだった。私は抜け駆けをしてしまったような居心地の悪さを感じたまま、帰りの会まで過ごした。

「今日の『銀河』は、はるかさんが書きました。配ります」

前から順に、『銀河』が配られてくる。見覚えのある自分の字が印刷にかけられているのを見ると、死にそうになるぐらいドキドキした。

誰かにからかわれるかもしれない、と覚悟していたし――、もっと言えば、誰かが興味を持って読んでくれないだろうか、感想を言ってくれないだろうか、といい方への期待もかなりしていた。

しかし、みんな『銀河』を、あっさりと折ってしまいこんでしまう。私の肩から力が抜けていった。

帰りの会が終わり、「一緒に帰ろう」とミーナが席までやってくる。あんなにも読ませなかったことを後ろめたく思っていたのに、私の『銀河』に関するコメントもなかった。なんだ、このぐらいのことだったんだ、と思ったら、急にそれまで気張っていた自分がバカみたいで、惨めで、ほっとしたけど、それ以上に奥歯を噛みしめたいくらい、悔しかった。

帰ろうと教室を出かけた、その時だった。

「はるかちゃん」と、名前を呼ばれた。

振り返ると、学級委員の椚さんだった。『銀河』に「みんなの『銀河』物語」を書いたあの子だ。普段はほとんど話したことがない。

「今回の『銀河』、面白かった」

大きな眼鏡の向こうの黒目がちな目が、私を見ていた。私は咄嗟には答えられず、目を見開いて彼女を見つめ返す。椚さんが笑った。

「これまでで、最高の記事だよ。毛利さんで一号作っちゃうなんてすごい」

「そう、かな」

「うん」

答えながら、頬が熱くなっていく。「ありがとう」と言葉が出るまで長く時間がかかった。身体の真ん中に柔らかな光が灯ったように、さっきまでの嫌な気持ちが消えていく。優しい気持ちが満ちていく。

それは、うみかと見上げた夜空の暖かさとどこか似た気持ちだった。記事だけじゃなくて、うみかが褒められたような誇らしい気持ち。口元が勝手にゆるんで、笑顔になってしまう。

帰った私が差し出した『銀河』を、うみかはじっと覗きこんで、読んでいた。クラスメートに見せる時より、ずっと、緊張した。

うみかから感情たっぷりの褒め言葉や感激の涙を期待したわけじゃなかったけど、読み終えたうみかはいつものような無表情だった。

「これ、私のため？」

明け透けな言い方で尋ねてきた。

「うん」

「ありがとう」

なんでもっと感動的に反応してくれないんだろうってイライラしたけど、仕方ない、とあきらめる。これがうちの妹で、うみかはこういう子なんだから。

翌日学校に行ったら、湯上先生から職員室に呼ばれた。日直でもないし、呼び出しの理由に心当たりがなくて、おっかなびっくり先生の机まで行くと、方眼紙を渡された。

「また、書いてみないか」

息が止まった。先生が続ける。

「もうすぐ毛利さんが宇宙から帰ってくる。帰ってきたら、そのことでまた一号、書いてみないか」

方眼紙を持つ指に、力が入らなかった。――嬉しくて。

この時も、うみかの顔が思い浮かんだ。あんなふうに感情の起伏の薄い妹だけど、それでも、私が真っ先に嬉しい知らせを伝えたいのは、あの子だった。

6

うみかの腕は、当初考えられていたより状態がかなりよかったらしい。

「うみか、手術するの？」

思いきって、ある夜両親に尋ねた私に、二人は驚いていた。答えを聞くのが怖くて、私の肩も表情も、緊張に強張っていた。顔を見合わせた二人が、私を自分たちの間に座らせる。そして教えてくれた。

「大丈夫。――完全にまっすぐにするためにはそういう方法もあるってお医者さんに言われただけなんだ。この間レントゲンを撮ってみたら、どうやらそこまでしなくてもうみかの骨はきちんとまっすぐだった。指もきちんと動かせるだろうって」

お父さんの言葉どおり、うみかのギプスは十月に取れた。少しして体育の授業にも出るようになった。まだ見学してればいいのにって思うけど、ぶっきらぼうな口調で「いい」と答える。こういう時、この子はとても頑固だ。

苦手だからサボってるって思われるのが、きっと嫌なのだ。本音の声を聞かせないで突っぱね続けるのも、本当にうみからしい。
五、六年合同でペアになってやるストレッチを、私は自分から「うみかとやりたい」と申し出た。怪我のことを知ってるみんなが、怖々とうみかの身体に触ることを考えたら、私がやるのがきっと一番いい。姉妹でやるなんて気まずいと思ってた気持ちは、今は不思議と消えていた。みんなから「いいお姉ちゃん」だと思われても、まあ、仕方ない。
軽い力で背中を押していると、ふいにうみかが言った。

「この間ね」

「うん」

「文集の原稿の、将来の夢のとこに『宇宙飛行士』って書いたよ」

「そっか」

知っていた。

五年の男子たちが「すっげえ、ザ・夢って感じ!」と騒いでいた。パイロットとか、宇宙飛行士とか、大きくて叶わないものの代名詞のように言われる〝夢〟。だけど、言いたい人には言わせておけばいい。

私は、自分は人にどう見られるかが相変わらず気になるにもかかわらず、うみかになら、そう言い放ってしまえた。

「私、宇宙に行く人っていうのは、あんたみたいな子だと思うよ。物の見方や、宇宙への考え方が私と全然違う」

深呼吸する。そして、ようやく「ごめんね」と謝った。

「怪我した日、私、鉄棒の練習付き合うって言ったのに、行かなかった。約束、破ってごめん。私がきちんと行ってたら、うみかは怪我しないで済んだかもしれない」

「別にお姉ちゃんのせいじゃないよ。お姉ちゃんがいてもいなくても、私は鉄棒から落ちただろうし」

「それでもごめん」

「いいってば」

普段どんな時でもけろりとしているうみかが、珍しく居心地悪そうに顔をしかめる。しばらく無言でストレッチを続けていると、やがて、うみかが思いがけないことを言った。

「私は、お姉ちゃんみたいな人が宇宙に行けばいいと思う」

「は？」

ふざけてるのかと思って顔を覗きこんだけど、うみかに限ってそれはなさそうだった。

「〝はるか〟って名前、宇宙飛行士に向いてる」

「名前？」

「宇宙のことを〝はるか彼方〟って表現してある本がたくさんあって、私、それ見るたびに、昔からずっと羨ましかった。お姉ちゃんの名前、いいよ」

驚いてしまう。私はずっと「うみか」の名前が羨ましかったけど、うみかもそんなふうに思ってたなんて。

名前を面と向かって「いいよ」なんて褒められたら、照れてしまった。どんな顔をしていいかわからない私の前で、うみかが「それと」とさらに続ける。

「私、言葉にして何か言うの、苦手なんだ」

真面目な顔のままで言う。

「色を見ても、自然を見ても、仕組みを理解するのが楽しいし、いいなって思うけど、それだけなんだ。前に、お姉ちゃんと海に行った時、お姉ちゃん、私に夜が暖かいって言ったの、覚えてる？」

そう感じたことは確かに覚えているけど、口に出したかどうかはわからない。どちらにしろ、些細なことだ。黙ってしまった私に、うみかが言う。

「私、夜を怖いと思ったこと、ないから。お姉ちゃんが、暗いけど怖くない、夜の色の空が地球を包んでる本当の空だって言った時、衝撃だった。そうか、夜が怖い人が見る空ってそういうものなんだって、びっくりしたの」

うみかが私を振り返って、少し笑った。前の方で先生のホイッスルの合図が鳴って、今度は私が背中を押される番になる。

「あと、その時に、月を黄色じゃなくて、白に近い金色って言った。――私、月は好きだけど、月は月の色で、黄色でも金でも、うまく表現できない。宇宙から地球を見ても、どんなふうに言えばいいか、きっとわからない。ガガーリンみたいに、きっとあれからずうっと時間が経ってるのに、同じように『青かった』しか言えないと思う」

「そうなの？」

「うん」

少しおかしくなって笑うと、うみかが「だから、お姉ちゃんみたいな人を宇宙につれてくのが、私の夢」と答えた。

「画家の人をつれてって、地球を実際に自分の目で見て絵を描いてもらったり、青も、ただ青じゃなくて、どんな青なのか、言葉で語ってくれる人たちをつれていきたい。何十年かかるか、わかんないけど」

「つれてってよ」

私は言った。

「私が死ぬ前に、そういう時代にしてよ」

「でも、正直、お姉ちゃんは間に合わないかも」

「何だと」

真剣に腕組みして考えるうみかの物言いが本当にこの子らしい。「そういえば」と、せっかくだから私も尋ねてみる気になった。

「海に行った時、貝殻の音のことも話したよね。私が海の音だって言ったら、あんたが違うって言ってそれで怒っちゃったけど、あの時、本当はなんか言おうとした？『その音は』って言いかけて、やめてた」

「ああ――」

うみかが長く息を吸い込んだ。どうやら覚えているらしい。唇をきゅっと結ぶ。うみかが小声になって、答えた。

「『その音は、お姉ちゃん自身が奏《かな》でてる音だよ』って、言おうとしたの」

私は咄嗟に妹を振り返った。私の背中を一生懸命押してる頭が見える。髪は、病院で切った時よりも少し伸びてきた。

すごくいい、と思った。思わず言った。

「うみか、きちんと言葉にできてるよ。奏でてるなんて言い方、私もできないよ」

「そうかな」

ピー、とまたホイッスルが鳴って、ストレッチが終わる。立ち上がった私たちはお互いの顔を眺めた。

集合の合図がかかって、先生のもとに走り出すとき、うみかが私の腕をすっと掴んだ。柔らかい手の感触と体温を感じた途端、無性に、この子は私の妹だ、と思った。

考え方が似てなくても、姉より頭がいいかもしれなくても。無条件で私の腕を頼っていいのは、この地球上で、この子だけだ。

キーン、と頭上で高い音がして、振り仰ぐと空に飛行機が飛んでいた。白い飛行機雲が線を残している。

一九九二年の秋空がこんなふうに高かったことを、覚えていようと思った。

『この同じ空の下で、毛利さんとエンデバーの無事の帰還《きかん》を祈りながら待っていた子供は、きっと私たちだけではないと思う。教室や学校の枠《わく》をこえて、私たちはまったく知らない日本のどこかの子たちと気持ちがつながって、一つになっていた。』

私が書いた、二度目の『銀河』の締めの言葉。私の、小六の秋の思い出だ。

孫と誕生会

1

実音《みおん》たち家族がうちに戻ってくるのが決まったのは、唐突だった。

仕事が忙しいとかで、盆暮れや正月にだってあまり連絡をしてくることがなかった長男の孝治《こうじ》から、昨年末、急に電話がかかってきた。アメリカ、ニュージャージー州からの国際電話だ。

「日本に戻ることになったから、一緒に住まないか？」

長く連れ添ったばあさんをガンで失ってから、すでに十年近く経っていた。その間、俺は、先祖代々の家に、一人で暮らしていた。

そろそろ七十近くなった俺の面倒を見るために「一緒に住んでやる」というような恩着せがましい提案だったら断ろうと思っていたが、電話口で提案する孝治にそんな気持ちは薄そうだった。

「いや、美貴子《みきこ》も実音も、もう引っ越しや転校は嫌だって言うんだよ。これまでだいぶ振り回したからな。日本に戻るんだったら、もう、一つの場所で落ち着いて暮らしたいって」

「それで、どうしてうちなんだ」

「家を建てようと思ってさ」

孝治はいとも簡単に言った。

「うちの敷地内に、農作業で使ってた小屋、あったじゃない？　あそこ、今何も使ってないなら、潰《つぶ》してその分の土地、俺にくれないか？　美貴子がもうマンションじゃヤダって言うんだよ」

孝治の仕事は、新聞などでもよく名前を見る電機会社の広報だ。四月から、東京にある本社に異動が決まり、今後は、二時間近くかかるが、千葉にあるわが家から通勤する生活にしたいという。

農作業で使っていた小屋は、ばあさんと一緒にスイカの畑をやっていた頃、出荷の箱入れ作業をしていた場所だった。

今は、畑の大部分は人に貸して、スイカは、自分の家で食べる分と、親戚や友人に配る分しか作っていない。売り物ではないから、気楽に作っている。敷地内の小屋は、確かに使っていないし、物置同然になっていた。

俺は、長男とも次男とも、もう一緒に暮らすことは二度とないのだろうと思っていたし、さりとて、そのことを寂しいとも感じていなかった。近所の連中とチームを組んでいるゲートボールは、春と秋に大会があって忙しいし、ばあさんが死んですぐの頃に審判の資格を取ってからは、県の連盟の役員だって任されるようになっていた。大会に出て行くと、俺のプレーを見た相手方のチームが「おい、あの四番はプロだ」と感嘆の声を出す。

連盟役員の肩書きがついてからは、地域からも、やれ防災部長だの老人クラブの組長だの、とお役目は途切れなかった。寄り合いや会議もたくさんあったし、それに比例して、旅行や飲み会など、遊びの誘いもだいぶ増えた。

もともと、農業を継がせようという気もなかった息子二人は、ともに大学に進んだ後はこの家を出ていた。

次男の永太《えいた》は、隣の市の役所に勤めていて、結婚し、子供ができたタイミングで、ここことは離れた場所に一軒家を買った。同居していないとはいえ、同じ県内に住んでいるし、孫の乃々果《ののか》や陸久《りく》をつれてうちにもしょっちゅう遊びに来る。幼稚園の運動会みたいなものにだってよく呼ばれ、向こうの家にも年に何回かは泊まりに行っていた。

しかし、長男の孝治とは、ここ数年素っ気《そけ》ないやり取りが続いていた。

三年前にアメリカに転勤になって、家族でそっちに行ってしまってからは特にそうだった。電話がある以外は、たまの法事に会うくらいで、うちには滅多に帰ってこない。

何度かアメリカに遊びに来ないか、とも誘われたが、海外旅行は何かと準備も大変そうだったし、ずっと断っていた。孫の実音にももうだいぶ会っていない。確か、もう八歳だ。

とはいえ、同じ敷地内に住む、という申し出を積極的に断る理由もまた、特になかった。次男の永太も、自分はもう家を買った後だからか、それを不公平だと騒ぎ立てる様子もない。それどころか、気楽に言う。

「よかったじゃないか。親父もこれから年を取ったら心配だし、兄貴たちが一緒に住んでくれるなら安心だよ」

年寄り扱いされるのは癪《しやく》だったが、結局は、孝治の申し出を受けることにした。

いくら有名な会社に勤めているとはいえ、いざ家を建てるとなれば、生まれ育ったこの土地を選び、実家を頼ってくるところが、かわいげがあるようにも思えたのだ。

孝治がアメリカでの仕事を片づけて、うちに戻ってきたのは、今年の三月だった。

彼らが住む予定の家はまだ建設中で、完成まではしばらく俺の住む母屋《おもや》で同居することになる。

「おとうさん、お世話になります」

ひさしぶりに会う美貴子さんが丁寧に頭を下げて挨拶《あいさつ》する。ばあさんが亡くなって以来、俺は自分の食事は自分で面倒を見てきたが、美貴子さんはあっという間にうちの台所に自分の物を持ち込み、向こうで使っていたという浄水器まで水道にはめ込んだ。

「家を建ててからも、ご飯はなるべく一緒に食べませんか」

普通、若い世代は親世代との同居を嫌がるものだと思っていたが、美貴子さんはあまり気にしない人のようだった。言い換えれば、家の中を勝手に自分たちに使いやすいよう変えてしまうような遠慮のない――図々しい性格でもあるようだ。

新居を建てるため、農作業用の小屋を潰して平らになった土地は、まだ基礎を作っている段階だった。

小屋の前に毎年チューリップや水仙の花を植えていた俺は、その辺りを整理するため、作業着姿で、首に手ぬぐいをかけて土をいじっていた。すると、後ろに誰かが立った気配を感じた。

「――何してるの」

孫の実音だった。

実音は、春休み明けの四月から地元の公立小学校に通う予定だという。孝治や永太も通ったのと同じ学校に孫も通うのかと思うと感慨深い。春からは、三年生だ。

「前に植えた花の苗や球根か何かが残ってるとよくないかな、と思って掘ってるんだ。――ほら」

たまたま、掘り返した場所に太いミミズが動いていた。驚かそうと思って、手のひらに載せて振り返ると、実音がたちまち「うわあっ！」と大声を上げて飛び退《の》いた。想像以上の反応に、満足して、かかっと笑う。

実音に会うのは、一家がアメリカに行って以来だ。実音はまだ幼稚園に通っていた。小学生になってだいぶ女の子らしくなっているかと思ったが、ショートカットで痩《や》せた実音は、男の子だと言っても通りそうなくらいだった。手足ばかりが伸びてひょろひょろしている。

「なんであんなにガリガリなんだ」

孝治に尋ねると、首を傾《かし》げていた。

「そう？　今の子じゃあれくらい普通だよ」

きちんと食べさせているのかと疑問に思ったが、何度か食卓を一緒に囲んで、呆れた。

実音は偏食がひどく、白米をほとんど食べない。朝は、箱から出したお菓子みたいな粒に牛乳をかけて食べていて、「それは何だ」と俺が目を剝《む》くと、仏頂面《ぶっちょうづら》で「コーンフレーク。知らないの？」と言われた。

あんなものは食べたうちにも入らないだろうと思うのに、美貴子さんもそこは甘いのか「すいません、おにぎりを握ったりしても食べないもので」と苦笑していた。出勤が早い孝治も、注意することもなく家を出ていく。

夕飯にしても同じようなもので、白米をろくに食べずにおかずだけ適当につついて席を立つ。

俺が、「もういいのか？　食べないのか？」と声をかけると、露骨にうるさそうな顔をする。「ご飯、あんまり好きじゃないんだもん」と言うのを聞いて、耳を疑った。

アメリカ帰りだから仕方ないかもしれないが、白米なんて好きとか嫌いとか思うものではないだろう。理解できない俺の前で、実音は、さっさと座敷に行ってしまい、一人で携帯ゲームをしたりしている。

日本に戻ってきて、まだ学校も始まっていないからやることがないのだろうけど、実音は家でテレビを見ているか、本を読むかゲームをしていることが多い。

帰ってきたばかりの頃、「英語、話せるのか？」と尋ねると、ちょっとめんどくさそうな顔をしながら「話せるよ」と答えた。自分の孫が英語を話すというのもなんだか不思議な気がして、「話してみろ」と言うと、顔をしかめた。「嫌だ。見世物じゃないし」と言って、すぐに奥に引っ込んでしまった。

三年前は、まだ、俺にもよく懐《なつ》いて、うちに来れば一緒に畑に行ったりもしていたと思うのに、今はまるで別人のようだ。

たまに外に出てきても、ミミズに戦《おのの》いて、ぎゃっと叫ぶような、所謂《いわゆる》〝もやしっ子〟だ。

「ミミズが怖いのか？」

尋ねると、俺から盛大に遠ざかった実音が、「別に」と言う。そう言いながらも、いつまたミミズを差し出されるのかと怖がるように、目が俺の手に釘付けになっていた。

「それ、置いてよ」

と、俺に向けて、手を左右に振り動かす。

——学校が始まる少し前、美貴子さんが、実音を座敷に座らせて「がんばろうね」と声をかけているのを見た。

俺はちょうど風呂から上がったばかりで、二人は、俺が見ていることには気づいていないようだった。

美貴子さんが言った。

「怖がらなくても大丈夫。きっと、今度の学校では仲のいい子がいっぱいできるよ」

実音の返事はなかった。美貴子さんがそう言って手を握っても、うんともすんとも反応しない。だるそうに、猫が寝返りを打つような仕種で、美貴子さんのエプロンに、甘えるように顔を埋《うず》める。

その日遅く、実音が寝てしまってから、帰ってきた孝治に、俺は尋ねた。

「実音は、前の学校の友達とどうだったんだ」

「うーん。なんか、向こうで入れたインターナショナル・スクールであんまりうまくいかなかったみたいで」

孝治の歯切れは悪かった。

インターナショナル・スクールは、日本人だけではなく、いろんな国籍の子に英語で授業をする学校だそうだ。「日本人学校だったら、また違ったのかもしれないけど」と、孝治が続ける。

「仲がいい子があんまりできなかったみたいなんだよ」

「なんでまた」

子供同士なんてものは、放っておいても仲良くなるものじゃないのか。不思議に思って聞く。

「外国の子供相手だからうまくいかなかったのか？　向こうから何かされたとか」

尋ねると、孝治が顔をしかめた。「そういう言い方はちょっと差別的じゃないかな」と言った後で、肩をすくめる。

「今の子は繊細だからさ。親父や俺たちの時とは違って、特に何かがあったからっていうような単純な問題でもないんだよ」

「何だそりゃ。何もないのに、友達ができないのか？」

おそらく、実音や美貴子さんがもう引っ越しや転校は嫌、と言った原因は、その辺りにもあるのだろう。

しかし、違う国の子たち相手だったとはいえ、友達ができないという実音は、少し情けなくないか。やられたらやり返すくらいの気持ちでなければ、海外でも日本でも、生活なんかできない。

孝治たち両親は、やはり、ちょっと甘やかしすぎだ。

2

仲のいい子ができるかどうか……という、孝治と美貴子さんの心配は、どうやら杞《き》憂《ゆう》に終わった。

「お母さん、今日ね、エリちゃんちに遊びに行ってくる！」

ランドセルを母屋の縁側から放り投げるなり、買ったばかりの自転車に跨《また》がって、実音が出かけていく。

それに、「晩ご飯までには帰るのよー」と声を返す美貴子さんも嬉しそうだ。

俺は、実音が投げ入れたランドセルを眺めながら、広げた新聞紙の上で爪を切っていた。

実音が遊びに行く、と言ったエリちゃんは、おそらくこの地域の給水塔の裏手にある、新しくできた住宅街の子だ。この辺りは昔からご近所付き合いの強い一帯なので、新しい住民が入ってきても、それなりに顔がわかる。孝治のように、実家の近くに家を建てて住むような人たちも多い。

実音の通う小学校にも、実音の担任でこそないが、聞けば、孝治の同級生で今は先生をしている人がいるという。転校の手続きで学校に行った際に、旧友と再会したという孝治はとても喜んでいた。

「こっちに戻ってること言ってなかったからさ。今度、当時のクラスのヤツら何人かで飲むことになったよ。みんな、親父さんも元気だって」

孝治たち一家の新居は、母屋の横に半年程度で建った。

食事と風呂はこれまで通り母屋で俺と一緒にするが、七月には、実音たち一家は本格的に家具などを新居に運び込んで、新居で暮らすようになった。実音にも子供部屋が与えられた。

孝治たちが戻ってきたことで、もともと近くに住んでいた次男の永太一家も、さらに頻繁《ひんぱん》にうちにやってくるようになった。

次男のところの孫である乃々果や陸久が、「じいじー」としがみついてくる。五歳と三歳、幼稚園児の二人は、秋の〝お楽しみ発表会〟に向けて、お遊戯と歌の練習の真っ最中だ。「見てて見てて」と、俺の前でも、何度もやってみせていた。

「じいじの畑が見たい」と言うので、まだ収穫前のスイカが残る畑につれて行く。今年は、去年ほど大きくはないのだが、永太のところの二人の孫はスイカが大好きなので、小ぶりのスイカでも喜んで食べる。聞けば、外食の時にも、レストランでスイカが使われたお菓子のメニューなどを見ると「これ、じいじのとこのスイカかな？」と話しているそうだ。

大人数でスイカを食べる時、わが家では昔から、ちゃぶ台いっぱいにビニールシートを敷く。その上に切り分けた大量のスイカと食塩の瓶を置き、各自が手づかみで好きなだけ食べるのだ。

口元も手もべたべたにした乃々果と陸久は、小さい体でよくもそんなに、と思うくらいのスイカを食べ、俺の肩や背中に乗ったりして、大はしゃぎしていた。

実音は、アメリカに行っている間、イトコたちとも会っていなかったが、乃々果も陸久もすぐに「お姉ちゃん、お姉ちゃん」と実音に懐き、新しい家にある実音の部屋で三人で遊ぶようなこともよくあった。実音が大事にしているおもちゃを乱暴に扱われて壊されたり、乃々果から別れ際に人形を「欲しい」とねだられて、あげる羽目になったりして、それで実音が機嫌を損ねていることもあったが、まぁ、仲良くしていた。

年の離れたイトコたちと違って、実音はスイカもあまり食べない。

いつまでもいつまでも、フォークでちまちまと一つずつ種を取っていて、その几帳《きちょう》面《めん》な様子がじれったかった。実音が一つ食べ終わる頃には、イトコたちは三つも四つも食べているので、実音の取り分はどんどんなくなる。

「種なんか、口に入れてから吐き出せばいい」

俺が注意すると、実音は「汚れるもん」と顔をしかめていた。

「汚れたって、後で洗えばいいだろう」

「――おじいちゃんやおとうさんたちが音立てて、ぷって種飛ばして食べるの、なんか嫌なんだもん」

一体何を言っているんだ、と思ったが、美貴子さんが「すいません、おとうさん」と謝るので、それ以上は俺も何も言わずにいた。

夏休みに入る少し前、実音が「熱がある」と言って初めて学校を休んだ。寝ている娘を残して、美貴子さんが近所のスーパーに買い物に行く。「おじいちゃん、実音を頼みます」と言われて、俺は「わかった」と母屋に残った。

若夫婦の家が建ってからも、うちは郵便受けが一つだけだった。美貴子さんの留守中に届いた手紙が、宛先が英語で書かれたものだった。英語の下にかろうじて読み取れる下手クソな文字で「木原《きはら》実音」と書いてある。

向こうの友達からの手紙かもしれない。

寝ている実音が見れば喜ぶかもしれないと、普段はあまり行かない新居の、実音の部屋まで行く。

「手紙だぞ」と、ドアを開ける。

すると、実音は起きていた。

てっきり熱を出して寝ていると思ったのに、パジャマ姿の実音は、起きて、勉強机の前に座り、――アイスを食べて、小さい画面のゲームをやっていた。入ってきた俺の方を振り返り、その顔がみるみる、真っ赤になる。

俺も俺で、目を見開いた。

手紙を手にしたまま、「何をしてるんだ」と声が出る。

実音の顔が強張《こわば》っている。次の瞬間、「なんで、勝手に入ってくるの！」と叫んだ。手にしていたアイスとゲームを、自分の背中にさっと隠す。

「ノックぐらいしてよ！　信じられない」

「俺はただ、手紙が来てるからと思って。それより、お前、熱は」

「さっきまで寝てたよ。寝てたけど、今、ちょっと具合がよくなったから、だから起きてただけで」

母親が出かけたのをいいことに、アイスを食べてゲームをしていたというのか。実音が言う。

「もう、向こう行ってよ」

「友達から手紙だぞ。嬉しくないのか」

海外からの手紙を突き出すと、実音がようやく、手紙を手に取った。俺には読めない相手の名前を見て、「友達じゃないよ」と答える。その声が力なかった。

「向こうの学校の、先生からだよ。読むから、ほんともう、向こう行っててよ」

追い出されるようにして部屋を出ると、そこにちょうど美貴子さんが帰ってきた。

迷ったが、美貴子さんと、夜になって戻ってきた孝治にも、実音が休んでゲームをしていたことを伝えた。

「怠け癖がつくぞ」と注意すると、孝治からは、うんざりしたように「実音も怒ってたよ。監視されてるみたいで嫌だって」と言われた。

なんて言いぐさだと思ったが、熱が下がっていたのは本当なのか、実音は翌日にはきちんとまた学校に行った。

「もしたまにズル休みしてるかなって思うことがあっても、大目に見てやってください」

美貴子さんに言われたが、俺にはそんな考え方はまったく理解できなかった。孝治から「時代が違う」と言われても、ならおかしいのは今の方だ、と言い返したかった。


孝治も永太も、大きくなってからはいざ知らず、小さい頃は自然の中を駆け回るのが好きな子供たちだった。東京近郊だとはいえ、この辺にはまだまだ昆虫の捕れる森も林もあるし、子供の遊べる遊具の置かれた神社や公園も多い。

実音も、友達の多くとそういうところで遊んでいるようだった。スイカも白米もろくに食べず、コーンフレークばっかりだったとしても、そんな姿を見れば安心するのか、「帰ってきてよかったよ」と、孝治たちは言っていた。あれからはズル休みもないまま、学校は夏休みに入っていた。

とはいえ、すべてが順調だというわけでもまた、ないらしい。

夏休みのある日、実音がまた、いつか座敷で見た時のように美貴子さんと二人でいた。母親のエプロンに顔を埋めて、泣いていた。美貴子さんが食事の支度をしているところに飛び込んできて、急に泣き出したらしい。

こっそりと「どうしたんだ」と声をかけると、美貴子さんが実音の背中を撫《な》でながら、やはり小声で教えてきた。

「――クラスの友達のお誕生会に呼ばれなかったみたいで」

「お誕生会？　誰のだ」

「リサちゃんっていう……、駅の近くの新しいマンションに住んでる子で」

俺に聞かれたことが嫌だったようで、実音が涙でさらに声を詰まらせる。それぐらいのことで泣くな、と思ったが、美貴子さんが深刻そうにため息をついた。

「この子と一番仲がいいエリちゃんも呼ばれたんだけど、実音は呼ばれなくて。クラスの女の子の中で、呼ばれなかったのは三人だけだったそうなんです」

お誕生会は、漠然としかイメージができないが、おそらく、親が料理やケーキを作るか買うかして、子供の友達を招待するものなのだろう。呼ばれた子たちがプレゼントを持ち寄り、その子の誕生日を祝う。学校の行事ではないから、確かに何人呼ぶか、誰を呼ぶかは自由だ。

実音が呼ばれなかったというリサちゃんのお誕生会は、一学期のうちから、呼ぶ子のもとにだけ手作りのチケットが配られていたらしい。「呼んでない子もいるから、こっそり見てね」という注意とともにそれらがやりとりされる気配を、実音も感じていたという。

　今日、そのリサちゃんのお誕生会が行われ、実音はいつも遊びに行く公園で、そこから帰ってきた子たちとたまたま会ってしまったらしい。みんながなんだかよそよそしく、気まずそうで、それで今日がお誕生会だったということを知った。

「三人だけ呼ばれなかったなら、その三人で仲良くすりゃいいじゃないか」

　俺が言った途端、それまで静かに泣くだけだった実音が、がばっと体を起こした。顔が真っ赤で、涙のせいで前髪が額《ひたい》にぺったりと張り付いている。

「嫌だよ！」と実音が叫んだ。

「残りの二人は、暗かったり、空気読めなかったりして、本当にずっと嫌われてる子たちなんだよ。そんな子たちと一緒にしないでよ！」

「実音！」

　美貴子さんが注意するが、実音は首を振る。そのまま、母屋を出ていこうとするので、思わず俺も呼び止めた。

「友達に嫌いなんて言葉を使うな。そんなんだから、うまくやれないいんじゃないのか」

　実音は返事をしなかった。怒ったように肘《ひじ》をぐっと張って、自分の家の方に走っていった。美貴子さんも追いかけなかった。

「実音は仲間はずれにされてるのか？」

本人がいなくなったから聞くと、美貴子さんが困ったように「仲間はずれってほどじゃないと思うんですけど」と答えた。

「クラスに仲がいい子もたくさんいるんですけどね、だけど、中心人物の女の子とは気が合わないみたいで。——アメリカにいたことや、英語が話せることを自慢してるって陰で言われたって、転校した頃から、ちょこちょこと気にしてたみたいです」

「困ったもんだな。友達なんて、自分からどんどん話しかけなきゃできないぞ」

ぐじぐじと考え込む実音は、きっと、自分からではなくて、相手から来てもらうのを待つような性格なのだろう。誰とでも仲良くできる子ではないようだ。

アメリカ帰りを自慢していたというのも、おそらくは、まったく謂《い》われのない悪口でもないのだろう。転校した最初は、実際に少しくらいは自慢してしまったのかもしれない。

実音の小学校は、一学年二クラスの小さな学校だ。

まだ三年生なのに、先が思いやられる。

どうして、クラスの女子のうち、「お誕生会に呼ばれない三人のうちの一人」になってしまったのか。

実音は実音なりに気にしたらしく、美貴子さんと話したり、だいぶ頭を悩ませているようだった。

ひょっとすると、運動神経が悪くて、体育でやる球技やリレーでみんなの足をひっぱるせいかもしれない、と、夏休みの終わり頃、毎朝ジョギングをするようになった。

俺のスイカ畑の横の道もコースに含まれているらしく、早朝の水やりをしていると、実音が一人で息を切らして、ふっふっと走っていく。

俺は昔から、足が速く、学校でも地域でも代表選手に選ばれることがよくあった。走る実音の手がぶれすぎているのが気になって、「もっと、手を動かさないでぴたっとした方が早く走れるぞ」と声をかけたが、実音は不愉快そうに顔を背けて、「知らないし」と呟いた。

なんて言い方だ、と思ったが、孝治と美貴子さんから「ちょっと、放っといてやって」と言われた。

しかし、気になったのか、実音は翌日からは手のぶれが少なくなった。そうなると今度は、足を重そうに動かすことが気になって、腿《もも》を上げたらどうだ、と言いたくなった。

その通り伝えると、やはり「うるさいなぁ」と言われ、孝治と美貴子さんからもまた「おじいちゃん、ちょっと黙って」と注意された。けれど、無駄に走るより、誰かが注意してやった方がいい。

朝走るせいで腹が減るのか、実音の朝ご飯は、いつの間にかコーンフレーク以外にも目玉焼きや味噌汁、時には白米のご飯が並ぶようになっていた。

3

学校で、子供たちに竹とんぼ作りを教えてくれませんか——という依頼があったのは、二学期が始まってすぐだった。

九月半ばの敬老の日に合わせて、学校でも〝お年寄りとのふれあい月間〟というのを設ける。地域のお年寄りに挨拶をしっかりしましょう、ということを呼びかけたり、自分の家の祖父母に絵を描いたり、各学年ごと、さまざまなことに取り組むそうだ。

うちに連絡してきたのは、実音の学校に勤める、孝治の元同級生だという先生だった。

「実音ちゃんのいる三年生のクラスでは、お年寄りの方から昔の遊びを教えてもらう授業をやろうと思っていて。どうですか？　僕、小さい頃に孝治くんの家でおとうさんと竹とんぼを作って、飛ばし方も教えてもらったの、よく覚えてるんです」

いくつかあるうちのスイカ畑の一つの裏手に竹藪《たけやぶ》があって、昔はそこでたまに竹を取ってきた。七夕の飾りにもしたし、孝治や永太が小さいうちは、おもちゃなどもあまり買ってやれなかったから、竹とんぼを作ってやり、近所の友達と遊んでくるようにも言ったことがある。

「別に構わんよ」と言って、俺は授業の依頼を受けた。

竹とんぼを作る集会に合わせて、子供たちも予行演習として、小刀を使えるようにしておくということだった。カッターすらろくに使ったことのない子供たちにとっては、確かに小刀は大冒険なのだろう。

学校から小刀で鉛筆を削る宿題が出されたらしく、実音も家で、夕飯の後、机に新聞紙を広げて、頼りない手つきでよたよたと鉛筆を削っている。

右手の添え方が悪い、と怪我をするのも危ないからまた口を出すと、「うるさいなぁ！」と案の定怒られた。

「おじいちゃん、学校、来るんだ」

手元の小刀を動かしながら、実音が聞く。目はじっと小刀と鉛筆の先を見ていて、俺の方は見ていなかった。

授業で使う竹とんぼの素材を作るため、俺は俺で、その頃準備を始めていた。竹とんぼは、羽根と軸、二つの部分からできている。まずは竹をノコギリで切り、筒状になった竹を斧《おの》や鉈《なた》で割って、素材を作る。

斧や鉈を子供に使わせるのは危ないし、限られた授業の時間ではとてもそこからはやれないので、当日までに俺が人数分の羽根と軸の素材を用意しておくことにしていた。子供たちには、板状にした薄い竹を小刀で削らせ、キリで穴を空ける作業をさせるつもりだった。

「おう、行くよ。実音の組に」

「……みんなに教えるんだよね」

「ああ」

しゅ、しゅ、と動かした実音の小刀が、鉛筆の芯をがつっと乱暴に削って、勢い余ったまま、新聞紙に刃をぶつける。「ふうん」と頷《うなず》いた実音が、先がカラスのくちばしのように尖った、不格好な鉛筆をしまう。

「お風呂入る」と言って、そのまま、居間を出て行ってしまった。


九月の終わりにあった俺の竹とんぼ作りの授業は、実音のクラスと、隣のクラス、三年生の学年全員が参加するものになった。

会場となる体育館に、竹の匂いが充満する。

実音と同じくらいの子供たちが、全部で六十人ほど。体育座りで、足元には一人一つずつ小刀を置いて、一斉に俺と先生の方を見ている。

実音は背が高いので、後ろの方に座っていた。体育座りの膝《ひざ》に胸をだらしなくよりかからせるようにしているのを見ると、「しゃんとしろ」と注意したくなるが、みんなの前に身内が立っているのが照れくさいのかもしれない。ことさら、こっちを見ないようにしている気配を感じた。

用意された、脚に車のついた黒板に、担任の先生が『竹とんぼを作ろう　～昔の遊びをやってみよう～』と書く。俺をみんなに紹介する。

「今日は、実音さんのおじいちゃんの木原さんを特別講師としてお招きしました。ええと、実は、実音さんのおとうさんは、五年生の吉村《よしむら》先生と小学校の同級生なんです。吉村先生が子供だった頃から、実音さんのおじいちゃんは竹とんぼ作りの名人だったそうです」

子供たちが「ええー」とか、「そうなんだ」と素直な反応を見せて、互いに顔を見合わせたり、実音の方を見たりする。

実音のすぐ前の子が、後ろを振り返って、「すごいね」とか何か言ったように見えた。実音の膝を、揺らすように軽く押す。実音は恥ずかしそうに、俺の方を見ないまま、その子に向けてだけ笑った。

「じゃ、どうぞ。よろしくお願いします」と、先生からマイクを渡され、みんなの前で最初の挨拶をする。

最近の子供は昔と違って子供らしくない、というニュースをよく見たりするが、前に立ってみると、そんなことは全然なかった。みんなが興味津々といった様子で、目を輝かせてこっちを見ている。

「孫の実音がいつも世話になってます」と挨拶する。

「竹とんぼを作るのはそんなに難しくないけど、小刀を使うから怪我だけはしないように。できなかったり、わからないことがあれば、私になんでも聞いてください。みんなで校庭で飛ばせるようにがんばりましょう」

返事が返ってくることなんか期待していなかったのに、言い終えると、体育館じゅうに反響する声で「はいっ」と返事がそろう。

どうやら、想像以上に気持ちのいい子たちのようだ。

作業に入ってすぐから、子供たちの何人かは、「ここがわかりません」「うまくできない」と、俺に助けを求めてきた。数人で輪を作って作業しているところを見に行くと、屈託《くったく》なく話しかけてきて呼び止められたりもする。一人に教えていると、そこを別の子もすぐに見にやってきて、俺の周りには、たちまち人垣ができた。

「お師匠《ししょう》さま、これは?」

「お師匠さま、これで合ってる?」

お師匠さま、お師匠さま。

漫画か何かの影響なのか、一人の男子がそう呼んだことをきっかけに、次々と子供たちからそう呼ばれた。ふざけているのかと思いきや、彼らも弟子入り気分になるのが楽しいらしく、ならば、と俺も期待に応えるように、小さな弟子たちに、小刀の使い方を教えていく。

竹とんぼで難しいのは、羽根を左右均等に削ることだ。軸を差す穴の部分だけを残して、表の青々とした部分を薄くしていく。左右で厚みや形状に差が出ると、当然風を受けるバランスが悪くなって、飛びにくくなる。

子供たちは、今は当たり前に教室にも電動の鉛筆削り機があるので、鉛筆を自分で削ったのも先日の宿題が初めてだったという。

おたおたとした手で一生懸命に羽根を削っている子もいれば、要領がいいのか、作業を始めて早々に「わからない、お師匠さま、やって」と人頼みにしてしまう子もいる。

やたらと人なつこい子たちも何人かいて、中に、体格の大きな、目鼻立ちのはっきりした女の子がいた。マナカちゃん、というその子は、実音のクラスの委員長だった。

「お師匠さま、私のも見てください。表はうまくできたんだけど、裏も、同じくらい薄くなんてできるんですか」

はきはきと、明瞭《めいりよう》な話し方をする子だった。頭もだいぶよさそうだ。

俺は、前に美貴子さんから聞いた話を思い出していた。実音が、クラスの中心人物の女の子と合わない、アメリカ帰りであることや英語を話すことで敬遠されている、という話だったが、それはひょっとするとこの子のことだろうか。

確かに気が強そうな子だが、マナカちゃんは、見ていると、よく気がつく子でもあった。ただ人任せにしようと俺のところに来るわけではなくて、わからない他の友達にも、俺に聞いてきたことを教えている。みんなから好かれているようで、できない友達のことも、一緒に俺のところにつれてきた。

「お師匠さま、サツキちゃんのは、ちょっとこっちを削りすぎたんだけど、こうなってもまだ大丈夫ですか？」

きちんと敬語を使い、友達の分までしっかり面倒をみてやっている。

羽根が削れた子から順番に、今度は軸作りの作業に移る。キリで空けた羽根の穴に差すため、先端をなるべく細く鋭く削るのだが、あまり細すぎても穴にうまくはまらないし、調整が必要だ。できた軸は、羽根に直角に差さなければうまく飛ばない。

一時間を過ぎた頃から、一人、二人と、竹とんぼが完成した子が出始めた。

薄く削った羽根にマジックで自分で名前を書き、体育館のあちこちで飛ばす子が現れ始める。マナカちゃんは早くに完成させた一人で、担任の先生に「校庭で飛ばしてもいいですか」と聞いている。

「お師匠さま、飛ばし方教えてください」

マナカちゃんや、他の男子たちに言われ、俺も一緒に校庭に出た。体育館のすぐ脇なので、校庭でも、体育館のわきにある開いた扉から、作業をしている子たちの姿はよく見える。

両方の手のひらに軸を挟み、右手と左手を擦るように動かす。

やり方を教えても、子供たちは最初、うまくできなかった。軸と羽根の角度がきれいな直角でない子もたくさんいた。

「どれ、貸してみろ」

一人の子の竹とんぼを借りて、少し軸の差し方を変え、子供たちのものよりだいぶ厚みが違う俺の手が竹とんぼを飛ばすと、それは、我ながらびっくりするほど高くまで、ひゅーん、と音を立てて、空を舞った。

「わあー！」

子供たちから歓声がわき起こる。

「お師匠さまがやると全然違う！　魔法みたい！」

「左手は動かさないで、右手だけ押し出せ。間違えて引くと、自分の顔の方に飛んでくるから、注意しろ」

子供たちにせがまれるまま、竹とんぼを飛ばしていると、担任の先生が「いいですね」と声をかけてきた。

「僕もうまく飛ばせないんですけど、何が悪いのかな」

「あー、先生は真上に向けすぎだな。もっと、斜め上の方に向けて、右手を押し出すようにして」

説明しながら、横目に子供たちを見ると、手作りの竹とんぼはみんな、削った羽根の厚みや形状に応じて、前にしか飛ばなかったり、上に飛んでもすぐに落ちてしまったり、さまざまだ。あれこれ試行錯誤しながら、楽しそうにやっている。

ふと、実音が気になった。

今日の授業の間、「お師匠さま」とやってくる子と、そうでない子がいたが、実音は、一度も俺のところに来なかった。実音と仲が良いというエリちゃんにしても、来た覚えがない。

振り返ると、体育館の中で、実音がまだ羽根を削っているのが見えた。手元の小刀と羽根をじっと見つめて、友達と小さな輪の中で作業している。

このままじゃ、授業の間に、飛ばすところまでいかないかもしれない。手伝ってやろうかと戻ろうとしたところで、先生にまた呼び止められた。

「今日のこの様子、学校通信に書いてもいいですか？　校長もさっき来て、とても喜んでいました」

「ああ、そりゃあ、もうぜひ」

「お師匠さまー、見て見てー。飛んだよー!」

声がして、そっちの方向を見る。数人の子供の竹とんぼが、気持ち良く音を立てて、回転しながら上がっていく。

「おお」

答えて、次に体育館を振り返ると、さっきまで入り口に近い場所にいた実音は場所を移したのか、もう俺のところからは見えなくなっていた。

授業の翌月、担任の先生が言った通り、学校通信には、俺の記事が載った。

学校通信は、学年の生徒だけに配られるものではなく、全校生徒に配られるものなのだと、美貴子さんが嬉しそうに教えてくれた。

『竹とんぼの授業　お師匠さま、教えて!』という見出しのついた記事には、いくらなんでも俺はこんなによぼよぼじゃないよ、というおじいさんのイラストと、竹とんぼの写真が入っていた。

『子供たちから、「お師匠さま」、「お師匠さま」と声をかけられながら、実音さんのおじいちゃんはとても優しく、みんなに竹とんぼの作り方を教えてくれました。』

記事を読んで、美貴子さんが「実音、よかったね」と言う。

「おじいちゃんがみんなの人気者になって鼻が高かったでしょう」

そう言われても、実音は実感が薄そうだった。

きっと「別に」とかなんとか、素っ気ないことを言うのだろうと、期待もしなかったのに、次の瞬間、実音が「まあね」と言って驚いた。

素っ気ない言い方に違いはないけど、まさか、そんなふうに言われるとは思わなかった。

驚いて顔を上げる俺を置いて、実音がまたすぐに席を立ってしまう。後には、学校通信の俺の記事が残された。

俺はそれを、ばあさんの仏壇の前に持っていく。無言で供《そな》えて、線香を上げる。

永太のところの、乃々果や陸久の落書き。

実音の写真。

何かもらった時にいつもそうするように、ばあさんの写真からよく見える場所に、記事を置く。

4

秋から、冬になった。

十二月になっても、実音のジョギングは続いていた。

俺が畑に出ない日の朝も、汗だくになった実音が「お母さん、おなかすいたー」と言って、母屋に入ってくる。最近では、さすがに飽きもあるのか、コーンフレークの出番はかなり減っている様子だった。

朝、美貴子さんに起こされる段階では、「まだ眠い」と渋っていることもよくあるが、そんな調子でふらふら着替えて寝ぼけ眼で出かけていっても、走って帰ってくると、すっかり目が覚めたすっきりとした顔をしている。

最近では、俺も近所から、「お孫さん、走ってるね」とか、「この間、すれ違ったら挨拶してくれた」と言われることが増えていた。

俺も俺で、竹とんぼの授業以来、実音のクラスメートたちから、通学路などで会えば「あ、お師匠さま」とか「実音ちゃんのおじいちゃん」と呼び止められ、挨拶されることが増えていた。

そんな折り、実音からまたお誕生会の話題を聞いた。今度はきちんと実音も招待されるらしい。

お誕生日を迎えるのは、クラスの委員長であるマナカちゃんだ。竹とんぼの授業でも、積極的に俺を「お師匠さま」と慕ってくれたあの子だ。マナカちゃんは年末の生まれらしく、二学期が終わった後、冬休み中にお誕生会を開くらしい。

お誕生会の招待状を渡す時、マナカちゃんは実音に「実音ちゃんのおうち、おじいちゃんかっこいいよね」と言っていたそうだ。美貴子さんに後から、「おじいちゃんのおかげかもしれません」とお礼を言われた。

お誕生会に招待されることが決まってからの実音は嬉しそうで、「何をプレゼントしようかな」と美貴子さんに相談していた。美貴子さんも美貴子さんで、「じゃあ、ババロアを作ってあげるから、プレゼントと一緒にそれも持ってったら？」と話していた。

前に、別の子のお誕生会に呼ばれなかった、と泣いていたのを知っている俺は、内心、それでいいのか？　という気持ちだった。

今度のお誕生会だって、おそらくクラスの全員が呼ばれるというわけではないだろう。三人だけ呼ばれない、と大泣きする女の子が、どこかの家で出ているかもしれないのに、自分が呼ばれるならそれでいいのか。

そんなふうに思いながら、しかし、実音たちが嬉しそうなところに水を差すのも躊躇《ため》われて、さすがに口には出さずにいると、読んでいた県内新聞に気になる投稿を見つけた。

それは、四十代の男性からの投稿で、息子が最近呼ばれた、十二月のクリスマス会に関するものだった。見出しには、「子供のプレゼント交換にもの申す」とある。

『先日、小学生の息子が、友達の家でやるという、少し早いクリスマス会に呼ばれました。プレゼント交換があるということで、そのためのお小遣いをもらうため、食器洗いや雑巾がけなど、家の手伝いを頑張っていました。

当日、息子が買っていったのは、鉛筆とノートのセットでした。文具店でプレゼント用に包装してもらいました。

そして、クリスマス会当日、息子は泣きながら、自分のプレゼントを持って帰ってきました。プレゼント交換で息子のものがあたった子が、「こんなダサイのいらない」と言ったそうです。そして息子にあたった、別の子のプレゼントと交換してほしいと言い、息子はそのまま、自分の持っていったプレゼントを持って帰ってきたのです。』


読んでいて、胸にすっと冷たいものを流し込まれた気分になる。

子供たちのクリスマス会。プレゼント交換。

ちょうど、ジョギングを終えて「ただいまー」と食卓についた実音に、俺はその記事を渡した。

「読んでみろ」

実音がきょとんとした顔のまま、新聞に目を落とす。

読み始めてすぐ、実音の顔色が変わった。黙ったまま、新聞記事をじっと見る。少しして、俯《うつむ》いたまま、実音の口から、声が洩《も》れた。

「……で？」

それは、とても短い声だったので、咄嗟《とっさ》に聞き取れなかった。聞き間違いかと思って「あ？」と答えると、実音がゆっくりと顔を上げた。その顔が、思ってもみないほど、険しく、固まっていた。

実音が俺を見る。

「おじいちゃん、何が言いたいの？」

「何が言いたいってわけじゃないけど、おじいちゃんは、子供のうちからそんなプレゼントを交換したり、招待したりしなかったり、そういうのは感心しないと思って」

「大丈夫だよ！」

実音が叫んだ。その顔が青白い。

「今何が流行《はや》ってるか、私はよくわかってるし、マナカちゃんが好きだって言ってたキャラクターのペンケースを、お母さんと買いに行くから、絶対大丈夫なの！　おじいちゃんにはわからないかもしれないけど、絶対、それで外すなんてことあり得ないもん」

「プレゼントを気に入るかどうかってことじゃないんだよ」

「もうやだ。意味わかんない。せっかく呼ばれたのに」

途中から、実音は涙目になっていた。何も泣くことはないだろうと思うのに、そのまま、わーん、と声を上げて泣き出す。

台所から、「ちょっとどうしたの？」と美貴子さんがやってくると、助けを求めるように美貴子さんのエプロンに顔を埋める。

その時、実音が言った。

「どうせ、おじいちゃんは、乃々果ちゃんや陸久くんの方が、好きなくせに」

度肝を抜かれる。

「は？」と声が出たが、実音は止まらない。

「あの子たちの方が、私よりかわいいんでしょう。一緒に住んでても、私は、どうせ、おじいちゃんが思うようないい子じゃないから、嫌いなんでしょう」

「嫌いなわけあるか」

身内だし、孫なのだから、嫌いも好きもないだろう。

そう思うのに、内心で俺は――微《かす》かに、痛いところを突かれたような気になっていた。実音に言われて、初めて、そんなことを考えた。

――乃々果ちゃんや陸久くんの方が、好きなくせに。

実音もあの子たちも、同じ、大事な孫だ。そう思ってきた。確かにずっと離れていた実音より、乃々果や陸久の方が小さい頃から近くで見てきたし、会う回数も多かった。かわいくて仕方ない。

しかしまさか、それを、実音にそんなふうに思われていたなんて。

言い返せない俺をそのままに、実音が泣く声が、さらに大きく、居間に響き渡る。

美貴子さんがおろおろと「実音？　どうしたの？」と聞く声にも、実音は顔を上げなかった。

5

ばあさんが死んでから、俺は、ばあさんの夢を見たことが、一度だけある。

まさか、あんなに早くにおいて逝《い》かれるなんて思わなかったから、本当は、叶うならいくらだって夢で会えたらいいと思っていたくらいだが、あいにく、ばあさんはあの世が楽しいのか、なかなか俺に会いには来なかった。

一度だけ見た夢は、実音が生まれてすぐのことだった。

美貴子さんが産院から退院し、その足で、孝治と一緒に実音をうちにつれてきた。

「おとうさん、抱いてください」と、俺の胸に実音を抱かせてくれた時、もうずっと昔に、孝治や永太が生まれた時のことを思い出して、懐かしく、胸がいっぱいになった。

ばあさんの仏壇の前に、美貴子さんと孝治と一緒に実音をつれて行き、「初孫だよ」と声をかけた。

――実音は、俺とばあさんの、初めての孫だ。

その日の夜、夢にばあさんが出てきた。

昔、孝治をそうしていたようなおんぶ紐で実音を背負い、泣いている実音を、「よしよしよし」と背中で揺らしている。若い時の姿ではなくて、亡くなる頃の顔をしていた。

足元に、どこからともなくゴム鞠《まり》が転がってきて、俺は「おい、危ないぞ」と声をかける。

「ボールで転んだら危ないぞ」

ばあさんは、転ばない。器用にゴム鞠をよけて、「あれあれあれ」と微笑《ほほえ》んでいる。背中の実音も、いつの間にか泣き止んでいる。

夢はただそれだけで、ばあさんと俺は会話らしい会話もしなかった。

ただ、ばあさんが実音を背負っている、というだけの夢は、あれから何年経っても、忘れたことのない夢だ。

実音と喧嘩をした次の日は、もう、二学期の終業式だった。

学校から帰ってきた実音は、まだ俺に対しても少し、接し方がぎこちなかった。仏頂面をしたまま、「先生から伝言」と、唇を突き出すようにして言う。

「竹とんぼの授業、好評だったから、三学期になったら、今度は五年生と六年生のクラスでやってくれないかって」

「そうか」

「伝えたから」

家族というのは、喧嘩をしても、いつの間にかまた口を利《き》くようになる。同じ家で暮らしているのだから、当たり前だ。

実音の不機嫌がいつまで続くかはわからないが、せいぜいおとなしくしていようと、俺もただ「ああ」と答えた。

6

冬休みになってすぐに、マナカちゃんのお誕生会がやってきた。

普段学校にもなかなか着ていかない、アメリカにいたときに買ったというお気に入りのワンピースを着た実音が、朗らかな声で「行ってきます」と挨拶する。プレゼントの包みと、美貴子さんお手製のババロアが入った保冷バッグを、自転車の前カゴに入れる。

持参するプレゼントは、俺に宣言した通り、マナカちゃんが好きだというキャラクター（最近流行《はや》っている、『プリラバ』とかいうマンガ）のペンケースらしい。美貴子さんとデパートまで買いに行ってラッピングしてもらったのだと話していた。

実音が出かけたのはお昼過ぎで、俺は年末の大掃除に取りかかっていた。美貴子さんもまた、新居の初めての年の大掃除を一生懸命やっていた。途中で母屋にやってきて、こっちの掃除も手伝ってくれる。

しばらくして「お茶にしませんか」と声をかけられた。お歳暮でもらったカステラを取り分けて、二人で食べる。

「さっき掃除してたら、そこの鉛筆立ての中にこれが差さってることに気づいて。あの子も結構、上手に作りましたね」

「何だ？」

美貴子さんがカステラの皿の横に置いたのは、竹とんぼだった。

削った羽根のところにマジックで「三年一組　木原実音」と名前が書かれている。あの授業の日、実音は結局、身内の気恥ずかしさもあってか、一度も俺のところに来なかったから、あの子が作った竹とんぼは今、初めて見る。

手に取って、「へえ」と感心する。

竹とんぼが差してあったという鉛筆立ての方を見て、ああ、と気づいた。中に入っている俺の鉛筆が全部、先端が尖っている。知らないうちに実音の練習台にされていたようだ。ほとんどが不格好な削られ方だが、何本かは先がすっと整って、かっこよく様になっている。

小刀で鉛筆を削る手つきを随分たどたどしく思ったものだが、その練習の甲斐《かい》あってか、実音の竹とんぼの羽根は左右が均等に薄くきれいに削られていた。軸もちゃんと直角に差さっているし、羽根の厚みも、軸の太さもちょうどよかった。うまく、できている。

あの日、これを丁寧に作っていて、時間切れで校庭で飛ばす暇がなかったのだとしたら、実音はせっかく作った竹とんぼを一度も飛ばしていないのかもしれない。もったいないな、と残念に思う。

その時、美貴子さんから声をかけられた。

「おじいちゃん、来年はスイカの収穫、実音にも手伝わせてやってくれませんか。あの子、スイカが大好きなので。自分で穫ってきて、切るところまでやらせてやりたいんです」

「スイカが好きって——、実音がか？」

夏に、ちまちまと種をめんどくさそうに取っていた実音の顔を思い出す。乃々果や陸久が勢いよく食べるのと違って、あの子はスイカもあまり好きではないと思っていた。

「あんまり食べないじゃないか。食べるのだって遅いのに」

思わず口に出すと、美貴子さんがふふっと笑った。「うん、遅いですよね」と頷く。

「だけど、好きなんですよ。好きな食べ物は？　って聞かれると、真っ先に『スイカ』って言うくらい、昔から大好きなんです」

「へえ」

「もっと早く食べられるようになるといいんですけどね」

「そうだな」

ならば、来年は思い切って、汚れてもいい恰好《かっこう》をさせてから庭ででも食べさせてみようか。

考えると、俺も少し楽しみになった。

マナカちゃんのお誕生会は、お昼過ぎから、夕方まで。

たぶん、子供のことだから、夕ご飯の時間になるギリギリまで一緒に遊んでくるに違いない、と美貴子さんからは聞いていた。

しかし、お茶を飲み、大掃除を再開してすぐ、庭に、自転車が停まる音がした。俺は、ちょうど縁側で窓の網戸を外して拭いているところで、その音を聞いて、おや、と身を乗り出す。

庭に、実音の自転車が戻っている。孝治たちの家のドアが、バタン、と閉まる音がした。

帰ってくるのが随分早いな——と思った次の瞬間、新居の方から、実音の、泣き声が聞こえた。美貴子さんが「実音」と名前を呼ぶ声も聞こえる。

明らかに何かがあったことがわかる、大きな泣き声だった。

もういやだ、ひどい、もう何をやったってムダだよ。

ぐしゃぐしゃに崩れた泣き声の中に、そんな言葉が溶け込んで聞こえる。

「走るのも、もうやめる。もう、やだ」

そう聞こえたら、網戸をそのままにして、俺も母屋を飛び出していた。「どうしたんだ」と、玄関先から中を見て、息を呑んだ。

上がってすぐの玄関マットの上に、見覚えのある包装紙がぐしゃぐしゃになって転がっている。包装紙とリボン、ビニールと、キャラクターもののペンケース。——開封されたプレゼントは、おそらく、実音がマナカちゃんに渡すのだと、持っていったはずのものだ。

――まさか。

頭の中で、この間実音に読ませて顰蹙《ひんしゅく》を買った新聞の投稿を思い出す。一生懸命お小遣いをためて買ったプレゼントをダサイ、と突っ返されたという子供の話。実音は、それを読み、自分のセンスだったら絶対大丈夫だ、と俺にだいぶ怒っていた。

リビングを覗きこむと、座りこむ美貴子さんと目が合った。実音はまた、いつも哀しい時そうするように、美貴子さんのエプロンに顔を埋めたままで、俺が来たことには気づいていないようだった。

美貴子さんが俺に向け、「今はダメです」というように首を振る。

俺も無言で、「わかった」と頷き、母屋に戻る。

戻っても、大掃除にすぐに取りかかる気はしなかった。実音の泣き声はだいぶおとなしくなって、もうほとんど聞こえなかったが、声に勢いがなくなった分、心配はさらに募った。

実音に何があったのかを美貴子さんから聞いたのは、それから一時間ほどしてのことだった。

泣き疲れた実音が、自分の部屋で横になったのを見届けて、母屋に飲み物を取りに来た美貴子さんが教えてくれた。

「——お誕生会の途中で、帰ってきちゃったみたいなんです」

「なんでまた」

「持っていったプレゼントが、なんでも、別のお友達とかぶっちゃったみたいで」

「かぶる?」

「同じのを、持ってきた子がいたんですって」

俺は大きく息を吸いこむ。呼吸を整えてから、言った。

「同じのだって、別にいいだろう。二つ持てば」

「そうなんですけどね。持ってきたもう一人の子は、マナカちゃんと一番仲の良い子で、その子のより先に、実音のが開けられて」

マナカちゃんの親友は、前に、実音がお誕生会に呼ばれなかったと泣いていたリサちゃんという子だそうだ。

リサちゃんは、実音のプレゼントが開封された瞬間に、みるみる顔色をなくし、絶望的な声で「私のと、同じだ」と洩らした。そして涙目になって、マナカちゃんを見た。

それまで、マナカちゃんは、実音のプレゼントを開けて、「わー、ありがとう！　ほしかったんだ、嬉しい」と言っていたはずだったが、親友からのその訴えに気づいて、はっとした表情を浮かべた。

気が利いて、頭の回転も速いマナカちゃんは考えた。どうしたら、自分の親友を傷つけなくて済むか。

「そうだ、いいこと考えた！」と、みんなに言った。

「私はリサちゃんからもらったペンケースを使うよ。で、今、ここで私から実音ちゃんに、このペンケースはプレゼントする。実音ちゃんのおうちからはババロアももらったし、それでチャラってことで」

公平なことをやった、という表情で、悪びれる様子もなかったらしい。きょとんとする実音に向けて、「はい、実音ちゃん」と、もらったばかりのプレゼントを突っ返してきた。

「リサちゃんは親友だから、私はリサちゃんの使う。あー、でも、三学期から、同じの使うことになっちゃうのか」

その時初めて、マナカちゃんが微かに嫌そうな顔をした。

空気を読む、という表現を、実音はよくしているし、周りの子もそれはそうなのだろう。それがどういうことなのか、聞いているうちに俺にもだんだん、わかってきた。美貴子さんに、実音は「私、空気が読めない子みたいだった」と、泣きながら訴えたそうだ。

親友が贈るプレゼントと、同じものを持って来ちゃった空気の読めない子。

三学期から、クラスの中心人物と同じペンケースをかぶって使う、空気の読めない子。

「実音ちゃん、それ、家でだけ使ったらいいんじゃない?」と言い出したのは、リサちゃんだった。

すごくいいことを閃《ひらめ》いた、というように。

窮地を助けてもらったマナカちゃんへの恩返しとばかりに、提案する。

「学校で同じの使ってたらまぎらわしいし、家でだけ使ったらいいよ。それに、実音ちゃんはマナカちゃんと違って、『プリラバ』、そんなに好きじゃないよね?」

話の途中から、どの子が何を使って、どう、ということがぐちゃぐちゃにこんがらがって、俺の頭ではよく理解できなくなる。というか、そんなことはどうでもよかった。

わかるのは、実音が、お誕生会で軽んじられたということだ。

バカにされて、帰ってきたということだ。

かくして実音は、お誕生会の途中で、家に帰ってきた。

文句の一つも言って、大暴れして帰ってきたものかと思ったが、そうではなかったらしい。うちで俺相手にどれだけ威勢のいいことを言えても、内弁慶な子供なのだ。

その場では、「あ、わかった」とペンケースを受け取り、何事もないように過ごし、だけど、たまらなくなって、「ごめん。ちょっとおなかが痛い」と言い訳し、マナカちゃんや他の子から「大丈夫？」と心配されながら、表向きは円満に「うん、帰るね」と言って出てきたそうだ。

まったくどこまでも、空気を読んだ、素晴らしい退席の仕方だ。

やられたらやり返すのが、子供らしい対応の仕方で、逃げ帰ってしまうのは意気地がない。俺の孫らしくない。こんなのは、泣き寝入りと一緒だ。

そんな気持ちも、なくはない。

しかし、今はそれ以上に、やりきれなかった。

鉛筆立てに差さっていたという実音の竹とんぼは、今はテーブルの上に載っていた。羽根も軸も、あの子たちより、よっぽどよくできている。

俺の孫は——、できた孫だ。

7

新居の実音の部屋に入ることなんて、滅多になかった。

前に怒られたことを思い出し、ドアを開ける前に二回、コンコン、と叩く。返事は、なかった。

ゆっくりとドアを開けると、中はカーテンが閉められて薄暗い。実音はベッドで、背中を丸めて横たわっていた。本当に寝ているかどうかは、顔が壁の方を向いているせいでわからなかった。

「実音」

呼びかけると、体が、微かに動いた。

美貴子さんや孝治ならいざ知らず、まさか、俺が来るとは思わなかったのかもしれない。

「出かけないか」と俺は誘った。

「竹とんぼを飛ばしに行こう」

来るのを嫌がるかもしれないと思ったが、意外にも、実音は俺と一緒に来た。二人だけで出かけるのは、実音たち一家が戻ってきてからは、初めてのことだった。

——そこまで思って、ふと、気づく。

俺は、孝治たちのことを呼ぶ時、まず、〝実音たち一家〟と呼ぶ。

家族というのは、どういうわけか、実の息子である孝治の名前を差し置いて、一番小さくてかわいいものを中心に考えられるようになるのだ。そうやって回っていく。

実音と俺は、近所の神社に行った。

境内《けいだい》の横に、俺が毎日ゲートボールをする広場がある。その真ん中に立った実音は、竹とんぼを握り締めて、空を見ていた。冬の空は、色が白っぽく薄かったが、空気が澄んでいるのか、遠くまで広がる雲がよく見渡せた。

だぼっとしたパーカーの中で、実音の痩せた体が泳いでいる。その下から細いジーンズの足が伸びていた。ショートカットの実音は、少年のようであっても、やはり女の子だ。繊細な顔立ちをしている。

竹とんぼを飛ばそうとして、実音が両手を構える。闇雲に右手を引くと、竹とんぼは飛翔することなく、回転しながら一直線に墜落した。

「貸してみろ」

実音の手から受け取り、今度は俺が竹とんぼを両手に挟んで構える。左手を軸に右手を大きく押し出すと、今度は、竹とんぼが、ぐーんと空に向けて舞い上がる。初めて、実音の口から「わあっ」という声が洩れた。

小さな声で「すごい」と呟く。

「飛ばし方は慣れだ。これぐらい、すぐできるようになるさ。実音の竹とんぼは他の子よりよくできてるから、だから飛ぶんだ。やってみろ」

「うん」

他の子よりよくできてる、と言った時、微かに実音の顔に動きがあったように思えた。そのまま黙って、続けて竹とんぼを飛ばす。

うまくいかないで、すぐに地面に落ちてしまう時もあったが、俺はとりあえずは何も言わないで、黙ってその様子を見ていた。

やがて、まぐれあたりのようないい一回がやってきて、実音の手から、竹とんぼが大きくふわりと空に舞った。

「わあー！」

「おお、いい。いい」

一度成功すると楽しいのか、手応えを感じた実音が大喜びで落ちた竹とんぼを拾いに行く。

「おじいちゃん」と話しかけられた。

「何だ」

「――五年生と六年生にも、竹とんぼの授業、教えに行くの？」

三学期にやってほしい、という話は、終業式の日に実音に言われた後、直接学校からも電話がかかってきて正式に頼まれた。

俺は首を振る。「やらん」と答えた。

実音がびっくりしたように俺を見た。構えた竹とんぼを飛ばすことなく、そのままの姿勢で振り返る。

俺は続けた。

「もう断った」

「そうなの？」

実音はまだ驚いていた。

「おじいちゃん、絶対受けると思った。役員とか、目立つこと、好きそうだから」

「バカ言え。あの授業は実音の学年だからやったんだ。孫もいないのに、違う子に教えるほど、俺だって暇じゃない」

孫の前でいい恰好ができると思えばこそ、竹を割ったり、手間がかかる準備だってやったが、知らない子供相手にボランティアを買って出るほど俺は暇でもお人好しでもない。

俺の答えが意外だったのか、実音が目を見開いた。何かを考え込むようにちょっと俯き、それから、竹とんぼを飛ばす。今度はさっきほどはうまく行かず、飛ぶことは飛んだけど、大きく舞い上がりはしなかった。

「私ね」と実音が話し出した。

「――私には滅多に話しかけたりしてこない、マナカちゃんたちが、おじいちゃんには『お師匠さま』とかって話しかけるの、ちょっと、嬉しかった。おじいちゃん、おしゃべり上手だし、友達も、多いし、なんか、私と、違うタイプだから」

「ああ」

「正直、だから、私のこと、わからないんだろうな、とも思って、イライラすることもあったんだけど」

「ああ」

「……今回のお誕生会も、おじいちゃんのことがなければ、私、呼ばれないままだったと思う。呼ばれたのは、私の実力じゃないよ。みんなが、おじいちゃんのことで、私のこと、見直したってだけだと、思う」

実音は落ちた竹とんぼを今度は拾いに行かず、ただじっと地面を踏みしめて、話し続けていた。

「マナカちゃんたちに、転校してすぐの頃に、おじいちゃんに前言われたみたいに、英語話してって言われたんだ。そこで、上手に何か話せたら、あの子たちも、私に対する評価、違ったんだろうけど、私、恥ずかしくて」

実音が俯く。幼い口から語られる〝評価〟という単語がなんだか痛々しかった。〝空気を読む〟と同じくらいに、痛々しい。

「英語、発音が変だって、アメリカにいた時の学校で、あっちの子に笑われたことがあって。向こうでも、話すの、恥ずかしかった。得意じゃ、ないんだ」

「そんなことはあの子たちにはわからんだろ」

外国の子たちには通用しない話し方でも、日本の子供相手だったら充分に圧倒できるレベルだろう。しかし、実音は真面目《まじめ》で、頑固だ。

「でも、下手だから」と首を振った。

「そしたら、本当は英語話せないんじゃないか、とか、話せるのに、マナカちゃんたちのことをバカにしてるから話さないんだ、とか、いろいろ言われるようになったみたいで、私、あの子たちとは、全然、仲良くなれなかった」

実音が俺を見る。

「おじいちゃんは、ああいう、みんなと仲良くできる子の方を子供らしい、いい子だって思うんだろうけど、私は、あの子たち――」

続けようとした言葉は、おそらく〝嫌い〟だ。

しかし、実音は、俺がそれを咎めると思ったのか、口にしなかった。口を一度噤《つぐ》み、それから言った。

「あの子たち、苦手」

俺は、どう言葉をかけていいのかわからなかった。

苦手でも嫌いでも、実音はここで、これからも暮らす。嫌いな子がいても、三学期にはまた学校に行かなければならない。六年生まで、その子たちとも同じ学年でずっと過ごすのだ。

やられたらやり返せ、と思ってきたけど、ここに至って初めて気づく。

実音は実音で、やり返せないなりの努力を、懸命に、しているのだ。

その時、神社の横の道に、話し声が近づいてきた。

奥の角から、子供たちが数人、自転車に乗ってやってくる。実音がはっとした表情を浮かべて、俯いた。唇を噛み、俺のそばにやってきて、服の裾を摑《つか》む。まるで、隠れるように。

自転車に乗っていたのは、女の子の三人組だった。

見覚えがある。実音のクラスの子だ。

中の一人が、こっちに気づいた。顔を向け、「実音ちゃぁん！」と名前を呼ぶ。残りの二人も、自転車を停めた。

実音がゆっくり、顔を上げた。「エリちゃん……」と呟いた。名前に聞き覚えがあった。実音の、一番の仲良しだ。

三人が自転車を降り、実音のところまでやってくる。最初に口を利いたのは、やはりエリちゃんだった。

「今ね、実音ちゃんの家まで行こうとしてたの。だけど、よかった。会えて」

実音に話しかけた後で、三人とも、ちらちらと俺の方も気にする。小声だったが、「こんにちは」と挨拶してきたので、俺も「こんにちは」と返した。

「みんなもお誕生会に行ってきたのか？」

「そうです」

俺の問いかけにエリちゃん以外の残りの二人も頷いて、実音を見た。

「実音ちゃん、大丈夫？」

「おなか痛いの、治ったの？」

実音は、仮病を使ったことが気まずいのか、いつも以上にはっきりしない口調で、

「ん」と頷くだけだった。

その時、三人の女の子たちが顔を見合わせた。エリちゃんが、勇気を出すようにして、言う。

「今日の、あれ。マナカちゃんとリサちゃんがひどいよ」

実音の顔に、え、という驚きが刻まれた。

残りの二人もまた、うんうん、と頷く。エリちゃんに続けて、言った。

「来てた子みんな、そう言ってたよ。マナカちゃん、勝手にいろいろこうすればいいよ、とか決めちゃって、あれじゃ、実音ちゃんがかわいそうだって、みんな怒ってた」

「実音ちゃんがおなか痛くなったのも、絶対そのせいだって、心配してたよ」

「大丈夫？」

三人から言われて、実音が目をぱちぱちさせている。エリちゃんが実音の背中に手

を置いた。そして、「ごめんね」と謝った。

その声は呟くように小さくて、口にするエリちゃんが泣きそうになっている。

「マナカちゃんたちに、何も言えなくて、ごめんね」

実音はさらにびっくりしたように目を見開く。何も言わないので、俺が「実音」と呼ぶと、はっとしたように、首を振った。

「ううん。——そんなの、大丈夫」

「だいたい『プリラバ』なんてさ、マナカちゃんは好きかもしれないけど、あのキャラたち、全然かわいくないよね」

エリちゃんの横にいた子も言う。

「そうそう、目だけすっごい大きくて。私、前のシリーズの方が好き」

「ペンケース、実音ちゃんが使えばとか言われても、使いたくないよね。お店に返したりとかできないのかな」

「気にしない方がいいよ」

この子たちは、普段はそこまでおしゃべりで元気がいい、という子たちではないのだろう。

竹とんぼの授業でも、俺のところに来るような子たちではなかった。呆気《あっけ》に取られたように、実音が、「うん」と頷く。

三人の表情は、本当に心配している顔だった。

エリちゃんが言った。

「また、遊ぼうね」

その一言が、実音の胸をとても楽にしたであろうことが、横にいて、伝わってくる。顔にはそこまで出ていなかったが、わかる。

三人の女の子が「じゃあ、またね」と自転車のところまで戻り、「おじいちゃん、さようなら」と俺にも挨拶して、広場を出て行く。

「ああ、気をつけて帰れよ」

見送りながら、俺もまた、ほっとしていた。

クラスの中心人物の子と、たとえうまくやれなくても。その子にやり返す度胸や、威勢のよさがなくても。

実音も、あの子たちも、きっと、これからもどうにかやっていけるのだろうと、そんなふうに思えた。

彼女たちが去ってしばらくすると、夜が近づいたせいで、空がだいぶ暗くなってきた。

実音と俺は、竹とんぼを飛ばすのをもうやめて、一緒に家に戻ることにする。エリちゃんたちに会ったせいか、実音の顔つきもだいぶ、和《やわ》らいでいた。

家に向けて歩き出してすぐ、実音が「ねえ」と話しかけてきた。

「ん？」

「五年生と六年生の竹とんぼの授業、やったら？」

三学期の、と実音が続ける。

「先生に頼まれたやつ」

「どうしてだ？」

「……おじいちゃんが学校に来るの、嬉しいから」

俺は驚いて実音を見る。実音が早口になった。

「他の学年の子からも、このおじいちゃんの孫かって思われるの、ちょっといいかなって」

「そうか」

「だめ？　やらない？」

俺は少し考える。「わからん」と答えてから、続けて言った。

「でも、もう、実音の学年では次に何か頼まれても二度とやらん」

「どうして?」

「おじいちゃんは、実音をいじめるような子たちには、もう竹とんぼ作ってやりたくない」

実音がびっくりしたように、足を止めた。

俺は言いながら、そうだ、と改めて思っていた。俺の孫を泣かすような子たちを、俺がかわいがる道理はない。

どれだけ潑剌《はつらつ》としてようと、「お師匠さま」と懐かれようと、俺にだって好き嫌いもあるし、自分の孫を贔屓《ひいき》する気持ちもある。おとなげないと言われようと、俺がかわいいのは実音だけだ。あの子たちのことなどどうでもいいし、今、実音のために、相手に怒鳴り込めと言われたら、そうしたって構わない。

この世の中で、せめて家族くらいは、そう思ったっていいだろう。

「おじいちゃんは、あの子たちが嫌いだ」

俺の言葉を聞いた実音が、足を止めたまま、もじもじするように、足元を見る。俺が「行くぞ」と言うと、無言でこくりと頷いた。

黙ったまま、後ろから、俺の腕を、ぐっと両手で掴む。そのまま、しがみついてきた。

実音に抱きつかれるのは、生まれて初めてだ。軽い体は、それでもあたたかい重みが感じられて、こうされるのも悪くなかった。

帰ったら、ばあさんに教えてやろうと思う。

俺たちの孫は、とてもいい子に育っている。

タマシイム・マシンの永遠

新幹線のアナウンスが、次の停車駅を伝える。故郷の街まではあと十分ほどだ。

「そろそろ伸太《しんた》が起きる頃かな」

窓際の席に座った希美《のぞみ》の胸にぴったりくっついて眠る赤ん坊の頰にそっと触れる。

寝たのは乗車してすぐだったから、そろそろ普段のお昼寝時間である二時間が過ぎる。

「もう少しじゃないかな。ちょうど着く頃に起きてたら、出迎えのおじいちゃんたちは嬉しいだろうけど」

だらりと力が抜けた腕の先の小さな手のひらを、希美が親指でさする。大きな頭を後ろに傾けた伸太の眉間がぴくん、と小さく、震えるように動いた。

「かわいいわねぇ」

三人掛けの席の反対側に座っていた老婆が話しかけてくる。希美が「ありがとうございます」と微笑《ほほえ》み、「ほらシンちゃん、こんにちはって」と眠ったままの仲太の顔が彼女に見えるよう、胸を傾けた。

「今からご実家に帰省？　ご両親も喜ぶでしょう」

「そうですね」

屈託ない様子で尋ねる声に、俺も笑って答えた。お盆休みの新幹線は、通路までぎっしり乗客でいっぱいだ。

俺の実家にとって仲太は初孫で、うちの両親と祖母は、この子を、それこそ目の中に入れても痛くないほどにかわいがっている。長い休みに戻った時には、片時も離れずに、シンちゃん、シンちゃん、と仲太をまるで王様のように扱う。

「両親もなんですけど、うちは、特に祖母がすごくかわいがってて」

答えながら、目の前のこの人も、うちの両親よりは祖母の方に近い年齢だろうな、と思う。「あら、そう！」と弾んだ声を上げた。

「ええ、そりゃそうでしょう。いいわねえ、ひ孫さんが見られるなんて。私も孫がいるんだけど、女の子で……」

仲太を連れて歩くようになってから、こうやって人に話しかけられる機会が増えた。これまでだったら、見知らぬ人と話すことなんて考えられもしなかったのに――

と思いかけて、だけど、そうでもないか、と思い返す。一度だけだったけど、勇気を出して自分から初対面の相手に急に話しかけてみたことがある。

　老婆の話に相づちを打つ希美の胸の中で、伸太が瞼をぴくぴくさせてから、「あーん」と、か細い泣き声をあげて目を覚ました。


「じゃあ、『タマシイム・マシン』はどうかな。実現可能かな」

　その声が聞こえたのは、居酒屋で、今まさにトイレに立とうとした時のことだった。

　参加した会社の納涼会の、隣のテーブルで行われていた、見知らぬ男女のたぶん合コンであろう飲み会の席で、一人の女の子がそう言ったのだ。

　思わず顔を上げて声の方向を見ると、女の子は控えめに、少し困ったように笑っていた。清潔感のある肩までのさらさらの黒髪で、ピンク色の半袖ニットを着ている。手にしたビールグラスの中味は、ほとんど減っていなかった。

　実を言うと俺は、少し前から自分の飲み会そっちのけで隣のテーブルに気を取られていた。なぜなら、彼らが「『ドラえもん』の道具はどこまで実現可能か」について話していたからだ。

将来、タイムマシンって本当にできると思う？　無理っていうけど、でも今のテレビだって携帯だって、こんなに進化するって昔の人は誰も思ってなかったわけでしょ？　あ、何かで読んだけど、一方的に未来に行くことならできるかもしれないけど、過去には戻れないらしいよ。

「そういえば、ドラえもんってさ、未来から来たって言ってるけど、のび太の前で携帯使ってるの、見たことないよな」

俺と同年代の、仕事帰りにそのまま来ましたって感じのワイシャツとネクタイ姿の男が言って、あはは、と笑う。

これ以上聞いていられない気持ちになって、席を外そうかな、と思う。なぜなら、俺は、藤子・F・不二雄が好きだから。『ドラえもん』が大好きだから。

ドラえもんが携帯使ってるところを見たことないだって？

「糸なし糸でんわ」っていうのがあるんだよ！　いや、もうそんなことすら、まともに話す気はないけど。コミックス何巻で使ってる場面があるとか、それどころか、今のDSそっくりのゲーム機の絵が描かれたコマがあって、藤子先生は予言者だって騒がれたことがあるとか、いや、あれはゲームウオッチだって反論する奴がいた、とか、そんな考察と議論に何の意味もないことを知ってるくらいの次元の、俺は、そういう藤子ファンだ。

藤子先生の描いたものを自分の価値のように誰かと言い合いすることなんて、絶対にしたくない。

隣のテーブルの会話は、さらにヒートアップした。

将来、どこでもドアは実現可能だと思う？　タケコプターは？　あ、それくらいならできるかも。そういえば、何年か前にドラえもんの道具について入試問題出した大学があったみたいだよ、などなど、話題は途切れない。

その道具の名を聞いたのは、そんなもどかしい気持ちでいたところだったのだ。

「希美は何か、欲しいドラえもんの道具ある？」と話を振られて、その子が言った。

「じゃあ、『タマシイム・マシン』はどうかな。実現可能かな」

俺は驚いて顔を上げた。

それまでほとんど口を利いていなかったその子――希美の初めての発言に向け、幹事らしい男が「だからー、それ一番最初に出たよ。タイムマシンは無理」と答える。

希美は、怒らなかった。

「あ、そうだったっけ。ごめんね」と、一同に謝った。それきり、話題は未来の道具を終えて、次のものに移っていく。

トイレに行こうとして、やめた。

席に戻り、隣のテーブルの様子をさらに注意深く窺う。胸がドキドキしていた。希美はそれからも口数が少なく、しばらくして一人ですっと席を立った。俺は不自然に思われないタイミングで後を追うように席を立ち、奥まった場所にあるトイレの前で、彼女が出てくるのをじっと待った。こんなナンパめいた真似をするのは生まれて初めてだった。

「のび太が、赤ちゃんの頃の自分の中に、魂だけ入れ替わって入る話ですよね。大きくなるにしたがって自分が粗末にされてる気がするからって、赤ちゃんの頃を見にいく」

ほろ酔いに頬のあたりを赤くした彼女が出てきてすぐ、意を決して話しかけると、希美はびっくりしたように俺を見た。怯まず、続ける。

「『タマシイム・マシン』。『タイムマシン』じゃなくて、『タマシイム・マシン』、ですよね」

おかしな奴だと思われたろう。だけど、どうしても話しかけたかった。詳しすぎて、好きすぎて、全力で話せない会話に不完全燃焼気味に参加して、微かな抵抗のように本音を出したところで、すぐにそれを後悔しなきゃならないような、なんでこんな大事なことをこの人たちに話しちゃったんだろうと思いつつも、説明する気力もなく控えめに諦めて笑ってしまう気持ちに、覚えがありすぎるくらいあって、その時は、彼女のことが他人とは思えなかった。

希美は目を何度も瞬《しばた》いて、しばらく立っていた。だけど、少しして、「はい」と頷いた。

「……赤ちゃんなのに、中味は今ののび太だから、ミルクじゃなくて、『どうせならコーラが飲みたいんだけど』って大人たちに急に話しかけたりして」

「赤ちゃんなのにしゃべれるなんて天才だ！って、パパを驚かしたりして」

そうですそうです、と頷きながら言葉を引き取ると、希美が警戒を解いたように、初めて笑った。

「最後は、赤ちゃんのところにいってたせいで魂が抜けた小学生ののび太のことを、今のママがずっと心配して泣いてたことを知って、横になって休んでるママに、のび太が子守歌を歌うんですよね」

その顔がとてもかわいかった。

どうしよう、と自分がやってしまったことの大胆さに戸惑いながらも、話しかけてよかった！　と心の中で快哉《かいさい》を叫ぶ。

仲太が生まれてからも、俺は何回も、あの日のことを奇跡のように思い返す。

もし藤子先生がいなければ、ドラえもんを好きでなければ、俺は希美と出逢うことはなかったし、その後結婚することも、仲太が生まれることもなかった。

仕事が忙しくてなかなか早く帰れず、仲太をお風呂に入れるのも休日しか手伝えない日々が続いた。核家族のわが家では、昼間、仲太の面倒をみられるのは希美だけだ。育児をまかせっきりにしていることを詫《わ》びると、希美はこう答えた。

「——私ね、『タマシイム・マシン』はもう開発されてるんだって思うことにしてるの」

「え？」

「今じゃなくて、この子が大きくなった未来での話だけど。ひょっとしたら、十歳や二十歳になった仲太が、未来から魂だけ入れ替わって、今、この子の中に入ってるかもしれないじゃない」

眠いのか、仲太が顔を真っ赤にして、ぎゃあん、ぎゃあんと泣いている。手伝いたいが、こういう時は、もう母親でないとダメだ。希美が「はいはい」と話しかけながら、抱き上げておしりをさすると、しばらくして仲太が泣き止み、頭を希美の胸にこてんと転がす。

「自分が大事にされてたかどうか確かめに来たのに、その時にお母さんがため息ついてたり、笑ってなかったら、きっと嫌だろうなって思いながら一緒にいるの」

「そりゃ、気が抜けないな」

「そうだよ。赤ちゃんだからって、甘く見ちゃだめ。あなただって、自分をかわいがってるかどうか、未来のこの子に試されてるって思ってね」

伸太の、産毛のような茶色い髪の後頭部に、寝過ぎでできた禿《は》げがある。いつの間にか機嫌の直った伸太が、バウワーと声を出すのと一緒に口からたらーっと流したヨダレを、希美がガーゼのハンカチで拭った。

「『ドラえもん』で、のび太のおばあちゃんが、のび太に、なりたかったものにはもうなっちゃったよって教える話があったでしょ。のびちゃんのおばあちゃんになれてよかったって」

「ああ」

正確には、藤子先生の原作をベースにしたアニメ映画だ。『おばあちゃんの思い出』は、俺も大好きな話で、希美とも、何度も一緒に観た。

「昔はピンと来なかったけど、今はその気持ちが少しわかる気がする」と希美が言った。

「生まれてくるまではそんなふうに考えたことなかったけど、伸太のお母さんになれてよかった。なりたかったんだって、今なら思う。——いろいろ大変だし、そりゃ、お父さんには早く帰ってきてほしいけど」

ご機嫌になった伸太を希美の手から受け取る。頭から、希美と同じ、ミルクのあたたかい匂いがした。正面から目が合って、大きな瞳に見つめられると、赤ん坊相手なのに妙に照れくさい気持ちになった。『タマシイム・マシン』で、今、来てますか？」と敬語で話しかけてみたい気持ちになる。

伸太は関心がないようにすぐに視線をふいっと逸らし、頭をぐるぐる回して母親を探す。抱っこをせがむように、希美に向け、あーあーと手を伸ばした。

「ただいま」と挨拶して玄関を一歩入った途端、「まあまあ、おかえり」と奥の廊下からばあちゃんがやってくる。「希美さんもどうも、どうも」と話しながらも、目は、希美に抱かれた伸太に釘付けだ。

「シンちゃん、ひいばあよ。こんにちは」

「母さん、奥で荷物を下ろしてからにしろよ、長旅でみんな疲れてると思うから」

車のトランクから出した大きな鞄《かばん》を運んできた親父が笑って言うと、早速伸太に手を伸ばそうとしていたばあちゃんが「あ、そうね、ごめんなさい」と謝った。そこで初めて俺の顔を見て、「お父さんも、おかえり」と微笑んだ。

伸太が生まれ、一番驚いたのは、赤ん坊や孫というのは、それまで開いていたように思えていた親や祖母との距離を、ただ存在それだけで、あっという間になかったものののように近づけてしまうということだった。

俺に対してはどこか遠慮がちになっていた両親や祖母も、伸太には違う。孫ができてからは、「帰ってきなさい」と躊躇《ためら》いなく言う。「伸太に会えるのが楽しみだ」と声を弾ませる。希美に対する距離感さえ、これまでのお客さん扱いから身内のものへと変わったように思う。息子であり、孫だったはずの俺の呼び名が、この家で「お父さん」になる日が来るなんて。

奥の座敷に荷物を運び、居間に戻ると、希美の手から伸太を受け取ったばあちゃんが、「かわいいねえ、かわいいねえ」と頬ずりしていた。遠くなり始めた耳を、伸太の口元にくっつけ、「重たいわぁ、疲れるわぁ」と言いながらも長く抱いて離そうとしない。

「長生きするもんだ。おじいさんにも会わせてやりたかった」

ばあちゃんのこの言葉は、もう何度目に聞くかわからなかった。伸太に会うたび、ばあちゃんはじいちゃんのことを話す。

共働きだった両親に代わって、俺の保育園の送り迎えをし、食事やトイレの面倒をみてきた祖父母のうち、じいちゃんが他界したのは、俺が小学校に入る前だ。正直、じいちゃんについての話はほとんどが祖母や両親からの伝聞で、俺自身が覚えていることは少ない。

畑仕事が好きで、働きづめに働きながら、ばあちゃんとのたまの旅行を楽しみにしていたじいちゃんは、俺の両親が心配するのも聞かずに、まだ二歳かそこいらの俺を、長距離のドライブ旅行にもつれ出していたらしい。旅先で会った人たちから「よくもまぁこんな小さい子を」と感心されたことを、事あるごとに親戚に自慢していたと親父から聞いたが、俺自身にその旅の記憶はない。

岡山で撮ったという写真の中で、肩をくっつけて並んだじいちゃんとばあちゃんが俺の両手を片っぽずつ握っている。観光用に作られた等身大の鬼ヶ島の鬼が怖くて、写真の俺は見事なまでの泣き顔だ。

じいちゃんが亡くなる前、病院に何度かお見舞いに行ったこと、その時の薬の匂いや、そこでもらった柿やみかんの匂い、病院の帰りにいつも寄った近所の公園のことは、なんとなく覚えている。

「私もすぐにいきますからね」

ばあちゃんが背中を丸めて骨壺を抱く横を、一緒に墓地まで歩いたことも、やはり、なんとなく覚えている。

ばあちゃんはもともと友達も多く、明るい性格だったから、じいちゃんが亡くなってからも、ずっと元気にしてきた。多少足が悪くなったり、耳が遠くなったりしても、大きな病気を患うことはなかったし、俺も、ばあちゃんの体調を心配したことは一度もない。

中学生になり、部活や遊びで忙しくなってからの俺は、あまりいい孫ではなかった。昔のように「おばあちゃん、おばあちゃん」とついて歩くことはもちろんなかったし、ばあちゃんのくれる甘ったるいお菓子を欲しがることも、進んで何かを話すことも減った。そのことに微妙な後ろめたさを感じながらも、家を出て東京で就職してしまうと、実家を顧みる余裕すらなくなった。

伸太が生まれたのは、そんなこの家と俺たち家族にとっての大転機だったのだ。

「そうだ、こんなのが出てきたんだけど……」

俺が昔使っていたという、ドラえもんの絵がプリントされたカタカタ車を、母さんが奥から出してくる。親父が顔をしかめ、「こんなのもう埃《ほこり》っぽいから、仲太に渡すなよ」と言うと、ばあちゃんが「いいじゃないか、懐かしい」と目を細めた。きれいに水拭きして、「希美さん、これでいいよね？」と、押してくる。

仲太が、まだおぼつかない足取りで、よちよちと車を押す。色がほとんど剝《は》げたドラえもんがその動きに合わせてカタカタ揺れるのを見て、うちは漫画が禁止されてたけど、『ドラえもん』だけはよかったんだよな、ということを、数十年ぶりに思い出す。

夕食になるまでのひととき、縁側に面した座敷で横になって休む。

今日はちらし寿司だと言っていた。蒸気を含んだ酢飯のむわっとした匂いと、ばあちゃんが夏になると毎年作るしょうがの酢漬けの匂いが、母さんと希美の立つ台所の方でしている。

うとうととまどろむ俺の横で、仲太とばあちゃんが遊んでいた。

寝ている俺の前で、仲太が何か声をあげて転げ回り、ばあちゃんがそれをそばで

「あれあれ」とあやしている。腕ごと全力で振る〝ばいばい〟と、〝ちょーちちょーち〟という声に合わせてする拍手、それに一人でハンカチを顔にかぶせ、次の瞬間にぱっと取る〝いないいないばあ〟が今の伸太の得意技で、実家に帰るたび、伸太はできる芸をありったけ披露する。

さっきまで一緒に伸太をあやしていた親父は、おもちゃを取りに行ってくると、席を外した。みんなが孫に夢中になり、俺を寝たまま放置してくれるのは、休日のサラリーマンの身にはありがたく、俺は伸太をばあちゃんに任せたまま、ぼんやりと目を閉じたり、たまに薄目を開けたりしていた。扇風機が回って、生ぬるい風が、一定間隔で俺にも届いてくる。

その時。

ばあちゃんが伸太の耳にそっと口を近づけた。そして、優しく、こう言った。

「覚えててね」

祈るような声だった。

俺は身体を起こして、伸太とばあちゃんを見た。伸太は何事もなかったように遊び続け、ばあちゃんもまた、その伸太を後ろから抱っこする。俺が聞いていたとは、思っていないようだった。

俺の視線に気づいたばあちゃんが、「ん?」と顔を向ける。その顔が少し、笑っていた。

触発される、記憶があった。

俺も、いつか、この声を聞いたことがある。

覚えててくれな、と、誰かに言われた。

俺のじいちゃんは、病室で、やってくる俺のことを、とても楽しみにしていたそうだ。もらった見舞いの菓子や果物を、たくさん、俺の手に握らせて帰した。

覚えてないと思っていた。残った記憶も、ほとんどが両親やばあちゃんからの伝聞で補われた記憶だろうと。

『ドラえもん』の中で、のび太のおばあちゃんになれてよかった、と語ったおばあちゃんは、のび太がランドセルを背負って学校へ行く姿が見たいと言った。のび太のことがとてもかわいくて、いつまでもいつまでもあの子のそばにいて世話をしてあげたいけど、そうもいかないだろうね、と話しながら。

今、伸太が遊ぶこの家で俺は生まれ、その時にはまだ、じいちゃんもいた。夏生まれの俺に、扇風機の風が直接あたったらかわいそうだと屏風を作ってくれたと、つぎはぎだらけの段ボールでできた屏風を見せられたことがある。

覚えていてほしい、というその声が誰のものだったか。

わからないけれど、それは確かに俺が受けた声だ。確かに聞いた、声だった。

「風があたったらかわいそうだ」

奥におもちゃを取りに行ったはずの親父が、真新しい段ボールを手に縁側に戻ってくる。仲太をかばうようにして、扇風機に向けて屏風のように立てる。

ああ、と、その時にわかった。

これはたぶん、俺が生まれたその頃にあった光景だ。

俺は今、仲太を通じて、自分が生まれたその頃の様子を、数十年の時を経て、我が子に見せてもらっているのだ。

俺は大事にされ、愛され、いろんな人に成長を見たいと、それが叶わないなら覚えていてほしいと、祈られ、祝福されながら、この家の中心にいた。

希美に教えてやろうと思った。

『タマシイム・マシン』は、ある。

実現している。希美もたぶん、見ることができるはずだ。自分が育った家で、俺と同じように。当の伸太だって、いつの日か、この家で見る日がきっと来るのだろう。

ばあちゃんが、ドラえもんのカタカタ車をそっと押す。先のカタカタが小さく鳴って、伸太が、あきゃきゃ、と両手を挙げ、盛大にぱちぱちと拍手をした。

解説

武田砂鉄（ライター）

大学を卒業し、社会人になるタイミングで実家を出たのだが、しばらくの間、実家に帰る度《たび》に母親から「ひとりで大きくなったような顔をしちゃって」と言われた。それはおそらく、ろくに実家に連絡もせず、たまの電話に出れば、つっけんどんな対応で済ますような態度を差《さ》していたのだろう。でも、今振り返ると、ひとりで大きくなったような顔をしなければいけない時期、だったような気もしている。「あ、もう離れましたんで」「一人立ちしましたんで」というアピールを親に対して繰り返すのって、自分で自分に言い聞かせる側面も強かったはずである。文字通り、一人で立っている、という一人立ちの状態を急いで作るには、そのような、つっけんどんが容易《たやす》かったのだ。「ひとりで大きくなったような顔」の不安定さを、親は分かっていたはずである。

一度家を出ると、家に帰る行為が大々的なものになる。今日、あいつが帰ってくる、と実家が何かと大々的になる。その昔、今日は友達が家にやってくると分かると、母親は近くのスーパーまで自転車を飛ばし、ちょっとだけ値段の張るお菓子を買ってきた。特段、高級というわけではない。普段が198円だとすれば、この時だけ298円くらいのイメージ。そのお菓子のグレードアップ具合を友達の前で指摘するのを母親はたいそう嫌がったが、いざ、家を出て、たまに実家に帰るようになると、家に用意されているお菓子が298円のほうになる。つまり、いいお菓子になる。

これまでは、キッチンの奥のほうにある大きな缶に、ランダムにお菓子が詰め込まれていたのに、実家に帰る立場になると、リビングのテーブルに置かれている大皿に、お菓子が整然とレイアウトされているのだ。自分はもう、この家では298円のお菓子しか食べられないのである。そんなお菓子を前にして、自分は「ひとりで大きくなったような顔」をしていたし、実家の両親は「ひとりで大きくなったような顔をさせる」というミッションを敢行《かんこう》していたのかもしれない。

リビングではお客様扱いなのに、引っ越しの時に必要な荷物を引っ張り出したままにしてある自分の部屋に行くと、当然、そこは変わらず自分の部屋のままで、お客様はたちまち長年の住人に戻る。雑に積まれたままの音楽雑誌をめくると、びっしりアンダーラインがひいてある。今、ライターという仕事をしているが、そのきっかけは、中学時代、音楽雑誌でレビューを書く仕事に憧れを持ったことだった。予備知識が十分でないと読み込めないはずの小難しい論考に、無理やり挑んだ形跡が残っている。埃《ほこり》をかぶったカセットテープは、尊敬していた音楽評論家がDJを務める番組に、余った年賀状を使ってリクエストハガキを出し、見事に読まれた時の放送回を保存しておいたものだ。こちとら1982年生まれだというのに、雑誌を読み込んで、'70年代ロックの知識を必死に植え付け、わざわざ渋いバンドの楽曲をリクエストした。すると、その評論家が「うそー、武田くん、10代なのに、渋いの知ってるねー」と喜んでかけてくれる。本当は最近知ったばかりだから、「よっしゃ、騙《だま》されてくれた」と思ったが、今思えば、こちらが無理をしていることくらい、評論家はわかっていたはずである。そのことに改めて気付き、久しぶりの部屋で恥ずかしくなる。

……と、作品解説をすべき場所で、つい、自分の話ばかりしてしまう。読者の皆さんは、別にお前の話なんて聞きたくないと感じた後に、何を思うだろう。作品の話をしようよ、だけではない気がする。自分の話をさせてよ、自分の家族の話をさせてよ、との思いに駆《か》られているのではないか。つまり、私とあなた、思っていることは一緒だ。この『家族シアター』に収録されている7つの物語に共通するのは、家族という間柄は、近すぎるからこそ時に緊迫し、距離が生まれてしまう、ということ。その距離は、近付いたり離れたりする。こちらから壊したくなる時もあるし、あちらから壊されそうにもなる。7つの物語には、壮大なハッピーエンドが用意されるわけではない。それぞれの物語が、小さく灯《とも》る。ここからまた、新たにいざこざだって生まれるのだろうし、そのいざこざもまた、ゆっくり解決していくのだろう。

　家族って、厄介《やっかい》である。学校のクラスのように、学期が変わるごとに席替えするわけにはいかない。一度ついた座席、組んだ班で、仲良くしなければいけない。限られた空間で毎日一緒に暮らす。他人と他人が同じ家に住む。他人、という言い方がちょっと冷たすぎるならば、自分と自分以外が同じ空間を共にしている。よく、芸能人夫婦が離婚を決意した時に、マスコミに向けた声明の中で「価値観の違い」を離婚の理由にする。そのフレーズを見かける度に、えっ、価値観って、どんな人と人でも違うんじゃないのか、と思う。むしろ、価値観が違うからこそ、人は人と接するのだと思う。今のところ、自分は、破綻することなく夫婦を続けられているが、それは価値観が似ているから、と同時に、価値観が違うからでもある。賞味期限の切れた納豆について、片方が、「賞味期限切れているから止めておこう」と言い、もう片方が、「納豆なんて最初から腐ってるみたいなものだから大丈夫に決まっているじゃん」と言う。結局食べることにした納豆を箸でグルングルンかき混ぜながらテレビを見て、「この俳優、最近出まくってるけどイマイチだよね」と言うと、「そう、それ、今言おうと思ってたところ」と乗っかってくる。ズレと一致が続くから、関係が続く。ずっとズレまくったり、ずっと一致しまくったりすると、おそらく、つまらなくなる。これについてはどうだろう、が楽しいのだ。

近しいからこそ、ズレが楽しい。でもそのズレのさじ加減を間違えると、厄介が膨《ふく》らむ。あの一言を言わなきゃよかった、と後悔した記憶は数知れず、思い出せば、たちまちどんよりしてくるのだけれど、家族という存在は、近いからこそ、「あの一言」が分断を長引かせてしまう。『家族シアター』の各編でも、「あの一言を言わなきゃよかった」が、あちこちに顔を出す。『妹』という祝福」では、バンドに熱を入れる妹が、本質を見抜かず「ビジュアル系」と括《くく》りながら騒ぐマスコミの姿勢を批判すると、姉が「騒いで踊らされてる筆頭はあんただけどね」と言う。「サイリウム」では、アイドルオタクの弟に向かって姉が「あんな処女装ったブスどものためによくやるね」と言う。「タイムカプセルの八年」では、息子が教師を目指していると知った父親が「ともあれ、教師じゃ、老後は楽をさせてもらえそうもないな」と言う。

言わなければいいのに、つい、言ってしまう。家族からぶつけられた一言って、ケロッと忘れることが難しい。なぜなら、夜寝る前にもそこにいるし、朝起きてもそこにいる。余計な一言がすくすく育って、頭の真ん中で定着してしまう。リセットボタンがなかなか見当たらない。関係がぶっ壊れるのが嫌だから、個々人が背負って黙り込む。ぶっ壊れるのを怖がるからこそ、雪解けが難しい。

日頃、教育者や政治家が、家族のあり方はこうでなければならない、と強《し》いる動きには押し並《な》べて反対しているから、家族愛を押し付ける小説は苦手なのだが、この『家族シアター』はそうではない。家族の愛は揺れ動くし、固まったと思っても、いつだって逃げ出す可能性を持っているものなのだと切に教えてくれる。家族って、「だって、家族じゃん」というシンプルな理由だけで家族でいられるわけではないのだ。

家族の誰かは誰かに対して、ちょっとだけ無理している。残りの家族は、その無理を理解したり、はね除《の》けたりする。人間は、家族がなければ生きられないわけでもない。自分の思いが及ばない理由で家族が壊れたり、萎んだりして、それでも生きてきた人はいくらでもいる。それぞれに、家族を必要としなかった人生、家族にすがれなかった人生がある。本書に描かれる家族は、揺れている。その揺れの中に自分を映したくなる。

自分はもう、家を出て15年ほど経つ。リビングでは298円のお菓子を出されるから、帰る家ではなく、訪ねていく家になった。でも、自分の部屋に戻れば、そこにだけ、当時の記憶が温存されている。

先日、所用で自分の家にやってきた母親から、そういえば、これ、あんたの部屋を掃除していたら出てきたよ、と高校1年生くらいの時の手帳を渡された。その手帳には、1日ごとに3行ほど、自由に書き込めるメモ欄があり、そのメモ欄を使って、雑誌の真似事のように、聴いたばかりの音源についてのレビューが書かれていた。

「前作から3年、これまでの作品通り、ギターのリフの連発がたまらない。4曲目のドラマティックな展開は新境地だし、次の作品ではこっちがメインになってくるのかも。唐揚げがうまかった」

なんだそれ、と呟《つぶや》く。唐揚げがうまかった、って、何事か。おそらく、その日の夕食に出た唐揚げのことなのだろう。その日記を見て、298円のお菓子と同じように、距離を感じる。今はもう、ある作品を評した後に、唐揚げうまい、とは書けない。リビングだけではなく、あの部屋にも自分はもういないのだ。本書の７つの物語を自分の記憶にぶつけながら、あの頃の家族の温かさってものを思い出す。同時に、今は、そのそばにはいないことを再確認する。思い出せば温かくもなるけれど、その温かさは、あの時感じていたものではない。近すぎるからこそ生じていた摩擦《まさつ》も、感じようがない。でも、距離があると知った上でも、確かめるために家に帰る。２９８円のお菓子を食べに帰る。『家族シアター』を読みながら、そろそろ帰るかなと思ったし、いやでも正直、しばらく帰んないんだろうな、とも思った。

本書は二〇一四年十月、小社より刊行されたものです。

|著者| 辻村深月　1980年2月29日生まれ。山梨県出身。千葉大学教育学部卒業。2004年に『冷たい校舎の時は止まる』で第31回メフィスト賞を受賞しデビュー。『ツナグ』で第32回吉川英治文学新人賞、『鍵のない夢を見る』で第147回直木三十五賞を受賞。2018年には、『かがみの孤城』が第15回本屋大賞で第1位に選ばれた。その他の著作に、『ぼくのメジャースプーン』『スロウハイツの神様』『ハケンアニメ！』『朝が来る』『傲慢と善良』『琥珀の夏』などがある。

家族《かぞく》シアター

辻村深月《つじむらみづき》

2018年4月13日第1刷発行
2025年5月13日第25刷発行

発行者——篠木和久
発行所——株式会社　講談社
東京都文京区音羽2-12-21　〒112-8001
電話　出版（03）5395-3510
　　　販売（03）5395-5817
　　　業務（03）5395-3615

Printed in Japan

講談社文庫
定価はカバーに
表示してあります

KODANSHA

デザイン—菊地信義
本文データ制作—講談社デジタル製作
印刷———株式会社KPSプロダクツ
製本———株式会社国宝社

ISBN978-4-06-293848-8

講談社文庫刊行の辞

二十一世紀の到来を目睫に望みながら、われわれはいま、人類史上かつて例を見ない巨大な転換期をむかえようとしている。

世界も、日本も、激動の予兆に対する期待とおののきを内に蔵して、未知の時代に歩み入ろうとしている。このときにあたり、創業の人野間清治の「ナショナル・エデュケイター」への志を現代に甦らせようと意図して、われわれはここに古今の文芸作品はいうまでもなく、ひろく人文・社会・自然の諸科学から東西の名著を網羅する、新しい綜合文庫の発刊を決意した。

激動の転換期はまた断絶の時代である。われわれは戦後二十五年間の出版文化のありかたへの深い反省をこめて、この断絶の時代にあえて人間的な持続を求めようとする。いたずらに浮薄な商業主義のあだ花を追い求めることなく、長期にわたって良書に生命をあたえようとつとめるところにしか、今後の出版文化の真の繁栄はあり得ないと信じるからである。

同時にわれわれはこの綜合文庫の刊行を通じて、人文・社会・自然の諸科学が、結局人間の学にほかならないことを立証しようと願っている。かつて知識とは、「汝自身を知る」ことにつきていた。現代社会の瑣末な情報の氾濫のなかから、力強い知識の源泉を掘り起し、技術文明のただなかに、生きた人間の姿を復活させること。それこそわれわれの切なる希求である。

われわれは権威に盲従せず、俗流に媚びることなく、渾然一体となって日本の「草の根」をかたちづくる若く新しい世代の人々に、心をこめてこの新しい綜合文庫をおくり届けたい。それは知識の泉であるとともに感受性のふるさとであり、もっとも有機的に組織され、社会に開かれた万人のための大学をめざしている。大方の支援と協力を衷心より切望してやまない。

一九七一年七月

野間省一

講談社文庫　目録

月村了衛　神《み》子《こ》上《がみ》典《てん》膳《ぜん》
月村了衛　悪の五輪
辻堂　魁《かい》　落暉《ゆうひ》に燃ゆる〈大岡裁き再吟味〉
辻堂　魁　山桜花〈大岡裁き再吟味〉
辻堂　魁　うつし絵〈大岡裁き再吟味〉
フランソワ・デュボワ　太極拳が教えてくれた人生の宝物〈中国・武当山90日間修行の記〉
手塚マキと歌舞伎町ホスト80人 from Smappa! Group　ホスト万葉集〈文庫スペシャル〉
土居良一　海翁伝
鳥羽　亮　金貸し権兵衛〈鶴亀横丁の風来坊〉
鳥羽　亮　提《ちょう》灯《ちん》斬り〈鶴亀横丁の風来坊〉
鳥羽　亮　お京危うし〈鶴亀横丁の風来坊〉
鳥羽　亮　狙われた横丁〈鶴亀横丁の風来坊〉
東郷　隆／上田　信　絵　【絵解き】雑兵足軽たちの戦い〈歴史・時代小説ファン必携〉
堂場瞬一　八月からの手紙
堂場瞬一　壊れる心〈警視庁犯罪被害者支援課〉
堂場瞬一　邪心〈警視庁犯罪被害者支援課2〉
堂場瞬一　二度泣いた少女〈警視庁犯罪被害者支援課3〉
堂場瞬一　身代わりの空(上)(下)〈警視庁犯罪被害者支援課4〉
堂場瞬一　影の守護者〈警視庁犯罪被害者支援課5〉
堂場瞬一　不信の鎖〈警視庁犯罪被害者支援課6〉
堂場瞬一　空白の家族〈警視庁犯罪被害者支援課7〉
堂場瞬一　チェンジ〈警視庁犯罪被害者支援課8〉
堂場瞬一　聖刻〈警視庁総合支援課0〉
堂場瞬一　誤《あやま》ちの絆〈警視庁総合支援課〉
堂場瞬一　最後の光〈警視庁総合支援課2〉
堂場瞬一　昨日への誓い〈警視庁総合支援課3〉
堂場瞬一　傷
堂場瞬一　埋れた牙
堂場瞬一　Killers(上)(下)
堂場瞬一　虹のふもと
堂場瞬一　ネタ元
堂場瞬一　ピットフォール
堂場瞬一　ラットトラップ
堂場瞬一　ブラッドマーク
堂場瞬一　焦土の刑事
堂場瞬一　動乱の刑事
堂場瞬一　沃野の刑事
堂場瞬一　ダブル・トライ
土橋章宏　超高速！参勤交代
土橋章宏　超高速！参勤交代 リターンズ
戸谷洋志　Jポップで考える哲学〈自分を問い直すための15曲〉
富樫倫太郎　信長の二十四時間
富樫倫太郎　スカーフェイス〈警視庁特別捜査第三係・淵神律子〉
富樫倫太郎　スカーフェイスII デッドリミット〈警視庁特別捜査第三係・淵神律子〉
富樫倫太郎　スカーフェイスIII ブラッドライン〈警視庁特別捜査第三係・淵神律子〉
富樫倫太郎　スカーフェイスIV デストラップ〈警視庁特別捜査第三係・淵神律子〉
豊田　巧　警視庁鉄道捜査班〈鉄血の警視〉
豊田　巧　警視庁鉄道捜査班〈鉄路の牢獄〉
砥《と》上《がみ》裕《ひろ》將《まさ》　線は、僕を描《えが》く
砥上裕將　7.5グラムの奇跡
遠田潤子　人でなしの櫻
夏樹静子　新装版 二人の夫をもつ女
中井英夫　新装版 虚無への供物(上)(下)
中村敦夫　狙われた羊
中島らも　僕にはわからない
中島らも　今夜、すべてのバーで〈新装版〉
鳴海　章　フェイスブレイカー

鳴海　章　謀略航路
鳴海　章　全能兵器AiCO《アイコ》
中嶋博行　新装版 検察捜査
中村天風　運命を拓く〈天風瞑想録〉
中村天風　叡智のひびき〈天風哲人 箴言註釈《しんげんちゅうしゃく》〉
中村天風　真理のひびき〈天風哲人 新箴言註釈《しんげんちゅうしゃく》〉
中山康樹　ジョン・レノンから始まるロック名盤
梨屋アリエ　でりばりぃAge
梨屋アリエ　ピアニッシシモ
中島京子　妻が椎茸だったころ
中島京子　オリーブの実るころ
中島京子ほか　黒い結婚　白い結婚
奈須きのこ　空の境界(上)(中)(下)
中村彰彦　乱世の名将 治世の名臣
長野まゆみ　簞笥のなか
長野まゆみ　レモンタルト
長野まゆみ　チマチマ記
長野まゆみ　冥途あり
長野まゆみ　45°〈ここだけの話〉

長嶋　有　夕子ちゃんの近道
長嶋　有　佐渡の三人
長嶋　有　もう生まれたくない
長嶋　有　ルーティーンズ
永嶋恵美　擬態
永井　均 / 内田かずひろ 絵　子どものための哲学対話
なかにし礼　戦場のニーナ
なかにし礼　生きる力〈心でがんに克《か》つ〉
なかにし礼　夜の歌(上)(下)
中村文則　最後の命
中村文則　悪と仮面のルール
編/解説 中田整一　真珠湾攻撃総隊長の回想〈淵田美津雄自叙伝〉
中田整一　四月七日の桜〈戦艦「大和」と伊藤整一の最期〉
中村江里子　女四世代、ひとつ屋根の下
中野美代子　カスティリオーネの庭
中野孝次　すらすら読める方丈記
中野孝次　すらすら読める徒然草
中山七里　贖罪の奏鳴曲《ソナタ》
中山七里　追憶の夜想曲《ノクターン》

中山七里　恩讐の鎮魂曲《レクイエム》
中山七里　悪徳の輪舞曲《ロンド》
中山七里　復讐の協奏曲《コンチェルト》
長島有里枝　背中の記憶
長浦　京　赤《セキ》刃《ジン》
長浦　京　リボルバー・リリー
長浦　京　マーダーズ
中脇初枝　世界の果てのこどもたち
中脇初枝　神の島のこどもたち
中村ふみ　天空の翼　地上の星
中村ふみ　砂の城　風の姫
中村ふみ　月の都　海の果て
中村ふみ　雪の王　光の剣
中村ふみ　永遠《とわ》の旅人　天地の理《ことわり》
中村ふみ　大地の宝玉　黒翼《こくよく》の夢
中村ふみ　異邦の使者　南天の神々
夏原エヰジ　Cocoon〈修羅の目覚め〉
夏原エヰジ　Cocoon2〈蠱惑の焔〉
夏原エヰジ　Cocoon3〈幽世の祈り〉

夏原エキジ　Ｃｏｃｏｏｎ4〈宿縁の大樹〉
夏原エキジ　Ｃｏｃｏｏｎ5〈瑠璃の浄土〉
夏原エキジ　連理の宝〈Ｃｏｃｏｏｎ外伝〉
夏原エキジ　Ｃｏｃｏｏｎ〈京都・不死篇―蠢《しゅん》―〉
夏原エキジ　Ｃｏｃｏｏｎ〈京都・不死篇2―疼《とう》―〉
夏原エキジ　Ｃｏｃｏｏｎ〈京都・不死篇3―愁《しゅう》―〉
夏原エキジ　Ｃｏｃｏｏｎ〈京都・不死篇4―嗄《が》―〉
夏原エキジ　Ｃｏｃｏｏｎ〈京都・不死篇5―巡《めぐる》―〉
長岡弘樹　夏の終わりの時間割
ナガノ　ちいかわノート
西村京太郎　華麗なる誘拐
西村京太郎　寝台特急《メモリー・トレイン》「日本海」殺人事件
西村京太郎　十津川警部　帰郷・会津若松
西村京太郎　特急「あずさ」《アリバイ・トレイン》殺人事件
西村京太郎　十津川警部の怒り
西村京太郎　宗谷本線殺人事件
西村京太郎　奥能登に吹く殺意の風
西村京太郎　特急「北斗1号」《スーサイド・トレイン》殺人事件
西村京太郎　十津川警部　湖北の幻想

西村京太郎　九州特急「ソニックにちりん」殺人事件
西村京太郎　東京・松島殺人ルート
西村京太郎　新装版　殺しの双曲線
西村京太郎　新装版　名探偵に乾杯
西村京太郎　南伊豆殺人事件
西村京太郎　十津川警部　青い国から来た殺人者
西村京太郎　新装版　天使の傷痕
西村京太郎　新装版　D機関情報
西村京太郎　十津川警部　猫と死体はタンゴ鉄道に乗って
西村京太郎　韓国新幹線を追え
西村京太郎　北リアス線の天使
西村京太郎　十津川警部　長野新幹線の奇妙な犯罪
西村京太郎　上野駅殺人事件
西村京太郎　京都駅殺人事件
西村京太郎　沖縄から愛をこめて
西村京太郎　十津川警部「幻覚」
西村京太郎　函館駅殺人事件
西村京太郎　内房線の猫たち〈異説里見八犬伝〉
西村京太郎　東京駅殺人事件

西村京太郎　長崎駅《ナガサキ・レディ》殺人事件
西村京太郎　十津川警部　愛と絶望の台湾新幹線
西村京太郎　西鹿児島駅殺人事件
西村京太郎　札幌駅殺人事件
西村京太郎　十津川警部　山手線の恋人
西村京太郎　仙台駅殺人事件
西村京太郎　七人の証人〈新装版〉
西村京太郎　十津川警部　両国駅3番ホームの怪談
西村京太郎　午後の脅迫者〈新装版〉
西村京太郎　びわ湖環状線に死す
西村京太郎　ゼロ計画《プラン》を阻止せよ〈左文字進探偵事務所〉
西村京太郎　つばさ111号の殺人
西村京太郎　ＳＬ銀河よ飛べ!!
仁木悦子　猫は知っていた〈新装版〉
新田次郎　新装版　聖職の碑《いしぶみ》
日本文芸家協会編　愛染夢灯籠〈時代小説傑作選〉
日本推理作家協会編　犯人たちの部屋〈ミステリー傑作選〉
日本推理作家協会編　隠された鍵〈ミステリー傑作選〉
日本推理作家協会編　Ｐｌａｙ《プレイ》推理遊戯〈ミステリー傑作選〉

西尾維新　新本格魔法少女りすか2
西尾維新　新本格魔法少女りすか3
西尾維新　新本格魔法少女りすか4
西尾維新　人類最強の初恋
西尾維新　人類最強の純愛
西尾維新　人類最強のときめき
西尾維新　人類最強の sweetheart
西尾維新　りぽぐら！
西尾維新　悲鳴伝
西尾維新　悲痛伝
西尾維新　悲惨伝
西尾維新　悲報伝
西尾維新　悲業伝
西尾維新　悲録伝
西尾維新　悲亡伝
西尾維新　悲衛伝
西尾維新　悲球伝
西尾維新　悲終伝
西村賢太　どうで死ぬ身の一踊り

西村賢太　夢魔去りぬ
西村賢太　藤澤清造追影
西村賢太　瓦礫の死角
西川善文　ザ・ラストバンカー〈西川善文回顧録〉
西川　司　向日葵《ひまわり》のかっちゃん
西　加奈子　舞台
丹羽宇一郎　民主化する中国〈習近平がいま本当に考えていること〉
似鳥　鶏　推理大戦
貫井徳郎　新装版　修羅の終わり(上)(下)
貫井徳郎　妖奇切断譜
額賀　澪　完パケ！
A・ネルソン　「ネルソンさん、あなたは人を殺しましたか？」
法月綸太郎　法月綸太郎の冒険
法月綸太郎　新装版　密閉教室
法月綸太郎　怪盗グリフィン、絶体絶命
法月綸太郎　怪盗グリフィン対ラトウィッジ機関
法月綸太郎　キングを探せ
法月綸太郎　名探偵傑作短篇集　法月綸太郎篇
法月綸太郎　新装版　頼子のために

法月綸太郎　誰《たそ》彼《がれ》〈新装版〉
法月綸太郎　法月綸太郎の消息
法月綸太郎　雪密室〈新装版〉
乃南アサ　不発弾
乃南アサ　地のはてから(上)(下)
乃南アサ　チーム・オベリベリ(上)(下)
野沢　尚　破線のマリス
野沢　尚　深紅
野村克也
宮本慎也　師弟
乗《の》代《り》雄《しろ》介《ゆうすけ》　十七八《じゅうしちはち》より
乗代雄介　本物の読書家
乗代雄介　最高の任務
乗代雄介　旅する練習
橋本　治　九十八歳になった私
原田泰治　わたしの信州
原田泰治
原田武雄　泰治が歩く〈原田泰治の物語〉
林　真理子　みんなの秘密
林　真理子　ミスキャスト
林　真理子　ミルキー

2025年3月14日現在